文 | 字 | 帝 | 国
EMPIRE OF WORDS

夏娃看言情的时候
亚当在干什么

王若虚 著

做个怪物，没什么不好。

上海文艺出版社

前言

可能是在2009年冬天，我刚完成了长篇小说《限速二十》的创作，大学交通工具长篇三部曲告一段落（另两部是《马贼》和《火锅杀》），打算写一个全新的系列，将视角对准80和90年代出生的写作者群体，他们所面对的时代变化，机遇和挑战，史诗和悲歌。

我深信在21世纪的第一个20年里，中国最年轻的那批写作者一直身处于史无前例的发展时期，少年作家出书、青春文学兴起、电子杂志、MOOK主题书、同人写作、图片小说、博客连载、火星文体、140字短小说、网络文学、粉丝电影、IP热、新媒体写作，还有层出不穷的版权纠纷……几乎每一两年就要刷新一次对旧事物的认知。

如果没有同时代的人用笔描绘这幅波澜壮阔的图景,那就太可惜了。这就是为什么2010年10月我发表了第一部该系列的短篇小说《微生》,系列名"文字帝国",来自其中一句对白:

"文字的世界就像个大帝国,从来没有人能成为帝王,每个作者在这个帝国里都像一个小小的汉字,也许常用,但绝不是唯一,更不会说它就是最好的。"

我自己也许只是这世界里的一个偏旁部首,但想做一件前人未曾做过的事情,用若干中短篇和长篇小说来勾勒一幅画卷,即整整一代写作者的风貌和境遇,无论是他或她,是功成名就还是默默无闻,是流芳百世还是饱受争议。

如果读到这里你觉得以上表述太正式太复杂,那就请把它理解为《中华小当家》的大宇宙烧麦,或者胖虎大杂烩。

"文字帝国"是无数生活原型的重新排列组合,是虚构作品,每个角色的行为和台词都经过了分解、转化和不负责任的胡乱搭配，请读者朋友们不要做无谓但十分有趣的真相连连看。

本书是该系列的第一本短篇小说集，也是我的第三本短篇集，因为版权关系，最早期的《微生》和《疯女王》未能收录其中。用作书名的《夏娃看言情的时候亚当在干什么》曾是08年写的另一部小说的名字，没有发表，机缘巧合下用到了文字帝国的短篇里。

夏娃，亚当，意味着一个开始，长篇《逐鹿》《八卦赏析》和短篇集《宿敌》在创作中，由于我飘忽不定的写作速度，不知道什么时候会和读者见面。

能够在上海文艺出版出版本书，我感到十分荣幸，他们1978年出版的《外国短篇小说（上中下）》三册书是我最重要的写作启蒙教材之一。

在这里要感谢陈丽丽为《光环》提供关于华师大老宿舍楼的资料，《光环》中商隐的诗歌均由上师大的钱芝安创作。"文字帝国"毛笔字体由成芸姣负责设计和书写。感谢走走老师对本书出版的鼎力相助。感谢何瑞、马旭、王妍芳以及资深设计师上官砒霜的辛勤付出。感谢《萌芽》《小说界》杂志长期以来对我的指导和帮助，感谢出版社老师们的大力支持。

还要感谢我的未婚妻蓝天雨,虽然在本书创作过程中……你啥也没干。

最后,将本书献给我的两位外公。

目录

〔人物〕商隐

001　**同小姐**

045　**光环**

〔人物〕糜晓

135　**夏娃看言情的时候亚当在干什么**

〔人物〕王谢

185　**床笫之美**

209　**谁要看安部公房**

〔人物〕燃泽

237　**小宇宙**

269　**万物灭**

〔人物〕鹿原

299　**没有书的图书馆**

〔人物〕商隐

同小姐

1997 年

那年三月,《惊鸿劫》的电视剧组进到晏摩女子高中来取景拍戏,校方封锁了半个校园供他们使用。

当天所有的体育课都被取消了,学生们还被告知若非必要,课间不要随便跑出教学楼,女生们只好挤满教室窗户看热闹。她们没有等来哪个明星,倒是发现那群剪短发的女演员们很可怜,她们穿着蓝上衣黑布裙、披着白围巾,手抱书本,在导演指挥下,在学校礼堂前面走了一遍又一遍。看看她们那身三十年代女学生的装扮,再看看自己身上可以称之为彩色麻袋的健生牌运动校服,"真·晏摩女生"们简直想从窗台上跳下去。

不明就里的女生认为剧组选择晏摩是因为它有 120 年的历史,前身是教会女子学校,每栋老楼的每个楼层都有各自的鬼故事，曾经是礼拜堂的老礼堂更是古色古香，是上海市一级文物保护建筑。有点文学素养的女生会骄傲地告诉其他人，《惊鸿劫》改编自著名女作家文秀锦（1921-1988）的同名作品，而她正是我校历史上最著名的文化名人校友，只有第一，没有之一。

陈伊铃就是在这天正式转学到了晏摩女中。

晏中作为市重点排名前二十的学校，中考时每一分破格分价值三万，两分为上限，可入学籍，不入学籍的纯借读费则要十五万，这还只是纸面上的价格。

陈伊铃转进来不花一分钱，但付出了生命的代价。她大伯伯是晏摩女中的教务主任，全市特级数学教师，半个月前车祸身亡，身后无嗣。学校为了凸显人情味，就把他在区重点念高二的侄女破格转了过来。

刚到晏摩，新校服还来不及买，她只能穿着旧校服上学，但也不过是另一种颜色搭配的健生牌运动麻袋，毕竟公立学校的学生是逃不脱麻袋时尚风的。

陈伊铃在晏摩上的第一堂课是语文，老师叫同学上去默写文言文片段，点名说，商隐。

下面立刻起了一阵小骚动。

那个叫商隐的女孩坐在教室倒数第一排，站起来时个子高到好像五官隐没在了云层之中。坐在第四排的陈伊铃看到她写字时马尾辫一跳一跳的，校服很可能是普通男生的尺码。过了一会儿她写完了,黑板上一段文字让陈伊铃叹为观止。

语文老师:"说了多少次,你怎么又写繁体字了?"

商隐:"说了很多次,我繁体字都会,还怕简体字?"

老师不愿和她纠缠,说行了你下去吧。

商隐:"我默写得对吗?"

老师:"……对。"

她这才走回到座位上。穿过第四排课桌线的瞬间,陈伊铃看到她的鼻尖上有一粒痣,芝麻粒大小。

"她好厉害。"陈伊铃对新同桌道。

"余守恒的外孙女。"对方没有想到陈伊铃的特殊身份,直抒胸臆道,"不花钱的借读生。"

但后半句话没有打击到陈伊铃,她完全沉浸在前半句带来的震惊之中。

初中四年用的语文教材,余守恒的文章出现了三篇,其中两篇必修,一篇选修,必修的文章里短的那篇要背诵全文。在理科偏科的初中生最恨的中国现当代作家排行榜里,他位列第三,排在鲁迅和朱自清后面。

但在长寿方面,他赢了另外两位。余守恒病逝于三年前的清明节,也就是 1994 年,享年 76 岁。那时候陈伊铃正在读初二,余老作家去世的消息在电台报纸上都发布了,语文老师上课时也说了这件事,有年少无知的初中男生在课后猛拍语文课本说他终于死啦!

有一点可以肯定,无论余老作家死没死,他的外孙女都可以进晏摩女中念书。

电视剧组只来拍摄一天就走了,校园又恢复了常态,图书馆开始开放。陈伊铃在区重点高中时就是图书馆常客,但晏摩图书馆叫她有点失望,馆藏不够丰富,内容也很保守,管理员老师似乎认为只有死掉的作家才是世界上最靠谱的作家,死得越久远,就越应该进那个人的作品。但死人未必都合适,知名校友文秀锦的小说作品涉及情爱的太多,图书馆只进了几本她的抒情散文和旅欧行纪,陈伊铃都看过了。

她惋惜地把书放回去,一转身,书架缝隙间的一双眼睛把她吓得差点叫出声。对方踮起脚,把手指放在嘴唇上示意她不要惊慌。等那人绕过那排书架走过来,陈伊铃才发现是余守恒的孙女。

"没找到想看的书吗?"

陈伊铃点点头,忽然发现商隐身后的书架上就是长长一排《余守恒全集》。

商隐往两侧瞄了几眼,拉开校服拉链,从裤腰带里拿出挺厚一本绿封面的书,说,推荐你读这本。

这是陈伊铃从未听说过的作家,书名是《青铜时代》,看上去很新很新。一翻版权页,是这个月刚刚出版的。

"真心推荐你看这个,这套书一共三本,黄金,白银,青铜。"

陈伊铃乍一听还以为是《圣斗士星矢》的故事,商隐很快解释说,青铜的这本最厚,讲的是唐传奇里的故事。陈伊铃有些误会,说你是要卖给我?商隐说不不不,是借,免费的,学校图书馆不会进这种书,但我想让大家都知道,就专门在这里守株待兔——你不爱看可以,可别出卖我。说着商隐就把书往裤子里塞。

陈伊铃后来跟她说,那时候的商隐鬼头鬼脑,眼睛贼飘,哪有著名作家外孙女和默写文言文坚持用繁体字的文艺世家女的风范,简直像马路上倒卖外汇券的黄牛。还有把书塞在裤腰带后面的"走私"方式,真是亏她想得出来。

商隐此时就会反驳说陈清扬你住口,我这也是为了推广文学事业没办法的事情。

陈伊铃马上会去揪她头发,说不许这么叫我!你外公知道你干这事儿肯定要气死。

商隐:"我外公可不是课本上那个作家,他本人要可爱多了,他要是知道我这么干,肯定拍手称快!"

1988 年的访客

余守恒并非商隐的亲外公,他是商隐外婆的亲哥哥,严格来说商隐应该管他叫舅外公。

商隐的外婆叫余书城,生于 1921 年,比余守恒小三岁,总共结过三次婚,最后一任丈夫死于 1960 年,那之后就没有再嫁。"十年浩劫"结束后,孑然一身的余守恒搬到复兴公园后门外的兰考路老宅,和妹妹一家同住,直到去世。

余守恒搬来的第二年,商隐就出生了,没过几年她父母便分居,母亲远走美国,父亲去了北京,兰考路老宅只剩下两个老人和一个女童。在她的童年世界里,舅外公就是外公。

关于余守恒终身未婚的谜团,外面有好几种说法。一说他早年在延安抗大曾有个对象,是个才女,死于敌机轰炸。一说他年轻时有个青梅竹马的女同学，后来他去了延安，她留在上海搞地下工作，结果在租界执行任务时不幸被捕，为了革命事业壮烈牺牲。

商隐外婆却有另外一种说法，就是余守恒年少时贪玩，爱折腾，爱闯祸，不过有个家里开棉纱厂的富家小姐很中意他。双方家里门当户对，又是郎才女貌，对方都差点来余家提亲了。余守恒也挺喜欢那姑娘，但很看不起女方家里和日本人做生意，1938年的时候毅然决然脱离了大资产阶级家庭，前往革命圣地，那时他刚好20岁。等到他1949年解放后回到上海，才得知当年的富家小姐为了等他回来一直未婚，后来到尼姑庵出家，在抗战胜利前夕患肺炎病故。余守恒觉得特别对不起这个姑娘，遂终身不娶。

商隐听到这个版本的故事时刚戴上儿童团的绿领巾，忽略了故事重点，问外婆：那时候你怎么没去延安呢？

外婆沉吟一声，道，我本来想去的，但你舅外公一走，我父母就提高了警惕，临行前被他们发现了，没走成。

等商隐稍微长大点了，知道舅外公在文化界的定位和地位之后，就越发好奇什么叫"年少贪玩、爱折腾爱闯祸"，毕竟官方资料里这群文化元老都是帮眉目慈祥的老爷爷老奶奶，好像他们一生下来就是这种饱经风霜、看透世事的样子，只有等身著作和一大堆光辉头衔，既没青春期也没逆反期。

余老先生自辩说我也没觉得自己年轻时很闹腾啊，无非就是看看书写写字,拉提琴,看电影看戏看话剧,游泳打球,郊游骑马,跟一个师傅学了两年拳脚功夫,偶尔去百乐门跳跳舞或者下注赌马,唯一的污点就是跟着一个男同学去过一次鸦片馆,纯粹好奇嘛,没几天那个鸦片馆就毁于火灾啦。

在一旁择菜的外婆说还好被火烧了,不然就多了一个家破人亡的纨绔子弟,少了一个无产阶级文学家。

余老先生绝地反击道你不是也去过四马路的窑子嘛?

外婆说我那是去找我第一任丈夫!

余老先生说你很早就对那地方充满好奇了,我一直都清楚。

两个老人之间的对掐,每次都让商隐知道了很多这个年龄不该知道的冷知识。

平时生活里,商隐很难在舅外公身上找到年少轻狂的影子。诚然,他对吃喝很讲究,每个礼拜都要到郊区钓一次鱼,每次都有所收获,用渔获来烹调他的独门鱼头粉丝汤。每隔三天要吃一顿外婆做的红烧肉,配绍兴太雕酒。商隐从未见过舅外公喝啤酒,他说他这辈子喝过中国很多地方的特产酒,各有千秋,唯独啤酒,必须要喝英国的麦芽酒,比利时的、德国的都不行,他特别爱管青岛啤酒叫德式凉白开。当他牵着商隐的小手在大马路上饭后散步时,会告诉她这里曾经有哪家菜馆的什么菜最有名,大师傅的手艺是多么神奇。

但在上门拜访的客人面前,舅外公恢复了著名老作家的模样，烟也不抽，端着一个白瓷茶杯，正襟危坐在沙发上和来客侃侃而谈，客厅所有的酒瓶都被外婆提前收在一个五斗橱里。尤其重阳节和过年的时候，会有贵客莅临，前呼后拥一大帮人，还有电视台的记者。客人问您老最近胃口好嘛？余老先生提高嗓门回答说好啊，一顿饭两碗玉米粥一个半馒头。站在远处的商隐心想你昨晚做的鱼头汤红得那叫一个鲜艳啊。

贵客每年都来，面孔三四年一换，商隐永远也不会对学校同学说客人的名字，但至少知道了，自己的舅外公是多么了不起，无论名望还是演技。

所以当她九岁那年，那个奇怪的客人登门拜访时，商隐丝毫没觉得这个五十来岁的男人有什么特别的，除了他衬衫、毛衣配蝴蝶结的穿法有点奇怪。在那之前，商隐一直以为蝴蝶结只有男人们参加晚宴时搭配燕尾服才戴。

这个客人和老先生聊了什么，隔壁房间的商隐没听到，她那天晚上有很多作业要写，两个人说话时声音又压得特别低。等她迎来解放时，客人已经走了，客厅的八仙桌上多了两个木盒子和两个棕色玻璃瓶，瓶子有点像小支装的可乐，但要更大一些。

舅外用扳头打开一瓶，往玻璃杯里倒满了浅棕色液体，看到商隐：尝尝？

他找来一根筷子，沾了点液体放到小女孩的嘴巴里，商隐眉头瞬间拧在一起：苦死了！

老先生哈哈大笑,说这就是舅外公最喜欢的味道。

商隐脸皱成一团,回房间去找自己的水果糖了。

第二天早上上学前,商隐在客厅垃圾筒里发现了那两个空瓶子,她捡起来一个研究了下,商标上全是英文,最大的单词是"India Pale Ale"。

至于那两个木盒子,她很久都没再看到。

1997 年

和同行相比，晏摩女中的老师可以少操心一件事，那就是早恋。

在其他学校，两个女生手牵手在校园里走，被视为关系要好；两个男生手牵手，被视为"诡异"；异性要是手牵手，在当时会被当场击毙。

晏摩的女学生们经常三三两两手牵手走路，有时还要穿着胳膊肘，再正常不过。要是哪个女生从来没牵手过，那就是孤僻、不善交友的标志。在很多老师的记忆里，商隐原本就是这么一个异类，跟谁都不太要好，对谁都瞧不起，包括老师。她倒是有很多天南海北的笔友，每个礼拜要收到全国各地的信件，有时还有邮政包裹，碍着商隐的特殊身份，门口保安都帮她收下，老师也不敢开包检查。但自从陈伊铃转学过来之后，她终于找到了勾肩搭背的对象，连笔友都不怎么联系了。

极其偶尔，老师们会撞到课间两个女同学开玩笑般的抱在一起打闹，也不会上去喝止这种有失体面的行为。晏摩三分之二的女生是住校生，男老师男校工加起来不到一打，要是管教太严，难保会出变态学生。毕竟，现在不是中世纪了，毕竟，都是女孩子，能出什么事儿呢？九十年代的老师们单纯地想着。

要是她们听到商隐和陈伊铃的如下对话，也不会信以为真："我当你男朋友吧。"

陈伊铃想都没想就说行啊，反正你都能站着尿尿啦。

住校生每天都要洗澡，无奈学校的公共浴室又老又破，经常有老鼠在排水沟里赛跑。新生往往吓得花容失色，老生后来见怪不怪了。陈伊铃第一次去洗澡时就给吓坏了，商隐说你别怕，不会咬人的，这里一屋子都是未来的母老虎。

为了安抚新同学，商隐就在莲蓬头下给陈伊铃表演了模仿男生的绝活。

陈伊铃看得叹为观止，咬着手指问，你练了多久？

商隐说掌握了秘诀就很快，你要学吗？

陈伊铃决绝地拒绝了。

除了能站着尿尿，商隐的学习成绩也像男生，理科好，文科差，在晏摩女中里显得鹤立鸡群，不，是独树一帜。陈伊铃那个死去的伯伯就是学校为了狠抓数学水平从外校高价挖来的,生前将商隐视为难得的人才。但商隐不太喜欢这个老师,说他上课时曾宣扬狗肉很好吃,周末开的补习班只收男生不收女生,是典型的重男轻女性别歧视。

陈伊铃听了之后说,哦,我其实和这个伯伯来往不多。

那时她已经啃完了青铜和黄金,正在看《白银时代》,知道未来的世界都是银子做的,容易留下半真实半虚假的牙印。个子比她高出快一个头的商隐,就像书里那个恐龙般的男主角。陈伊铃就问这个"男朋友",为什么你外公是那么有名的作家,你却语文那么差?

商隐说就因为是名作家才看不懂语文课在考什么,我初中就拿课后练习给他做过,什么中心思想段落大意词汇替换,他全做错了,拿过课本一看,自己的文章都是被删节和修改过的。

陈伊铃愤慨道真是操蛋。

商隐说,是啊,真操蛋。

看完时代三部曲之后,陈伊铃向商隐宣布了她心藏已久的计划——写一部以民国时代晏摩女中为背景的小说,小说主角的原型就是文秀锦,陈伊铃最喜欢的女作家。

以前都是陈伊铃眼睛睁得老大看着商隐,这次终于倒了过来:"你了解她吗?"

"啊呀,是虚构的小说,又不是人物传记。"

商隐回过神,说哦她的书我倒没怎么看。

陈伊铃连自己的笔名都想好了。她一直觉得自己的真名有点土,源自1979年高考作文的题目"改写《陈伊玲的故事》",也就是商隐和她出生的那年。她想把笔名叫"乐赏心",赏心悦目的音乐,"乐"和"悦"又可以同音。

商隐问,那你女主角的名字想好了吗?

陈伊铃说没有,我想给她起个特别的名字。

商隐沉默了很久,说,你想特别对吧?不如就叫同小姐吧,同学的同。

"同?有这个姓吗?"

"反正也是虚构的故事呵。"商隐用手指刮了一下对方下巴,"没人会在意真假。"

1991 年的礼物

商隐 12 岁的生日礼物什么都不要,只想要看一下那两个木盒子。

年轻时经历过日机轰炸和抗美援朝的余老先生熬不过这个小姑娘的纠缠,趁着家里其他人不在,和她订立了规矩,两个木盒,她只能选一个打开看。

面对桌子上两个一模一样的盒子,商隐抬头看向舅外公:该选哪一个?

舅外公说,随便。

小姑娘犹豫了半天,指了指左边的那个。余老先生接下去的动作不是去取那个盒子,而是先把另一个盒子拿进自己屋子,然后回来,打开商隐选中的盒子。

这是她第一次见到从左往右翻的本子,纸张暗黄,边缘毛糙,略显斑驳的封面上是红色繁体字的"中国公学中学班笔记本"字样。每翻开一页,都叫人担心那张纸会不会碎裂下来。

在一个小学五年级的学生看来,这是一本无聊透顶的笔记本,每页上都是一个人的签名,不是毛笔就钢笔,下面的落款时间倒是颇为古老,最早是从1908年开始。但那些签名的人,商隐一个也不认识。除了中国人,里面还夹杂着几个老外。

"这人是?"她指着其中一个英文签名问,落款时间是1923年。

"泰戈尔。"

商隐毫无印象,过了一会儿又问那这个呢?

"萧伯纳。"

"这些都是谁?"商隐问,发现有几页纸还被仔细地撕掉过。

"早先的文人。"

商隐翻来翻去,觉得没几个名字是认识的,何况还都是繁体字。有趣的是,凭着她对数字的天生敏感,发现这些签名的落款时间到1953年停过一小段时间,直到1957年又开始了,到1979年又停了,之后过了很久很久才出现了最后一个签名,在1987年。

"最后这人是谁?"

"本子的上一个主人。"

"当中隔了很久啊？"

"因为她晚年已经放不下身段问其他人要签名了。"

"身段？是什么？"

"一种莫名其妙的东西。"舅外公知道她看完了，小心合上本子，放回内嵌丝绒的盒子里，盖上盖子，讲，今天你看到的，绝对不可以说出去。

商隐觉得失望和后悔，问那另一个盒子里的是什么。余老先生说那个嘛，是本子主人的遗作，不过要等你过20岁生日的时候才能看。小女孩觉得20岁生日那将是何其遥远的事情。她后悔自己选了左边的盒子，内容如此无趣。

这个错误的观念直到她初中一年级时加入文学社之后才被彻底颠覆，因为指导老师上课时提到的好几个大作家的名字怎么那么眼熟，就去问语文老师借了一本相对通俗易懂的现代文学史的书。翻完之后语文老师见她脸色不对，开玩笑地问怎么啦？你是不是发现曹雪芹写的后半部《红楼梦》了？

商隐想起舅外公对她的叮嘱，摇摇头，放下书走出了老师办公室，但马上又回来了，问，哪里可以看到文秀锦的书？我们学校图书馆有吗？

语文老师说你去新华书店看看吧。然后不忘职业操守地补充说，她的小说你这年龄看为时过早了。

商隐哦了一声，又走了。

语文老师知道余守恒的外孙女是不会听自己的劝告的。

1997 年

晏摩女中被电视剧组拿来当取景地的老礼堂,每年要花不少钱来修缮和保养。除了古典造型,最著名的就是礼堂内部的复古木叶吊扇,以及朝东的那一排彩色的玻璃窗。这些彩色玻璃都是很久之前从国外进口的,纯原装,每一块都价格不菲。当东方的阳光透过五彩玻璃照进礼堂时,看过的人都说,终身难忘那样的景象。

这些宝贵的玻璃经历了战火和革命、骚乱和浩劫,幸存至今,终于在建校一百二十周年之际、分管教育的副市长莅临参观的前夕,被人打碎了一块。

学校领导急得抓破脑袋,这时候上哪里去买货真价实的替代品呢?就算联系到国外供货商也来不及了,副市长还有两天就要来了。关键时刻,教务主任盛赞跟上司说他可以解决这个问题。其实无非就是买一块普通玻璃,用彩色油性笔涂上颜色就行了。盛赞在大学时代学过一点美术,这种纯色块涂抹根本不需要什么技术,只需要和脑袋一样大的胆子。国产玻璃装上去之后,远看毫无破绽。反正大领导们只是过来逛一圈,讲讲话,题题字,又不是来研究建筑艺术的。

校庆当天终于平安糊弄了过去。

但破坏学校财产和市级保护建筑的丧心病狂的罪魁祸首不能轻易放过,学校政教处几乎是把住校的女生全部询问了一遍,几乎要连女生浴室的耗子们也给拷问了,可惜还是没能抓住真凶。

谁能怀疑到著名作家余守恒的外孙女头上呢?

起因是陈伊铃进了晏摩之后理科成绩一直跟不上,上星期的月考位列全班倒数前十,心情郁闷。商隐从家里偷偷带来一小瓶黑方威士忌,晚课后陪她在草坪上聊天。陈伊铃其实没怎么喝,大部分黑方都是被女酒鬼商隐干掉的。商隐没醉,但为了让陈伊铃发泄一下情绪,教唆她捡起小石子投向草坪后面的老礼堂。

陈伊铃力气小,底气弱,石子砸在水泥地上。商隐说你不行,看我的。玻璃碎了之后,商隐愣在原地,是陈伊铃第一个反应过来,抓起她的手一路猛跑。

那天晚上商隐久久无法入睡,好不容易睡着了,梦到一群神父和修女追着她，要把她架到火堆上和圣女贞德作伴。

唯一怀疑过她俩的人是盛赞。第二天两个女生带着浓重的黑眼圈去上课，在课上直打哈欠。盛赞看看商隐，再看看陈伊铃，说，你们俩昨晚干什么了啊？那么夜不能寐？他说这话时眼神里的信息量很丰富，因为他刚刚帮领导出谋划策过彩色玻璃的事情。

下了课，陈伊铃悄悄问商隐，盛老师会不会发现了？

商隐说你放心，他就算发现了也不会告发。

"为什么？"

"反正我就是知道。"

盛赞也是晏摩女中的活传奇之一。1961年出生的他在家里排行老大，74到76年第二波上山下乡高峰时，他适时得病，最后是二弟替他去插队。1980年他考上中文专科的师范班，83年毕业，在一所普高工作了四年后结婚，对象是自己曾经教过的女学生。因为是已婚男教师，业务水平也不错，28岁时调进了晏摩，还评上了中级职称。进来两年不到他就和妻子离了婚，理由之一是前妻只有高中文化。为了证明自己的品味，过了两年，盛赞娶了一个本科学历的姑娘。她是晏摩毕业的，回母校做讲座时认识了英俊风流、谈吐儒雅、三十一枝花的盛老师。大家本以为王子和公主的故事画上了圆满句号，谁知去年这第二任妻子跑到日本去打拼了，不久就提出了离婚，盛赞再度成了单身汉。

引用他同事的刻薄评论来说，盛老师现如今是蓄势待发。

盛赞虽然情场失意，但职场上春风不断。第二任妻子前脚去了日本，他后脚就成了全市最年轻的语文特级教师，升任晏摩女中语文教研组长。陈伊铃的伯伯死后，又接过了教务主任的位子，满打满算他现在才37岁。

晏摩很多女生都深信不疑三点，一是盛老师至少能活到80岁，二是他很可能再度娶学生当老婆，三是如果他没做到第二点，也许能活过100岁。

大家对盛赞的长寿很有信心。他每天早上起来先要静坐吐纳半小时，三餐准时，吃鱼不吃肉，晚饭只喝粥，饭后必散步，睡眠保证七小时。不沾烟草，每星期只喝二两黄酒，还必须是花雕，因为太雕里糖分太多。这种老年保健生活使得盛老师看上去只有27、28岁的样子，他那个上山下乡吃过很多苦的二弟有一次来学校找他，旁人一度以为这是盛赞的叔父辈。

商隐说，盛老师那么年轻，也有可能是以前吃了不少田小娥的红枣。

好在当时看过《白鹿原》的女生不多，很多人不懂典故，这话才没传到盛赞耳朵里。但陈伊铃是看过的，说你怎么那么粗俗啊，怎么不说是潘金莲的葡萄。

商隐猥琐地大笑三声，说你别这样，我还是喜欢您温良恭谦的样子。

陈伊铃一直弄不太明白，商隐为什么总是很抵触盛赞。

她转到晏麈没多久,申请加入文学社。九十年代属于下岗工人和经商潮,很多作家都下海做生意去了,校园里的文学社人才凋零,身为指导老师的盛赞很欣赏陈伊铃的热情和干劲,破格提拔她当副社长,负责培训高一社员。商隐立刻就跑去质问盛赞,说我以前就自荐当社长,你没同意,为什么陈伊铃一来就破格?盛赞说陈伊铃在以前的高中就是文学社社长,他们的社刊做得一直不错,陈有工作经验,为什么不能破格提拔呢?商隐说还有一个月就期末考了,这时候当副社长有什么意思?

盛赞问,你这是在教我怎么当指导老师?

商隐不说话。

下一次文学社社员交习作的时候,商隐被叫到盛赞的办公室。起因是她交的那篇习作不是盛赞布置的题目,而是一篇自命题小说,讲的是俄罗斯沙皇时代一个贵族家的家庭教师勾引贵族女儿的故事,小说题目很中国风,叫《一树梨花压海棠》。

盛赞把文章拍在她面前的桌子上,问,什么意思?

商隐说我写得很浅显易懂。

盛赞按了按太阳穴,说,看来跟你说不通了,叫你家长来吧。

商隐说我爸在北京工作,我妈在美国当访问学者,舅舅到四川出差,爷爷家和我们断绝了来往,外婆七十有六,外公和舅外公都在骨灰盒里,您要叫哪个来学校?

盛赞强压下一口恶气,缓缓道,等你舅舅回来吧。

商隐哦了一声,走出办公室,过了一会儿忽然又折回来了,说,盛老师,我是不会让你得逞的,除非我死了。

1994 年的遗嘱

余老先生没等到商隐的二十岁生日就去世了。

纵观余老一生,分外蹊跷。四五十年代是他成名的时期,写作速度和产量惊人,六七十年代自不必说,八十年代开始后,老头就很少动笔了,连回忆录都不写。商隐初一那年,正值她们学校百年校庆,校方软磨硬泡,余老先生才答应给写一段贺词,马上就被收录进了学校的精美纪念册。家里也没有余老自己的作品,全是别人的书,以及一些他托人从国外弄来的原版作品的珍本,平时是不允许别人碰的。

公开场合的活动更不用提了。1982 年退休后,他经常跑去各地会老朋友,故地重游。1990 年开始他腿脚不好,只能老实待在家里,最多去远郊的鱼塘钓鱼。那些找上门来的讲座、纪念讲话、会议、作序等各种邀请,余老先生也是能推就推,能躲就躲,统一的借口就是身体不好,各种大病小病时常折磨着他。这给很多人一种余守恒老先生在跟病魔作斗争的错觉。其实他每顿晚饭都要喝酒吃肉,一天半包烟。

曾经在出版社工作的颜必行老先生是少数知道这个秘密的人,也是唯一能和晚年的余老先生坐在一起吃肉喝酒抽烟的朋友。有一回两个人正在那里逍遥,忽然有访客不期而至,是他以前一个学生。两个老头手忙脚乱地做掩护工作,把酒菜撤下,颜老师从院子那个门撤离,余老先生躺到床上,商隐给他拿来纸巾擦掉嘴角红烧肉的痕迹。但一屋子烟味没办法立刻驱散,商隐的外婆很无奈地点燃一支烟,说,算我头上吧。

商隐这才知道外婆也会抽烟。

客人进来之后,对外婆说,啊呀,余老先生身体那么不好,您还抽烟?

余老憋着饱嗝,在一边咳嗽了一下,说,没事,没事,谁都有郁闷的时候。

外婆说行,不抽了,我给你熬玉米粥去。

"为什么您对颜爷爷不隐瞒?"有一次商隐问舅外公。

"当年就是他拖着我去鸦片馆满足好奇心的。我俩之间没有秘密。"

不过在去世前的那一年时间里,他的健康状况是真的恶化了,烟酒全戒,一日三餐都要吃他最恨的玉米粥,大半时间都是躺在床上休息。商隐觉得老人非常可怜。余老曾经说过，他最理想的死亡方式就是抽完最后一口烟卷，吃掉碗里最后一块红烧肉，喝干杯子里最后一滴，这时候死神推门而入，对跷着二郎腿、红光满面的余守恒说，时候到了，我们走吧。

这是另一种勇士的死法，像盛赞老师这么懂养生的人是永远不会理解的。

老人在1994年的清明节过世，备受瞩目的追悼会举行之后，颜必行老先生带来了余守恒生前立下的遗嘱。内容很短，他所有的作品版权和版税收入全部归了妹妹余书城，如果她也去世，则转到商隐身上；他那些珍本书，留给余书城的儿子陈一鸣，也就是商隐的舅舅，并希望他在自己过世后搬回兰考路，照顾年迈的母亲；私人文件、书信全部销毁；院子东南角泥土下面埋着一坛绍兴黄酒，送给颜必行。

"其他东西你们看着办吧。"这是遗嘱最后一句话，不提自己的一生，不提文学和写作。

商隐问，那两个木盒子呢？

外婆和舅舅飞快地交换了一下眼神，外婆说，小孩子不要管这个。

商隐说不行，舅外公答应过我二十岁生日的时候就让我看完。

外婆说你舅外公已经死了，现在是我做主。

商隐：凭什么？

外婆没说话，舅舅陈一鸣走进老先生生前的房间，过了一会拿着一封信交给商隐。女孩隐约觉得信封眼熟，似乎是多年前那个蝴蝶结客人连同两个木盒子一起带给舅外公的。这封信比那个签满名字的笔记本要新多了，钢笔繁体字，竖排。信的大意是，自己知道来日无多，特地托人将两件东西交付虽无兄，一件是她小叔年轻时的笔记本，上面是当时很多文坛大家的签名，这个虽无兄年轻时就见过，后来上面又添加了很多名字，权当做个纪念；二是她自己写的最后一部小说，半虚构，半真实，是年少时在上海的生活纪闻，因为涉及诸多真实人物，她十分犹豫要不要发表。书稿交给余兄是最放心的，如果他要出版，必须是书中当事人全部过世后。如果不愿出版，则随意处置。

信的落款是文秀锦。

虽无，是余守恒年轻时给自己取的字。

商隐看完信，感觉已经过了一个世纪。她长出一口气，说，现在当事人都过世了，为什么不能给我看？

外婆不知道从哪里摸出一包烟，讲，谁说的，我还没死呢。

商隐：你也在书里？你认识文秀锦？！

外婆说我当然认识她，我和她是晏摩教会女中的同学，没有我，她怎么认识你舅外公？

1997 年

这年的期末考之后,暑假第一天,陈伊铃到商隐家做客。

从小到大,商隐都没有带同学回家来吃过饭,陈伊铃是获此殊荣的第一人。

外婆看到这个女生的时候,瞬时就明白了外孙女前几天为什么忽然想到要去剪短头发。看来是两个人约好了一起去剪的。但论新发型的效果,外孙女稍逊一筹。

高中生不能烫头,两个女孩就用最笨的办法,把头发末梢绕着原子笔卷上几圈,卷上三个小时,卷发效果就出来了,能保持个把小时,足够在镜子前臭美一番。

商隐卷完后问外婆:像不像你们年轻时代的风格?

外婆说我们那时候的妓女才这么弄。

商隐不要脸地哈哈大笑说不像现在的妓女就行。

但在陈伊铃面前,外婆还是给足面子的,尽管陈一鸣不在家,她还是做了一大桌子菜,并且在饭桌上努力克制自己的倾诉欲。

陈伊铃父亲是音乐学院副教授,母亲是越剧团的国家二级演员,条件不错,家里请了保姆和一个专门烧菜的阿姨,但她仍十分赞叹商隐家饭菜的精致,认定外婆的手艺甩开自己家阿姨十条街,堪比外面菜馆的大师傅。

商隐讲还不都是被我舅外公那刁钻的嘴巴给逼出来的。

外婆本来想告诫陈同学若干关于家庭保姆和主人桃色绯闻的活生生的残酷案例,但终于忍住了,维护了晚饭的世界和平。

吃过饭后商隐带她看了舅舅交易的那些首版珍本书,全是国外原版,价格均以英镑或美元计,随随便便就是三位数起板。当年那些余老先生的珍本书一传到陈一鸣手里之后,马上就被拿出去交易了。买进卖出,有点像股票。舅舅脑子很活,眼光也准,余老先生没看错人。

陈伊铃说要是国内作家的书也有珍本交易就好啦。

商隐说那是不可能的,我们只知道玩古董字画和珠子石头。

那天晚上陈就住在商隐家,两个女孩共享一张床。她们悄悄喝兑了健力宝的伏特加。

商隐喝了酒就话多,跟陈伊铃说外婆的故事,讲她年轻时漂亮又大胆,16岁去给刘海粟的学生当人体模特,后来以讹传讹,传成她给刘海粟当过人体模特。但已经相当厉害了,要知道那可是解放前,一个资产阶级家的小姐脱光了给人画,要什么样的勇气?余守恒去了延安后,她很快被父母逼着嫁给一个军官,但一直生不出小孩,被婆婆和小妾欺负,一度想到自杀,被军官的司机救下。离婚后跟一个画家同居过一段时间,就是画她人体的那个画家的朋友,两个人快要结婚时解放战争即将结束,画家撇下她跟着家族逃去台湾,淹死在太平轮上。解放后她嫁给米店工人陈安,也就是商隐的亲外公。没几年就生了一子一女,本来想取名叫解放和红旗,外婆说我的孩子不能跟汽车一个名字,就叫一飞和一鸣。姐弟俩还没上小学,外公就挂了,此后她就没再嫁人。吃了很多苦,总算两个小孩都没早夭,都挺有出息——光说事业不说家庭的话。

陈伊铃听得叹为观止,实在难以把这段经历和刚才那个牙齿掉光、光靠牙床来吃饭的干瘪老太太联系起来。

伏特加的酒劲上来后面对面疯狂甩头,用飞舞的头发梢和对方决斗。商隐用力过猛,脖子一度抽筋别住,好半天没缓过来。她只好歪着脖子和陈伊铃讨论那部关于文秀锦的小说《同小姐》,讨论同小姐在故事里最爱的究竟是青梅竹马、同情革命的富家公子,还是浪漫风流的贫穷作曲家,抑或眼神危险的青帮弟子,四处漂泊的混血儿海员——以及,同小姐怎样和自己未来的丈夫在喧哗狂欢的舞厅里一见钟情。

对这点陈伊铃略有疑义,说为什么所有受欢迎的爱情故事都要一见钟情呢?

"难道你不相信一见钟情?"

"不太相信吧,我觉得日久生情会更加稳定,你很相信吗?"

"我相信,真正美好的东西能超越时间的长短,我们都迟早会爱上的。"

最后她们都困了,耳朵里各塞一枚 walkman 卡带机的耳机,在 Chuck Berry 的音乐中慢慢合上双眼。

一个睡得很好,另一个彻夜未眠。

陈伊铃来做客之前,商隐已经去陈家玩过一次,不过没有住在那里。她在陈伊铃的书桌玻璃板下面看到了自己的漫画像,头特别大,双眼有神,鼻尖一粒小痣,一手提着酒瓶,一手勾着一个小小人的脖子。小小人没有五官,比"商隐"矮一个头。

商隐说这个小人是你吧?哈哈哈哈,为什么没有脸?陈伊铃故作自恋道,我无法描绘出自己的美貌。商隐说这事儿交给我好了,来,给你先描个胡子上去。说完两人打成一片。

坏征兆是,陈伊铃上洗手间的时候,商隐随意翻了下她桌子上的各种本子,结果在文学社每周随笔的作文本上发现了盛赞给她写的文章点评。陈伊铃两千字的文章,盛赞在下面写了将近一千字的评语,好的字句,有问题的字句都勾了出来并配以说明,可谓不厌其烦,比金圣叹评《水浒》还仔细。而商隐交上去的文学社作品,除了《一树梨花压海棠》,盛赞给的就是一个"阅"字。

陈伊铃的每篇文章,盛赞都是这么认真对待。

司马昭之心,路人皆知。

商隐看看睡在身边的女孩,知道到了必须要做出决断的时刻。

第二天,两个女孩到大中午才起床,外婆已经做好了早午饭。趁着老人家又回去厨房忙活,商隐飞快地回到房间,拿出一个木盒子,塞进陈伊铃的书包,再坐回八仙桌边端起菠菜粥,对一脸诧异的女伴讲,盒子里的东西很珍贵,借给你几天,务必明天再打开看,而且要对任何人保密。

商隐知道她明天就要跟着父母去外地旅游,回上海要三四天之后。

陈伊铃不知道盒子里卖的是什么药,但看着商隐认真的眼神,点了点头。

下午,当客人离开之后,商隐回到床上好好补了一觉。

昨天夜里,为了斟酌写在那本古老的签名本最后一页上的那段话,商隐苦思冥想了很久。

好在她是用铅笔写的,文秀锦和她小叔的在天之灵,应该会原谅她这个大逆不道的举动吧?

1995 年的中考志愿

外婆太会藏东西了。

舅外公去世后的两个月里,商隐趁着外婆不在时悄悄搜遍了家里每个角落,找到了小学起就失踪的明星粘纸、一张藏起来的语文考卷、几颗塑料 BB 弹和若干蟑螂木乃伊,就是没发现那两个木盒子。有一天吃早饭的时候,外婆往她的泡饭里夹了一筷腐乳,说,死心吧,你找不到的,还不如好好用心念书,今年就中考了。

74 岁的老太明察秋毫,外孙女在干吗,她十分清楚。

商隐没搭茬,硬生生吞下一整块咸咸的腐乳。

舅舅陈一鸣已经搬了进来,把一切看在眼里。有一次帮外甥女默写英文单词的时候问她,想不想给你点木盒子的提示?

商隐怔怔,问,你知道在哪里?陈一鸣说不知道,但我能猜个八九不离十。商隐说我也能猜到,不用你帮忙。舅舅笑笑,重新叼上烟斗,一脸高深莫测。过了会儿,商隐问:"木盒到底还在不在家里?"

陈一鸣说当然在,你外婆经历了那么多,早就不相信眼泪,不相信口号,也不相信银行和保险箱。

"在就好,我迟早会找到的。"

这番对话过去不到一礼拜,转机就来了。外婆因为甲状腺开刀,在医院住了快一礼拜,由陈一鸣负责陪护,期间家里的伙食需要商隐自行解决。那个星期天中午商隐不想出门买吃的,泡面也吃完了。好在家里刚买了一个电饭煲,煮饭很方便,她就想煮点米饭配着斜桥榨菜对付一下。

在厨房里盛米的时候,商隐手里的小碗在米缸深处磕到了一样硬硬的东西。

事后商隐很佩服外婆的英明神武。老太知道外孙女是个从小衣来伸手饭来张口、不会做家务的独生女,在学校里做值日生能气死劳动委员,就算她把房间、客厅翻个底朝天也不会想到去厨房米缸里搜查,因为她平日里走进厨房的唯一动力就是晚上肚子饿了找剩菜解馋。而外婆每天醒着的时候有一半时间是在厨房为她的一日三餐忙碌。假如没有在米缸里发现用塑料袋包好的木盒子,商隐一定连米都不会淘,直接放进电饭煲里加水去煮。

一个木盒里是签名本，另一个木盒里是文秀锦的遗作。

为了看手稿，商隐一天都没吃饭。看完之后，她更没胃口吃饭了。

商隐终究养成了基本的耐心，没有直接跑去医院找外婆，而是等着她出院回到家。商隐也不顾老人刚动完手术不久，伤口尚未完全愈合，把两个木盒往桌子上用力一放，双手叉腰，居高临下地看着缩在沙发上闭目养神的外婆。外婆睁开眼，看看盒子，再看看目光锐利的外孙女，说你要是换身绿军装带个红臂章，我就算是回到六十年代了。

女孩不理会她的嘲笑，一指木盒："我都看到了。"

文秀锦的文章里，唯一写到的那对兄妹出生在法租界的一个大户人家，哥哥是个很双重性格的人，外表看上去像纨绔子弟，成天游手好闲不务正业，但接触深一点的话会发现他有理想有抱负也有才气。小三岁的妹妹也一样，看似大家闺秀，实则内心狂放不羁，什么出格的事情都敢想都敢做，喜欢和画家作曲家交朋友。她作为文秀锦的亲密好友，好几次袒露过心声，就是希望有一天能和哥哥两个人离开这座城市，冒充夫妻在每个陌生的地方都住一年，然后搬走，就这样去遍世界上每个国家，最后在南洋的种植园度过晚年。妹妹不光是这么说说，她还悄悄把家里值钱的东西偷出去卖掉，为自己的大计划积累资金，而盗窃的替罪羊自然是那些可怜的下人。

商隐:"她写的这个妹妹……真的是你吗?"

外婆刚要开口,一旁的陈一鸣阻止了她,说你刚开好刀,少讲话,我来说吧。

舅舅告诉商隐,文秀锦是外婆当年在晏摩女中关系最好的朋友之一,经常到对方家里玩,两个人还一起合写过剧本什么的,不过没完成。外婆的秘密,文秀锦都知道。外婆三番几次从家里偷东西,害得好几个佣人被解雇,当然不可能一直得手,有一次终于被父母逮住了,但她硬是没有交待这么做的原因,被打了一顿,关了一个月禁闭。余守恒知道事有蹊跷,就去问文秀锦。文秀锦获知外婆被打得很惨,就没能守口如瓶,都说了出来。余守恒本来就因为纱厂老板女儿的婚事问题头大如斗,这下在家里更待不住了,外婆禁闭还没结束,他就约了一个好友跑去参加革命了。

为了这件事,外婆和文秀锦断绝了来往。直到解放以后余守恒回到上海,文秀锦和外婆才又渐渐和好。文秀锦五十年代初去香港,签证什么的还是外婆托朋友帮她办的。这么多年过去,即便后来住在一个屋檐下,余守恒都没跟自己妹妹提及过当年这件事,好像从来不曾发生过一样。唯一的痕迹是外婆给子女起名,陈一飞,陈一鸣。余守恒年轻时给自己起的字是"虽无",源自《韩非子·喻老》里"虽无飞,飞必冲天;虽无鸣,鸣必惊人。"这句话。

文秀锦也在小说里留了线索的。那对兄妹姓同,妹妹就叫同小姐。同的古字写作"仝",同小姐等于仝小姐。

"仝小"合起来,是"全"。

陈一鸣讲完,商隐早已坐到凳子上,脖根出汗,宛如做了一场大梦。

"商隐现在也看过了,这书怎么处理?"舅舅问自己母亲。

老人几乎都没思考几秒钟,就宣布:"烧了吧。"

"不行!"商隐一跃而起,"这是文秀锦的文章啊!她托付给舅外公……"

"他又交给了我,所以我有权处置。"

"他遗嘱里又没写!"

"那你是要和外婆打官司吗?为了一部死人写的小说?"外婆摸了摸裹纱布的地方,"所以我一直都不太喜欢文人,生前各种笔墨官司,临死还要留个说法让后人嚼舌头,哎,写这些个陈年往事的干吗呢。"

商隐手发抖,说,你真要是烧了,就是文化罪人。

外婆说这个罪人我也当不了几年啦——小说烧了,另外那个盒子交给你保管吧,希望你别成了文化罪人。

舅舅已经从洗手间里取来一个铜盆,和书稿一起拿到院子里,划着一根火柴,点燃手稿一角,扔进盆里。火柴很长,烈焰有余,被他拿来点了一锅烟斗。

铜盆是外婆清明冬至拿来烧纸钱元宝的,著名作家文秀锦这部未发表作品的唯一手稿就在这个盆子里发光发热,享受锡箔纸一样的待遇。

外婆站在边上,叹口气:"哎,我从来就不太喜欢她写的东西,太细腻,针尖上雕花,吃不消。"

商隐:"那她知道吗?"

"当然不知道,我是好她朋友,应该支持她。"

"那舅外公……你什么时候才放弃那个念头的。"

"你以后会明白的,念头这东西,没长度,没分量,药性无穷无尽,不管自己现在过得怎么样,有没有条件实现,你都可以常把它拿出来念一念,像吃了一杯好酒,抽了一根好烟,睡了一个好觉,为什么要放弃呢?要知道,你舅外公,他是我这辈子见过的最好看,最有才气的男人。"

陈一鸣听到这里,喷了个圆圆的烟圈,走进屋子。

外婆接着道:"知道你舅外公离家出走后,我哭了两天两夜,当时以为这辈子都见不到他了,我父母去世我都没这么哭过。没想到他没死,回了上海,还是有名的作家,再后来居然又和我生活在一个屋檐下。所以他走的时候,我没怎么哭,因为觉得自己是赚到了,每一天都赚到了,还哭什么呢?"

终于,稿子烧完了,文字和回忆一起变成灰烬,可以散到空气里,无影无踪。

外婆转身:"进去吧,外面冷。"

商隐蹲下去,用手拨弄了几下余烬,说,我也要去晏摩女中。

1997 年

陈伊铃曾经在商隐面前展示过自己看手相算命的三脚猫本领。半吊子陈大仙拿着商隐的手端详半天，实在看不出什么来，只是说你生命线有点短啊，你看我的，是不是挺长。

商隐说长有什么好的，目睹自己乳房下垂满脸老年斑的样子嘛？

算命之后不到半个月，陈伊铃一家三口趁暑假出去旅游，小轿车在高速上出了意外。开车的父亲重伤，坐在后排的母亲轻伤，坐在副驾驶座的陈伊铃当场殒命。

追悼会上来了很多老师同学，盛赞带队，不见商隐。

这年暑假，商隐没出过家门，基本就待在自己房间里。外婆什么也不过问，准点把饭菜放在桌子上，商隐会趁其他人不在时把食物端进房间。偶尔几次上厕所时被撞见,头发都是好几天没洗的样子,脸色苍白如幽灵。每个礼拜会有一天,外婆即便没事也要出一次门,过了大半天才回来,此时商隐已经使用过了浴室,留下脏衣服在房门口。

老人嘴里没牙,心里却有把握。

八月的第一个星期五晚上,舅舅敲开了她的房门,手里拿着一个木盒。据陈母说,陈伊铃当时带着这个盒子出去旅游,说过是商隐借给她的书,所以整理女儿遗物时,打电话到余家,请他们取回。盒子被陈伊铃用红绳子扎起来的,所以他们也不知道里面是什么书。

舅舅把盒子交给商隐时,绳子已经不见了。商隐打开,取出那本意义重大、历经磨难的签名本,直接翻到最后一页。

什么也没有。

商隐把其他书页都翻遍了,真的什么也没有,只有那些逝者的签名。再回头仔细研究最后那页,纸面上有铅笔写字的印迹,应该是被人用橡皮小心翼翼地擦掉的。

她抬头看看陈一鸣,陈一鸣叼着烟斗也看看她,一言不发。

"就这些?"

"她妈妈就给了我这个。你们小姑娘的事儿,我老男人不懂,我只知道这个东西很重要,不该随便借给别人。"

"人都没了,说这个有什么意思?"

"可你还活着,仍旧可以偷我的威士忌和伏特加喝,可以继续跑到马路尽头阿三家开的杂货铺买香烟,继续读你的阿赫玛托娃,继续想一想你的念头。"

"我就知道你都知道。"

舅舅把玩着烟斗,说你舅外公有次和我喝酒聊天,谈起中国人的老规矩,最奇怪的就是"死者为大,不要说死人坏话"。他说人既然已死,便宠辱不惊、什么都无所谓了,没办法吹牛撒谎也没办法抵赖狡辩,不用担心他一纸诉状或者找你决斗,这时候的评价才是最有意义的评价。人固有一死,批评要留在活人心中流传下去,给后人启示,总不能留给子孙后代都是些假东西,有本事好话坏话一起都给灭了,就当这个人没来过——当然,这说的都是名人,你我这样的,都是小灰尘,的确就像从没来过。

女孩把本子放回木盒,盖上盖子,讲,我不想再念书,也不想考大学了。

"靠版税活一辈子?"

"没想好,反正不想再上学了。"

陈一鸣说也好,我们家读书人够多了,结果书读得越多,日子越过不好,你好歹可以试试看别的穷途末路。不过这事儿你要好好想想,等暑假结束了再决定。

商隐叹道,我们家的人都是怪物。

"只有你是,只有你。"舅舅起身打开房门,"不过我想,做个怪物也没什么不好。"

那个晚上,商隐最后一次进入梦乡,之后她就开始了漫漫的失眠生涯。

在这个具有纪念意义的夜里,她一共做了两个梦。

一个是梦到清明节前的清晨,她站在舅外公的床前,老人从时断时续的昏睡中醒来,对女孩说,外公想喝一点黄酒,一点点就好。商隐知道医嘱是不要让他接触酒精,但看上去舅外公很清醒也很有精神气,是最近半年来前所未有的。附近的菜市场在重建,外婆去了很远的地方买菜,一时半会儿回不来。小女孩飞快地跑出门,在马路尽头阿三家的杂货铺里买了一瓶花雕,在一次性纸杯里倒了一指宽的酒液。喝下去以后,他长长地出了一口气,说,终究不是太雕啊,不过,也知足了。

喝完酒,又喝了点保健的药水来掩盖酒味。为了防止被外婆发现,她把杯子和剩下的酒都藏在自己床下面,想着哪天老人精神再好点了,可以再给他喝一点。

但舅外公再也没有喝酒的命了,当天晚上,他就患了急性中风,被送到医院,可惜抢救无效。

追悼会开过之后没多久,商隐就把酒瓶和杯子扔到了马路上的垃圾站里。

第二个是紧接着第一个梦的。她扔完酒瓶,忽然就走到了晏摩女中的草坪上,大草坪有个吓人的传闻,住宿的女生们常说自己半夜在那里走着走着,总觉得草坪边那些石像雕塑的眼睛在盯着自己看。陈伊铃站在那里等着商隐,却一点也不害怕,说你可来了,快走快走,我们要去揭开谜团。

陈伊铃那时候老关心教室办公楼楼梯的故事。那个旋转楼梯,据说走上去和走下来的楼梯节数是不一样的。楼梯是白色的,很多年都没换颜色,不知道为什么,据说原来是个炮台。商隐就和她在台阶上来来回回走,果然不一样。商隐牵着陈伊铃的手,小心翼翼又走了一遍,终于发现了端倪。原来是楼梯最上面一个台阶特别小,有点斜,往往走下来时有点错觉就不算台阶了。

两个女孩蹲在那里,戳一戳那个很小的台阶,确定不是幻觉,便有些失望。陈伊铃说搞了半天居然是这样子的,没意思,哎,前几届的女生也真是笨蛋。

商隐忽然感到一阵乏力,四周闪起盈盈白光,脑子也越来越沉,她知道自己马上就要醒来,回到那个没有陈伊铃的世界里去了。梦中的陈伊铃诧异地看着好友像个气球一样飘了起来,顿时愣在那里。鼻尖有痣的女孩渐渐虚化,象阵烟一样即将消失,但声音还在楼梯上空徘徊:

"可是,你不觉得它也很厉害吗?那么小,那么不起眼,被人忽视,却成就了一个传说。"

〔人物〕商隐

光　环

0

他们跟着扫墓大部队下了乡间公交车。上午十点,天色阴沉如傍晚。气象预报说中午开始下雨,三人都备着伞。

余守恒四周年忌日,这种天气很应景。

清扫,摆祭品,取纸钱,全都由佝偻的老太和微微谢顶的中年男子来完成,少女就站在一旁看着。也许昨晚没睡好,也许昨晚根本没有睡,女孩黑着眼圈,在来的路上无精打采。老太和男人布置妥当,她眼神才活起来,从书包里掏出一瓶绍兴产的香雪酒,打开盖子,放在舅外公的墓碑前。

老太犹豫了下,还是拿出那盒双喜烟,取三支,由男人点着,呈扇形摆在地上。

上完香,三个人都不说话,仿佛用心灵感应就能与逝者沟通。烧纸钱时,老太嘀咕了一句"外孙女再三个月就高考了",便再无话。远处传来鞭炮响,还有吹鼓乐声,应该是哪户人家在做三周年忌日的法事。女孩回头看了一眼,转回来双手合十,闭上眼,口中似念念有词。

以余守恒的地位,不说宋园,葬在龙华是毫无问题的。但他生前明确表示过,希望自己的骨灰安放在普通点的地方,尽量不离开这座城市,有山有水最佳。这种要求和他平时吃喝的口味一样刁。

上海唯一能称作山的大概就是佘山这里了。

纸烧完了,香也烧完了,女孩拿起酒瓶,将金黄的酒液倒在地上。男人拿出烟斗,背对风向点着了火。黄酒酒香和丹麦烟丝的余馥吹杂在一起,正是逝者生前最喜爱的气息。

他们收拾完东西,朝门口走去。经过竹字区的时候,老太照旧说,你们等一下,我去看看。

男人停在原地抽烟斗,少女在几步之后跟着老太走进去,他也无动于衷。

老太驻足的那块墓碑看样子不过十来年历史,是从其他墓地迁来的。

房邑秋,松江本地人,生于1913年,逝于1972年,同样被写进多本中文系教材的重量级文人。天意弄人,两个生前的文坛死敌,如今骨灰安放处相隔不过百余米。两个老头的在天之灵,会在另一个世界继续互相较劲么?商隐常作这样的大胆遐想。

"其实一开始,他是我们家的常客。那时候你舅外公还没去陕北投身革命,就是个小开,他呢,已经是青年才子了,留洋归来,学校里最年轻的讲师,三天两头来我们家,说是说找你舅外公,实际上是找我。"外婆曾跟她说过这段历史,"后来我给画家当人体模特,被他知道了,恨得不得了,再也没来找过我,哎,书香门第的小孩。"

商隐说你当年要是没那么奔放,跟房邑秋走到一起,那文学史可能要改写了。老太摇摇头:"不会改写的,他们是文人。"

"他生前喝酒吗?"

"喝的。"

女孩闻言,将剩下的半瓶黄酒摆在余守恒对手的墓碑前。

香炉里几根香茬崭新,显然前不久刚有人来拜祭过。房邑秋的子女据说定居在国外,会是谁来上香呢?族人?远亲?故友?

天气预报今天失算了,这时云层居然开始散去,苍穹显亮,很快阳光就照到了一老一少的脖子上,也照亮了墓碑右下角的子女名单。排在最后面的那个人,身份比较特殊——

"门生 糜鸿飞"

1

这是一个漫长又持续的过程
从出生开始；
教人抛弃生存

漂泊者的影子
被一条又一条的胡同扼住咽喉
灵魂们挂在高高的夜空
安息；在生命的尽头
传递着告别的问候

沉默熄灭了我的蜡烛

而死神的墓志铭上
记载着声张自由的言语

——商隐《死亡》

商隐第一次见到那个姓糜的女孩,是12岁在市西文化宫。

那年张艺谋的《大红灯笼高高挂》上映,文化系统给余守恒他们这些退休老同志每人发了两张电影票。外婆一听内容介绍是关于大户人家的老婆们,就表示不想去看,结果便宜了商隐。

那时余守恒身体偶有小恙,但出门还是没问题的,就是走路不能像以前那样健步如飞,走楼梯也开始小心翼翼。"早个三五年,我能半个小时从徐家汇徒步走到静安寺,汗都不出。"他这样号称。可惜外婆从不愿意为这类丰功伟绩作旁证。

文化宫门口遇到各种熟人,余老先生逐一寒暄,举着糖葫芦的商隐则听了十几次"哦哟长这么大啦",耳朵几乎瞬间磨出老茧。只有一个四十多岁的女的,跟老头打招呼时不太一样,别人都笑得热情、熟练,甚至太熟练,而这个女人,生疏,小心,甚至有些愧疚,好像欠了舅外公很多钱似的。商隐注意到她那件灰棕格纹外套肩头破旧,边沿起了球,袖口却很干净,颜色也更鲜亮,应该是她常年戴着袖套的缘故。余守恒看到她也有些诧异,但随即很和善地回礼。女人身后一直躲着个穿白衬衫的女孩，仅伸出一只胳膊搂着女人的腰，小手有些黑。

女人扭过头，说，小小出来啊，叫人，叫爷爷。

女孩就是不出来，商隐只能看到白衬衫袖口上的一点棕色污渍，还有女人腰后有马尾辫摆来摆去的末梢。她再看看下盘，是黑色裙子和一双很旧的白布鞋。

余守恒呵呵笑着，说是叫米小吧？应该也快念中学了？

女人点头称是，一边使劲拽自家孩子，但死活拽不动。余守恒见状，说算啦，小孩子怕差，我外孙女也这样。商隐气得差点要扔掉糖葫芦脱口而出："我什么时候怕过？"

幸好这时有其他人来跟老头打招呼，余守恒朝女人挥挥手，带着商隐走开，才避免了继续尴尬。商隐被舅外公牵着走，还不忘回头看去，女人一边拧腰呵斥，一边用力挥手往腰后打去，真打假打不知道，反正她没听到任何哭声。

奇怪的小姑娘。她想。

这初次见面，只见到胳膊。

再度相遇，已经是三年后，余守恒也在场，只不过是躺在一圈花的中间。

他的离世不但震动了文化界，也是家里头等大事，以至于商隐分居两地许久的父母都分别赶回上海。出乎商隐意料，余老病逝后，外婆没有哭得死去活来，倒是商隐她妈在追悼会上一直没离开过手绢，表情从来如死水的舅舅陈一鸣眼眶通红，商隐父亲始终板着脸，一言不发，只是不断用鼻孔叹气。

商隐本以为自己会和外婆一起哭个昏天黑地，但外婆在追悼会上始终没有失态，她居然也没有，只是鼻子一抽一抽地哽咽着。参加吊唁的人开始围着遗体作最后告别，并和家属一一握手。商隐记不清已经走过去多少人，忽然看到了上回文化宫门口那个女人，她还穿着那件格纹外套，只是袖口也已经沦落到和肩头一个境况。

这次她终于看到了那个女孩的全相，似乎跟自己年龄相仿，瓜子脸，单眼皮，小嘴，鼻梁很高，奇怪的未老先衰的发型，似曾相识的白衬衣，黑裙子……以及一双红皮鞋。

擦得很亮的红皮鞋。

商隐抬头，发现那个小姑娘也在看自己，眼神让她想起自己小学三年级那次选红领巾中队长，被商隐以一票优势击败的那个男生就曾用这种眼神关照她。

当初在文化宫门口害羞地躲在母亲身后不肯出来叫人的，真是这个女孩吗？

格纹外套女人握了握外婆的手，又握了陈一鸣和商隐父母的手，似乎觉得握初中女生的手不合适，就朝她点点头，说了第五遍"节哀顺变"。整个过程里，红皮鞋女孩始终站在母亲身侧，既不说话，也不点头，只是看着商隐。女人似乎还想把她介绍给商隐，但把手放到女儿肩膀上的一刹那，红皮鞋率先迈开步子，往出口走去。大厅里人头攒动，外面还有很多人排队等着进来，声音嘈杂，商隐想，这次肯定听不到女人的呵斥声了。

领完骨灰,从火葬场出来的时候,商隐悄悄拉拉父亲衣角,说,刚才有个小姑娘,好像穿红皮鞋来追悼会?

父亲头都没抬,似乎在想自己的事,随口回她,小孩子不懂事情而已。

商隐:"那大人也不懂事吗?"

父亲怔怔,道,别管人家,管好自己。

但商隐不能不耿耿于怀,父亲在追悼会第二天就飞回北京了,母亲在头七之后也走了,他们各自回到自己的新生活里,把余老先生和兰考路老宅甩在屁股后面。而她要留下来,和舅舅一起陪着外婆,还有舅外公的骨灰盒。三七过后,商隐实在忍不住,向外婆提起女孩的红皮鞋,还有沪西文化宫门口的初遇。

因为问的不是两个木盒子的事,外婆很愿意回答:"那是糜鸿飞的家里人,糜鸿飞很久以前是你舅外公文坛对头的学生,唔,最忠心耿耿的学生。"

"舅外公还有对头?"

"人嘛,哪里都有恩怨。"

余守恒和房邑秋的文坛纠纷,五十年代那会儿圈内人尽皆知。余守恒算半个野路子出身,解放后在文化出版系统工作。房却属于学院派,搞散文创作和文学批评都很厉害。两人一开始是文学理念上的争执,属于笔墨官司,后来演变到评奖和推举新人方面的暗斗，第二战场一直开辟到了北京。房邑秋的学生里，充当急先锋最卖力的就是糜鸿飞。糜1940年出生，比房小27岁，天资聪慧，算是半个神童，可惜其父早年死于战火，家道中落，一度贫寒，房邑秋对其有知遇提点之恩，糜鸿飞16岁就进了大学，自然将房视为再生父母。五十年代前期，糜鸿飞没有来得及参与房、余之争，到六十年代初，他开始崭露头角，作为武器就有了杀伤力。有传闻说，当年针对余守恒的第一张墙报，就是糜鸿飞的手笔。

"如果传闻是真的，那他一定没想到，后来所有人都无法幸免于难。"

外婆说，1972年房邑秋去世，六年后拨乱反正，余守恒获得平反，重新回到工作岗位，唯独糜鸿飞没有找到好工作，被调到农业局负责看资料库。房邑秋没了，他的靠山也就没了，报纸刊物不太愿意刊登他的文章，出书就更别提了。但糜鸿飞过得再怎么清苦，也从来没跟余守恒说过一句道歉的话。八十年代先锋文学冒出来，余守恒举双手支持，糜鸿飞却给报纸投稿大肆抨击先锋实验文学，文章没发出来，倒在圈内传了开来，被人当成笑柄。

这个忠实贯彻老师文学理念的神童，于1988年春天因病去世，没能看到八十年代文学黄金时期的终结，也算一件幸事。他去世前一年，已经躺在床上不能动了，余守恒曾经提着糕点水果，主动上门探望。

商隐:"他怎么说的?"

外婆:"什么都没说,把你舅外公轰出去了呗。好像他老婆比较好说话,但当时她不在。"

"这……"

"你舅外公灰头土脸的,刚走出居民楼门口,带来的糕点水果被人从楼上扔了下来,抬头一看,糜家窗户后面是张小姑娘的脸。"

糜鸿飞的女儿生于1978年,时值浩劫结束,如送别黑夜迎来黎明初晓,故取名糜晓,商隐当初错听成"米小"。她总算明白怎么会有文化宫门口不肯出来叫人的那一幕了:"为了点笔墨官司,又不是什么深仇大恨,这么多年了还要弄到这个地步……"

外婆摇摇头,摸出一支烟。外公去世后,她被允许在七七之前每天一支烟,现在却一时找不到打火机,只能抿在唇间,说,那个年头,匕首投枪,你来我往,各有手段,有人来犯,必然反击……你舅外公也是普通人,不是圣人。

2

我没有掩起那扇小窗
今夜,他带着利剑而来
我曾是他的失眠
是他未曾命名的痛苦
和难以忍受的思念

而现在 他用每寸记忆向我复仇
沉寂,如刀子般
刺破我的小窗;一整夜
玻璃上,我的鲜血
是相爱的细节;让它

入木三分

而我每一口疼痛的呼吸

把我分成两份

一半千言万语

一半失了声息

——商隐《复仇》

商隐是在一片惊诧中考进华东师大的。

就在高三学年刚开始时，还有传闻，说她可能要退学不参加高考，据悉是因为暑假里好友陈伊铃车祸身故，精神受了刺激。开学后一个月，她忽然又出现在晏摩女高，看不出有什么精神病的特征，就是语文课上不再和老师顶嘴，仿佛失去了昔日的锐气和傲气。学校对她这"失去的一个月"也没个说法，好像商隐想来就来，想走就走。

"到底外公是余守恒啊，"有人满怀醋意地调侃道，"就算死了，那圈光环仍旧能保佑着她。"

可商隐考进华师大的消息一传来，调侃已经不足以平衡众人的心态。

上海高校，论文科，华师大排前三，论师范，坐头把交椅，论综合，稳稳四强。谁家的小姑娘进华师大师范专业，意味着以后有一份稳定的老师工作；男孩子被华师大录取，做梦也要笑醒,因为男女比例悬殊;穷人家孩子读上免费师范生,更是全家烧高香的愿望。

高中时代成绩一直处于中游的商隐,只靠高三一年(减一个月)的努力,就能考到丽娃河畔,晏摩女高很多人是不服气的,是高度怀疑的。再后来细节明朗了,商隐进的是俄语专业,有的人才松了口气。

九十年代后期,最热门的专业是"五朵金花"——财会、外贸、法律、计算机和外语,这个外语当然是指英语或者日语。眼光长远的选计算机,心怀文学理想的去中文系,认真仔细图稳定的学财会——可俄语,谁想去学俄语呢?又不是五十年代中苏蜜月期,国人现在对北面邻居的印象就是"倒爷"和一卡车方便面换一辆坦克的传奇。

高三毕业生最后一次返校那天,她在走廊里和以前的文学社老师盛赞迎面遇到,盛赞问,听说你进了华师大俄语系?女孩点点头,盛赞由衷叹口气:"苏联都没了,学什么俄语?"

陈伊铃死后,两人一年里没说过话,这回是破天荒头一遭。

"可是普希金和阿赫玛托娃还在啊,"商隐说,"永远都在。"

新生报到那天她不让外婆送,也不用舅舅帮忙,一个人拖着行李来到中山北路3663号,很快就有学生会的人来接应。

那时候,日式"学长学姐"的叫法还不流行,都叫师兄师姐。师兄们目的性明确,对长相漂亮的大一女生格外照顾。

商隐是被两个师兄带着领去宿舍的,一个书包一个小行李箱,被两个男生分抢下来,一路给她介绍那些非官方的人文景点。

"进来的时候看到草坪那头的小楼吗,当年日本人轰炸,把最上面那层炸平了,所以现在楼顶一马平川,看上去怪怪的。"

"我们学校毛主席像是举着手的,复旦那座是背着手的,因为复旦的建筑和力学不行,举着的手老断,只好改背手了,"另外那个师兄不甘示弱,"以前有人说晚上看到过雕像把手放下来……"

商隐笑笑,巴不得把书包和行李箱抢回来,心想,真是见鬼了。

她们这届学俄语的不过六七个人,可能是全校人数最少的专业,女生居多,但同系未必同宿。大学的新环境,和晏摩女高判若两个宇宙。商隐有个室友,全部化妆品家当就是一块肥皂,这块肥皂负责洗脸、洗澡、洗衣服,夏天脸出油,冬天脸开裂,全然不顾,一心只读圣贤书。食堂门口常年放着两个大铁锅,盛着很稀的土豆咸菜汤,免费供应,家境不好的学生一顿打四两白饭,就着这些汤解决温饱问题。而商隐已经觉得食堂饭菜是中华民族饮食文化中的一个污点。

课业本身对她而言倒没想象中那么难,33个西里尔字母,元音辅音,基础俄语,语法,会话,俄罗斯概况,文学史,俄罗斯文学经典导读……余守恒曾是苏俄文学的忠实拥趸,五十年代买了很多苏联小说,后来尽失,八十年代连买带淘,放满了半个书架,包括那些黄皮书灰皮书,商隐都挑挑拣拣地看过。舅外公自学过一点俄文,能勉强朗诵高尔基原文版《海燕》,反苏修时成了罪状之一。

大学里有很多社团,但商隐说什么也不想进文学社和诗社,倒是报了话剧社。社长是个女的,兼任导演,剪着很短的头发,嗓子粗野,看着商隐的五官,说,太好了,我们正缺女演员!

商隐说,我只想写剧本。

话剧社有两个导演,十来个演员,七个编剧,不知所谓、时有时无的剧务若干,负责舞美设计的却只有一个人,该独苗中学时代只出过黑板报。社长说要好的舞美人才,只能找上戏那边的人帮忙。

上戏到师大倒也不远,四公里多点路,几个女孩骑车慢点的话半小时也能到了。作为本市校园戏剧独一无二的标杆,上戏常有其他大学的话剧社或者话剧狂热爱好者跑来蹭课、看剧,但能不能说动舞美专业的人来帮忙,就看个人手段了。商隐的社长据说有个初中闺蜜的高复班同桌的幼儿园发小在上戏念导演系,能帮忙牵线搭桥,但也只是引荐一下,成不成,还看师大这边的个人魅力。

她们的目标是舞美专业三年级一个姓王的学生,水平很高,人送外号舞美小王子。

王子殿下那天在红楼的东排练厅帮师弟师妹排《麦克白》,商隐等人闻风而至。一开始公关工作很顺利,华师大这帮女生的姿色放在上戏校园里属于石沉大海,但她们来了五个人,规模上很显诚意,众星捧月般围着小王子,后者几乎就要被说动了。

恰在此时,演员们排练间隙休息,演麦克白夫人的女生款款走来,一只手搭在王子的肩上,问,怎么了?

问题问小王子,眼睛却盯着商隐看。商隐隐约觉得此人面熟,但记不起来在何处见过。对方却已经从她的身高和鼻子上那粒小小的痣里得到了线索:"你是商隐吧?"

"对……你是?"

"你可能不记得我了,我姓糜,糜晓。"

社长见是熟人重逢,再想想糜晓搭在小王子肩上的那只手,误以为大功肯定能告成,说,你们认识啊,太好了!

其实一点都不好,糜晓问明她们来找自己男朋友的事由,假睫毛忽闪忽闪道,他平时很忙的,很多人来找他,给你们帮忙可以,但不能真的当活雷锋吧?社长的心理价位其实就是一顿饭,刚要开口,商隐未卜先知地抢先问,多少钱?社长不了解两人的恩怨,心想谈钱多俗啊,人家明明也没说要钱。

糜晓笑笑,一点也不为谈钱感到羞愧,而是伸出惊天一指。

社长的真眼睫毛都要抖下来了:"一百?"

糜晓:"一千。"

1998年，全国人均月工资是六百出头。边上的舞美小王子看看女友，欲言又止。他不表态，这事儿就算彻底没得谈了。回学校的路上，社长用力猛踩脚蹬，一边用家乡方言迎风怒吼："这都什么人啊！有本事搞支枪去抢银行啊！"

在长宁路丁字路口等红灯的时候，社长稍微镇静下来了，问一旁的商隐："那个女的，和你是不是有深仇大恨？"

商隐不说话，只是含混地"唔"了一声。社长仰天长叹，大概是后悔把她带出来公关。

之前从东排气鼓鼓地出来后，社长带着其他人去找初中闺蜜的高复班同桌的幼儿园发小想别的办法。商隐走在最后，去洗手间洗了把脸，一出来，看到糜晓在厕所门口抽烟，便鼓起斗志，说，有点过了吧？

糜晓作为和她年纪相仿的大学生，抽烟姿势却无比老练，看都不看她，望着烟圈升腾，兀自一笑："过分吗？听说你外公的版税都归了你，他欠我们家那么多，现在轮到你还债，有什么过不过。"

商隐想质问余守恒到底欠她们家什么了，但话到嘴边又觉得纠缠无意义。

"舞美的人我都认识，你们以后不要再来白费功夫了。"糜晓温馨提示她。

商隐把餐巾纸团扔进门口的垃圾桶，没答话。

希望后会无期。她想。

上戏舞美之行折戟，让商隐在话剧社里越来越不受社长待见，没有好的舞美，话剧社总像个演课本剧的草台班子，社团管理层一片哀怨之情。商隐很识时务，过了一礼拜就从话剧社退出了，社长也没有用力挽留，毕竟，舞美稀缺，编剧过剩，商隐以前算可有可无，现在是最好没有，这样，她们才能继续去上戏找人帮忙。

好在华师大不是只有话剧社可以消磨时光。学校西门外有家"光环"咖啡馆，装潢是古色古香的欧洲小酒馆风格，除了咖啡蛋糕还卖酒精饮料。商隐几乎每晚都要去光顾，喝上一杯鸡尾酒、两盅烈酒和一瓶啤酒再回去睡觉。糜晓有一点说对了，在这个人均工资六百多的年头，商隐一个月零花钱有四百块，在学生群体里可称得上富若帝王。能常来"光环"消费的学生不多，她是常客中的VIP。为了让咖啡馆调出来的莫吉托更正宗，她自己花钱买了根薄荷叶捣棒送给老板，之后是莫斯科骡子用的铜杯，还在调酒勺坏掉的时候教老板怎么用吸管的虹吸原理代替。

有天晚上不知怎么的来了群加拿大人，大概是来开学术会议的，商隐把她买的两大瓶斯米诺夫伏特加放在咖啡馆冷冻柜里冰了一小时，再喝时口感妙不可言。这是舅舅陈一鸣教给她的真理，外国酒冰一冰都好喝，除了茴香酒；中国酒热一热都好喝，除了二锅头。凭着冰冻伏特加，商隐那晚放倒了一半的外宾，自己一个人施施然走回宿舍。第二天老板说不如你来我店里当兼职调酒师吧,工资你看多少合适?商隐说不用给我工资,我每个月给你一百,上班的时候酒随便我喝就行。

就这么定了。

3

我怀念那些
遥远而古老的时光
它们只是长河里
渺小的一瞬
可只有在一滴水里
我是我
你也是你

流浪的灵魂
诞生于史前的记忆
每只蚂蚁都是一种文明

只有月亮不语
谁的他乡不是故乡?

我怀念那些
遥远而古老的时光
因为只有在一滴水里
我是我
你还是你

——商隐《祖先》

这年11月初,龙重抵达上海。他之前在北京念法律专业,这次争取到了在华东政法学院做短期交流生的机会,要待三个多月。下了火车,在学校登记完,放好行李,顾不上交流生欢迎会,他马上提着礼物打车前往兰考路余家老宅。

他看到商隐,第一句话就是,我的天,你现在长得也太高了。

商隐说是你自己不努力好吧,给你一整个青春期你也没赶上来。

龙重的爷爷龙方侍,同样是载入文学史的人物,跟余守恒是故交,但和后者有三大区别:一、其作品的文学地位没有余高;二、在文坛的能量比余重大很多;三、他还活着。

龙老爷子来自湖南湘乡,和国民党名将宋希濂是同乡,比余守恒小五岁,一直视余为兄长,两人在陕北时期就是好友。建国伊始,老龙曾劝老余留在北京工作,但后者以乡愁为由,还是回到了故里。虽分隔京沪两地,通信却很频繁,余守恒生前出版的书信集里,就收有和龙方侍的通信十余篇。八十年代,龙方侍南下来沪,或余守恒北上进京,都携孙辈同行,一来二去,两个老头开玩笑地把龙重和商隐结了娃娃亲。

余守恒逝世,龙方侍本来是要亲自来追悼会的,无奈自己身体也有恙,委托儿子前来,还专门写了一篇很长的回忆文章,发在大报纸上。

龙重比商隐大两岁,身高优势却几乎为零。女孩发育时间早,她初一时已经比念初三的龙重高了大半个头。龙重自我安慰说男孩的发育期在高中,可以奋起直追,结果直到他考进北京一所不算太好的大学,个子也没有大踏步前进。如今商隐一米七二,龙重一米七五,商隐一旦穿上高跟鞋,龙重就没了。幸好娃娃亲是开玩笑的,否则龙重死也不会接受一个(看上去)比自己高的女朋友。

那天餐桌上就他们三个人,龙重不断惊叹外婆做菜的手艺,说当年余老先生因为想念这口上海小菜,无论爷爷怎么劝他都要回上海,真是不无道理。

湖南人龙方侍的孙子作为在京出生的家族第三代,湖南话已经不会说了,出口就是带着京味的普通话。商隐学着他的北京口音道,得了吧,这些菜哪儿有你说的那么夸张。

龙重说你是长期吃,习惯了,只缘身在此山中,懂伐?

外婆:"她身在福中不知福。"

龙重:"不过外婆您现在不戴假牙,只用牙床嚼东西,不觉得疼吗?"

外婆:"习惯就好了。"

男孩这次是真心赞美:"牛逼。"

龙重告辞后,外婆一件件整理他带来的榛蘑、人参和鹿茸片。商隐在边上感叹,这家伙,两三年没见,越来越油嘴滑舌了,还送那么贵重的东西,不会真要来提亲吧?外婆白她一眼,说,你想太多,脑子没坏掉的人不会娶你。

商隐:"娶我我也不嫁,太矮,龙爷爷也太强势,他爸倒还行"。

外婆说,哎,老龙这个人就是这样,现在应该还算好点了吧,当初你舅外公和房邑秋的事情,其实一开始房是针对老龙的,他看你舅外公和老龙关系好,就一起打击了——本来他是给老龙助拳的,结果弄来弄去成了纠纷的核心人物。

商隐说还有这内幕呐?

外婆摆摆手,道,陈年往事,现在谁还管呢,最早先,刚解放吧,房邑秋和老龙有一次见面能吵到挥拳头,好像是老龙因为什么问题打了房一拳,你舅外公跟着其他人一起劝架,哎,在场那帮劝架的人里后来都有人当了文化部副部长之类的,文人动武,你说多没面子?就这一拳,房邑秋,还有他学生,就跟老龙还有你舅外公纠结了一辈子。

商隐想到自己曾在师大的文学院大楼看到橱窗里展示的本学科名家资料,其中就有房邑秋的黑白照片,干瘦干瘦的一个人,再联想起龙老爷子矮壮结实的身板,忽然有点同情起余守恒生前的敌人来。

世事难料,当年笔杆子和拳头你来我往的老人可能想不到,若干年后,余守恒不但和房邑秋葬在一个墓地,外孙女还考进了房邑秋任教过的大学,糜鸿飞的女儿又在上戏和商隐冤家路窄。

龙重似乎嫌这些羁绊不够,来上海的第二天,提着礼物去了一次戏剧学院,敲开了某系主任办公室的门。

这位系主任是补缺副院长的热门人选,年轻时在曾北京求学,因缘巧合下结识龙老,跟他学过几笔丹青,讨教过诗词,还在龙家住过几天,有师生之谊。他送了龙重好几本自己的学术著作,得知龙重对戏剧也很感兴趣,分外高兴。那天晚上恰有表演系学生的大戏在剧场上演,系主任也没有应酬,便亲自带着龙重去观看,在观众席位列上宾。

上戏手绢大点的地方,消息传得很快,许多人知道了有这么一个来自北京的德高望重的老作家的孙子,多德高望重呢,基于每个省份使用的语文教材版本不同,大概全中国一半左右的高中生在课本里看过他的文章,试卷上阅读理解的课外篇目，时不时也有龙老作家露一脸。

当然，龙重除了"龙方侍长子长孙"这个头衔，其他光环也不少，父亲是著名的文艺评论家，母亲是广播台副台长，外公在首钢集团当领导。他虽然念法学专业，文艺素养的底子也很高，刚进大学就在北京一家政法类报社当实习记者，还在其他杂志刊物上发了不少文章，虽然以影评居多，称为"青年作家"有点心虚，但也算小半个文化人。

龙孙子身在华政，心在上戏，隔三岔五跑过来看话剧，在上戏几个剧场都畅通无阻，常来常往，终于认识了戏文系的糜晓同学。

商隐一开始还不知道这事，直到11月底的周末，龙重说要请几个上海这边新认识的朋友去衡山路酒吧街玩，特意叫了商隐一块儿，选了家没那么闹腾的店，驻唱歌手唱的是许巍朱桦而不是奇怪的欧美舞曲冠军榜，令人宽心。最早到的那几个，无非是龙重在华政的交流生同学、班长、院学生会副主席、辩论社社长、两个长得像亲兄弟似的韩国人。接着又来了两个上戏的，商隐那天在红楼里似有一面之缘。她隐隐感到有些不妙，但忙着代表中华人民共和国跟大韩民国代表队拼酒，无暇多想。

糜晓是来得最晚的，黑衣白裙，和当年的搭配相反，款式和质地更不知道进化到哪里去了，一对假睫毛忽闪忽闪，对着商隐看了很久。

"冤家。"商隐在心里嘀咕。

龙重说来来来,介绍一下,这是商隐,我在上海的发小,这是糜晓,上戏戏文的,但也能上台演戏,麦克白夫人。

商隐刚要开口说我们之前见过,糜晓已经朝她伸出手:"幸会,真是个美女,这么高,是模特吗?"

商隐相信凭着这手演技,糜晓在话剧舞台上绝对游刃有余。好在在场还有其他人,两个女孩接下去的相处不至于尴尬。

这帮人在喝酒方面,性别不论男女、地无分南北,都很豪爽,毫不扭捏,三四轮SHOT和两轮喜力啤酒过后,趁龙重去小解,商隐在男厕所门口一把拽住他道,那个糜晓,你怎么认识的?你知道她什么来历吗?!龙重这会儿已经有点喝高了,大脑里的信息接收系统和信息分析系统已经形同陌路,根本搭不上,说,哦,糜晓啊,她也写东西你知道吧?写爱情小说,言情,笔名叫……叫艾璃!对,是这个笔名……啊呀不和你说了要尿裤裆里了!

商隐从厕所回来,那帮人还在桌边继续叫酒,她犹豫着要不要先走,却没发现糜晓的身影。最后在二楼的露台,她看到糜晓不避寒意地坐在秋千架上,吐云吐雾。

从侧脸看,她是漂亮的,望着月亮的眼神也不怀恶意。

"抽烟?"对方朝向她问。商隐摇摇头,发现她交叠着的双脚,穿着一双五六公分左右的高跟鞋,糜晓只有一米六多点,蹬上这双鞋,仍旧不会抢走龙重的风头。

鞋是酒红色的,让商隐想起舅外公追悼会上的那双小皮鞋,鲜红,锃亮。

糜晓注意到了她的目光落脚点,俯身揉了揉脚踝,道,真羡慕你们这些长得高的人,不用穿这种东西来给自己助威。

今晚的糜晓有点怪,不复昔日在红楼里那种盛气凌人,商隐猜想,是因为她知道我已经被迫退出了学校的话剧社?

"有什么好羡慕的,从小坐在教室倒数第一排,被男生各种开玩笑,后来想高中男生总该长高了,我可以不用坐后面了吧,结果考进女中,逃不掉倒数第一排的命。"

"座位虽然倒数,人生却是一流的。"糜晓掐灭香烟,又取出一支新的,"你不知道,小时候我爸一直让我以你为目标去努力。"

她比商隐早一年出生,求学之路可谓高开低走。早先在父亲的悉心调教下,读小学时跳了一级,然而十岁那年父亲去世,母亲文化水平低,在学业上爱莫能助,糜晓渐渐落入中流,小升初念了所普通初中。初二时成绩不佳,老师说这样没法考重点高中,她妈咬咬牙,以女儿生病为理由,硬是让糜晓留了一级——跳级一年,留级一年,这下算是扯平。但她中考仍旧没发挥好,死在数学上,考进了一所治安管理水平堪忧的普高,她妈再咬咬牙,问亲戚借钱,让她去区重点北海中学借读。这钱花得很值,她被严格的老师半刺激半鞭策着赶上了大部队的中流水平,加上那年的高考数学卷出奇简单,艺考合格,文化考达标，终于进了梦寐以求的上戏。

而作为目标的商隐呢，全区最好的一中心小学，全区顶级的兴业初中，市重点前二十的晏摩女高，华东师大本科，舅外公的版税遗产……一路顺风顺水。

一路听下来，商隐才明白这里"目标"并不是好榜样的意思，更像是游泳比赛中领先自己一个身位的那个对手。

"从小父母就一直吵架，我妈老怪我爸，当年站队没站好，被人当枪使，弄到后来待遇也没有，路子也没有，生了大病只能想办法塞红包，不能直接打招呼开后门，但有一点他们很统一，我爸要我比过你，我妈要我不能混得像我爸那么惨。当初要是没考进上戏，死的活的我都对不起，估计早跳江了。"

商隐："你活得太不轻松。"

縻晓："大部分人都不轻松，你很幸运，目前为止。"

龙重这时晃晃悠悠地走上露台，说可找着你们了，下去接着来啊！我点了一打 B-52！

今晚这顿酒一共花了多少，商隐不得而知，龙重是被人搀着走之字形去吧台刷卡结账的。出了酒吧等着打车，两口烟没抽完，冷风一吹，龙重就吐在路边梧桐树下了。商隐看他这样回学校宿舍不放心，打算把他带回兰考路老宅，开车也就十来分钟。縻晓说我和你一起吧，我家住南市，顺路，还能帮你搭把手。

她们扶着龙重上了辆强生出租，上车时边上几个老外吹了声口哨:"Double queens with drunk king!"被商隐一句"法克奥夫"怼了回去。糜晓坐后排最里,商隐在最外面,龙重被夹在当中,手里捧了个塑料袋,时不时往里面补充点流质。

商隐一边帮他扶好塑料袋,一边强忍住恶心道:"这家伙今天吃错药了,喝那么多。"

糜晓面不改色:"搞不好,是在北京一直被管着,来了上海可以自由洒脱一段时间,太兴奋了。"

车子开过两个路口,龙重不再呕吐,嘴里嘀嘀咕咕,许是在用克什米尔方言背诵《诗经》,接着上身一软,往左倒去,糜晓倒也没嫌弃他,拿出纸巾给他擦了下嘴,任由他的脑袋睡在自己膝盖上。商隐看不下去,但觉得把他拽起来又有些残忍。后座陷入沉寂,商隐转头端详两人,糜晓面无表情,龙重神态安详,还有点儿童般的纯真,还处在那种没吃过女人苦头的年岁。

为了散气味,四扇车窗全部摇下。司机师傅打开车载电台,调了几个频道,最后选了张少佐的说书《笑傲江湖》。糜晓打破后座的沉默,说我爸以前很喜欢看金庸这套书,他还把你外公和龙重的爷爷比作书里的两个人。

商隐心头一颤,问,谁?

车子这时正好停在兰考路5号门口,她无从知晓答案,费力地把醉鬼从车里拽出来,糜晓丝毫没有要"搭把手"的意思,始终坐在车里。好在商隐人高,架着龙重还能腾出一只手来找院子铁门的钥匙,忽然听到身后糜晓叫她,便问,怎么?

糜晓:"听说你读过很多俄国文学,茨维塔耶娃看过么?"

此人是阿赫玛托娃同时代的女诗人,名气和阿氏不相上下。商隐点点头,不明白她用意何在。糜鸿飞的女儿说:

"我体内有魔鬼。"

然后摇起车窗,跟司机说了南市区的地址,车子启动,留下商隐和趴在她肩上的龙重,矗立在昏暗的路灯光下。

那是茨维塔耶娃比较著名的一首诗,开篇头两句是——

"我体内的魔鬼没有死去,

他活着,活得很好。"

4

藏在最深处的;被唤醒
生命之精灵
连微弱的脉搏也感受到了颤动
我好高兴你来了;玫瑰色的你
我们在同一份爱情里呼吸

你改变了我;如同改变了一条河
更换了我的生命
午夜的灼烧敲响了十二点的钟
我亲吻着你;
和你带来的每一种鲜活的爱与疼痛

——商隐《新生》

摊开上海市区地图,三所大学的地理位置很微妙:毗邻长风公园的华东师大属于普陀区,其东南方向一公里处,是长宁区的华东政法学院,从华政再往东南方向两公里,就是静安区的上海戏剧学院。冥冥中,正好和那晚三人坐在车子后排的位置对应起来。

酒吧聚会的第二天早上,龙重还在客厅沙发上当挺尸,商隐吃早饭时跟外婆说了舞美小王子的事情和前一夜酒吧见闻,刻意隐去了关于《笑傲江湖》未完成的对话,只是说,縻晓这人,态度时好时坏的,真叫人吃不准。外婆慢吞吞把黄泥螺的空壳扫进空碗里,拿抹布擦干净桌面,才讲,她不是一下子对你态度好转了,是因为沙发上这个小朋友。

商隐还后知后觉:啊?

外婆说,再过段日子你就会明白了。

果不其然,过了一星期,龙重再次来兰考路蹭饭,无意中告诉商隐,他为了感谢那晚縻晓送自己过来,特意请她到天虹大酒店吃饭。那家涉外酒店吃顿饭老价钱了,普通工薪阶层轻易不会踏进门,很多电视剧都喜欢在里面取景。商隐撇撇嘴说你丫的,我也把你送回来了,你怎么不请我吃饭?龙重说咱们不都是自己人吗,请你吃饭分分钟的事儿,再说了我那晚把人家的裙子吐得一塌糊涂，差点不能再穿了，总要请她吃顿好的。

商隐差点就想掀桌子澄清事实：那晚在车上，龙重明明都吐塑料袋里了，糜晓的裙子从头到尾洁白无瑕，商隐架着龙重下车时，糜晓唯一的动作就是在他们身后把车门给关上。

但她看到了桌子对面外婆的眼神，会意，不动声色地问：你也是零花钱太多了，那……就你们俩吃的饭？肯定又出了不少血。

龙重说哪儿啊，别提了。糜晓不愿去天虹，说这种高档地方她走进去就小腿打颤，结果把龙重带去复兴中路西藏南路口的一家面馆，店面破旧得不得了，但红烧大肠做得出神入化，配上烤麸和咸菜，可算人间绝品。两个人也就吃了十五块钱，就坐在路边的临时餐桌上，一边吃，一边还有大老板模样的人开着丰田皇冠特意过来吃的。

商隐心想，妈的，那家店我以前也常去。

饭后外婆在厨房洗碗，陈一鸣在自己房间看书，商隐和龙重蹲在院子里用剩菜喂附近流窜的野猫。商隐见他心情很好，一直在摸一只黑猫的脑袋，冷不丁问："你看上她哪点？"

龙重的反应差点把野猫吓跑："我看上谁了我？！"

商隐说你少来这套，你爸妈一个月给你多少银子啊，又是请喝酒又是天虹大酒店，出血出得都快成干尸了，你还说对她没意思？招了吧。

对方还想抵赖:"我只是挺欣赏她的。"

商隐换了个切入点:"可你知道她爸是谁吧?"

"知道啊,糜鸿飞嘛,这都多少年老皇历了,还能世世代代传下去不成?马上都要21世纪了,该翻篇儿啦。"

"可你不觉得她妆化得有点浓了吗?"

"那是你自己从来不化妆吧姐姐。再说了,女人化妆是给男人面子啊。"

"那你不觉得她写的小说很俗气吗?"

龙重想必也是看过那些小说的:"我并不是欣赏她的写作才华,而是……整个人的气质,还有台风。"

商隐站起身:"我他妈还龙卷风呢。"

她这股火气并非空穴来风。

龙重宿醉之后的那几天,商隐专门跑到上海图书馆期刊阅览部,查阅了近两年来的《少女心》和《花伶》杂志。糜晓以"艾璃"的笔名在上面发了十多篇小说,清一色爱情故事,女主角不是父母离异就是爹妈早逝,要不就是来自领养家庭,对现实世界充满恐惧,对爱情既懵懂、渴望又害怕受伤、被骗。男主角不是辩论社核心就是篮球队主力,要么就是披着白围巾在湖边读诗的文学青年,或者刚在画坛崭露头角的美院才子。但无论男女主角身份家世怎么变化,故事里总有那么一个出身名门、身材高瘦却心眼狭小的女配角或者男二号,一门心思要破坏两人的感情,致女主角于万劫不复的深渊。

文笔只能说差强人意，唯一让商隐印象最深刻的是这段描述：

"她是天之骄女，光环罩顶，紫袍加身，眼界看似开阔，实则容不下一粒尘埃。她是想做没有行星的太阳系，那唯一的恒星，烈焰灼人，连月亮也不能允许存在。"

商隐想，在描写反派人物方面，縻晓还是挺用心思的，主要是真情流露，又有生活原型。

这年十二月初，縻晓她们的《麦克白1998》在上戏小剧场正式首演。龙重问商隐要不要一起去，商隐推说有事，但表示会送花祝贺。龙重心大，没有细琢磨，以为两个女孩早已冰释前嫌，分外高兴，乐呵呵自己去了。

首演很成功，几个主演手里的鲜花快要捧不下。龙重专门到后台看望縻晓，打算和剧组一起夜宵，此时有人来找，说是縻晓的包裹。

鞋盒大小的精致礼盒，以丝绸捆扎。打开一看，是鲜花十一朵，漏斗状粉色花冠，单瓣五裂，叶子青绿细长，叶柄扁平。龙重纳闷，这种花似曾相识，但就是一下子想不起来何时何地见过。

演邓肯国王的男生忽然开窍，惊呼："夹竹桃！"

众皆哗然，从小到大，没见过祝贺送夹竹桃的，它的叶、皮、根、瓣、籽都有毒，毒性还不小。

送包裹的人表示自己只是收钱办事，和包裹内容全无关系。糜晓翻开花朵，在盒子下面取出一张纸片，上书"来自太阳系唯一的星球"，然后转身去看龙重。男生一见眼神就懂了，心想商隐怎么能干出这种事。他自觉没脸再去吃夜宵，又气得不想见商隐，悻悻骑车回了华政。

第二天他一天都是课，过了晚饭时间才去华师大的咖啡馆找商隐兴师问罪。商隐说你晚来一步，糜晓已经回过礼了。今天中午她在学校宿舍接到外婆电话，说刚才有人来兰考路找商隐，有样东西受人之托要交给她。

龙重问，什么东西？

商隐：一瓶醋。

糜晓应该是知道民国时冰心和林徽因的那段逸事——冰心以林为原型，写了篇带着讽刺意味的《我们太太的客厅》，林徽因、梁思成、徐志摩、金岳霖全都在里面。林看了之后，差人给冰心送去一坛山西老陈醋。糜鸿飞的女儿有样学样，只不过她送商隐的是瓶上海白醋，许是取"白白吃醋"之意。

龙重见糜晓的反击迅速又犀利，自己便不好意思再言辞激烈抨击商隐了，只说，你没必要闹这么一出，其实糜晓挺可怜的。

商隐问怎么个可怜法？

龙重见她正在喝龙舌兰和雪碧混制的 Tequila Pop，讲，她小时候家里经济条件很不好，你就说这雪碧吧，糜晓特别喜欢喝，但她妈难得给她买一次，说碳酸饮料都是色素，其实就是怕花钱,她就只好拿个玻璃杯,倒半杯雪碧,再倒半杯白开水进去,混着喝,雪碧越喝越少,她就白开水越掺越多,一直掺到最后一杯,基本没甜味了,只剩下一点点气泡,你说可怜不?

商隐扬扬眉毛,说你连这都知道了,平时聊得很深入啊。龙重知道她在避重就轻,坦言道,反正,哎,我以后再也不让你俩见面了。

商隐把鸡尾酒一饮而尽:"这样最好,对了,你以后来学校找我不用去宿舍,我要搬到外面住了。"

"嗯?为什么?和那帮书呆子闹翻了?"

"一言难尽。"

商隐住的六舍,建于1954年,年纪和她爸一样大,呈回字结构,走廊曲折,采光幽暗,水房样式古老,楼梯走向复杂,第一次进来的人很容易迷失自我。六舍的地板都是水门汀,每天晚上商隐回来,都能听到大楼里有响脆的高跟鞋声在回荡,却始终不见人影。笃,笃,笃,笃,节奏稳定,意蕴悠长,好像那个人永远也走不完这些楼梯。商隐有几次问室友,你们就没听到过这声音吗?室友大部来自农村,比较老实,不会骗人,说没有啊,我们楼里好像没什么人穿高跟鞋吧?是不是幻听了?

她不信邪,有一次又听到装神弄鬼的脚步声,一口气追了上去,一分钟里把整栋楼四层都跑了下来,人气喘吁吁,却连影子都没见到,那高跟鞋声音还在笃,笃,笃,笃。

她那几个室友也不好相处。为人诚实是不错,但也意味着缺乏交流技巧,有事都正面交锋。她们一间宿舍六个人,三床女生在法语专业,是老家那座城市的文科状元。学校第一节八点开始,她每天早上四点半就起床,洗漱完毕就站在院子里背法语单词,嘀哩咕噜,叽里呱啦。商隐的床位靠窗,窗外正下方就是院子,每天早上准时接受伏尔泰和卢梭的母语熏陶。

英国人对法语发音有个形容叫"连汤带水",在商隐看来却像是吐痰前的酝酿。都德在《最后一课》里说法语是世界上最美的语言,只能证明都德是波尔多酒喝多了,他起码应该听过意大利人说话吧?那才叫优美。俄语呢,柔中带刚,比德语柔和,比法语硬气,的确像是伏特加喝多了也能说的语言。

到了五点半,她们宿舍的六床也加入进来。六床学德语,天天早上要练小舌音。一法一德,在院子里交相辉映,被窝里的商隐此时最大的期望就是两人能重演第一次世界大战的西线战事。孰料这二人竟然惺惺相惜,刻苦的人总是尊重刻苦的人,同时对游手好闲者抱以鄙夷。

商隐有一次对三床提议说,早上背单词固然好,但能不能稍微晚点,毕竟大家还要睡觉的。三床说这是她在中学养成的学习习惯,改不过来,再说,商隐自己平时起床特别晚,其他人都起得早。六床也进来插话说,商隐平时除了上课,自习教室和图书馆都见不到她人,每天很晚才回宿舍,还一身酒气,这时候大家基本都睡下了,她还在洗漱、脱衣服、摇摇晃晃爬上床铺,这难道不也算是一种干扰吗?

商隐被欧盟说得无言以对,只好放弃正面战术。过了几天她去第一食品商店买了不少吃的,带回宿舍准备分给大家。碰巧其他人都去图书馆自习,独留二床的大三师姐在日语一级考试的题海中畅游。师姐看一眼她手中两大袋零食,指尖的圆珠笔转了一圈,讲,听我一句,你其实没必要这样,她们不会领情的。

本宿舍的女生很少吃零食,就是因为大家都来自小地方,家里条件不太好,怕花钱。进大学这么刻苦,是为了改变命运,不是为了享受生活。商隐这么请客,是最笨拙的表达好意,其他人还不起,商隐肯定会说不用回请,但这样一来,就带有怜悯意味,这是这群要强的女生们所不能接受的。

商隐怔在原地。

"你晚上去酒吧,周末回家睡,平时不自习,不早起,连学校食堂都很少去吧?不求奖学金三好生,也不求保研和入党,看着没威胁,但用老话说,叫脱离群众,讲穿了,不是一路人。"师姐又转了一圈笔,"女生宿舍向来复杂,三年里我住过三个宿舍,已经见了太多,我要是你,逃都来不及。一点过来人的小建议,听不听由你。"

说完,戴上 walkman 耳机继续做日语听力题。

商隐在学校北门外的长风三村找到了出租的房子,龙重自作聪明地简称为长三,被商隐在后脑勺拍了一下,说你不懂别乱用简称,长三是旧社会的高级妓女。龙重说你宿舍待不下去,可以住自己家呀,反正也不远。商隐笑话他,谁读大学还要走读呢?你肯?

家里人没反对商隐租出去,外婆以为是外孙女天生爱自由,只有陈一鸣知道具体原因。商隐的银行卡保管在舅舅手里,陈一鸣把银行里取出来的钱交给商隐去租房,一边若有所思道:"这么退让,不太像是你的作风。自从进大学,你整个人情绪就不太对,好像萎掉了。"

商隐:"是吧?那两个人,有啥消息吗?"

舅舅摇摇头,又讲,马路那头开杂货铺的阿三说,你要他带你去浦东见梁妈妈?你什么时候信这个了?

商隐:"我就是好奇,可以伐?"

梁妈妈是阿三在浦东老家的一个老邻居,两年前一场没来由的高烧差点要了她的命,怎么吃药打针都没用,眼看要断气,忽然又痊愈了,能下地干活。但从此之后变得絮絮叨叨,说的却尽是东家长西家短一些不为外人知道的秘密,连谁家老爷子生前瞒着后辈在屋梁上藏着国库券这种细节都能说出来。村里人谁想念老人了,都来找她"聊天",一聊就灵,一传十,十传百,成为当地小有名气的两界中间人,镇里、市里都有人专门来求她帮忙。梁妈妈有求必应,却坚拒收下任何钱物。

商隐那次就好说歹说,缠着杂货铺阿三带她去了一次浦东。梁妈妈扔在人海中就是个普通的农村妇女,人到中年已经肤黑背驼,皱纹旺盛,要论眼神气场,没什么特别,正坐在灶房一个小板凳上剥毛豆,边上是一圈串门聊天的同村妇女,同样的体态、皱纹、神情,连穿的衣服都像一个女子组合的。阿三不点明,商隐根本不知道谁是传说中的梁妈妈。

阿三说,你要问什么?商隐想问一个好朋友现在过得怎么样。阿三用本地话转达了,梁妈妈连缓冲时间都不用,阿三一讲完,她就叽里哇啦说一长串,商隐一句都不懂。阿三简短翻译道,你朋友在那边挺好的。商隐扬扬眉毛:"我还没说那朋友是谁呢。"

阿三:"一个短头发小姑娘。"

商隐默然,看着梁妈妈。老阿姨却不看她,继续剥豆子,好像这才是一生中最要紧的事情,然后又嘀咕了一句,阿三也一头雾水,转向商隐:

"她说……她说,叫你不要害怕高跟皮鞋。"

5

今年,我选中秋天做我的爱人
我爱他簌簌的缠绵
和萧瑟的情意
我从不介意凄风苦雨的伤害
而爱情,被阻绝在
车水马龙的失望之外

我听见,星期天凌晨
街边的干花
他来时的脚步在枯萎
针尖上的一点锈,被绕进

心上每一个死结里

每个黎明,都是繁星对黑暗
一次盛大的放弃
人们把,一场背叛
与另一场背叛的间隙
叫做,爱

——商隐《爱人》

龙重终于跟糜晓摊牌了。

他采用的方式倒也蛮古典,是递情书。龙重在华政一没课,就骑着自行车往上戏跑,一礼拜能见上糜晓三四回,去安福路看戏,到云南路吃夜宵,到南京西路看画展,结束后把她送回上戏唯一的那栋宿舍楼下,从来没用书面文字沟通过。当龙重把那封信交到糜晓手中时,大家都是心照不宣的。递交情书就像递交国书,走的是个仪式感。口说无凭,白纸黑字,感情的邀约似乎就有了额外的分量。

递完情书,龙重说你回去再看,然后骑上车沿着延安路落荒而逃,一夜没好好睡觉。第二天他们约了在复兴西路的翠茗轩喝下午茶,龙重强作镇定,抿口铁观音,放下杯盏,问,那信,看了吗?

糜晓讲,看了,但是,有用吗?

龙重事先预想过无数种欢喜或者悲惨甚至模棱两可的局面,唯独没想到还有这一问,不禁反问:怎么会没用?

糜晓委婉表述,龙重努力破译,总算明白了女孩的意思。龙重来上海不过是交流三个月,糜晓现在要是答应了他,再过两个月,龙重一回北京,关系一散,那就是短期恋爱,不当真的,她糜晓可从来不会为了玩玩才谈恋爱。可要是不分手,那就是异地恋。她进大学两年,目睹师兄师姐同班同学各种异地恋,最后无一例外是一拍两散。既然结局能一眼看到头,最后大家受伤害,不如一开始就不答应。

龙重松了一口气,说原来是这么回事啊,便让糜晓不用担心。她学的是戏文,最好的出路是在影视圈当编剧,属于文艺行业。上海虽然经济发达,正在往金融中心、贸易中心奋进,但政治文化中心还是在北京,出版社、杂志、文化公司、影视公司,导演制片编剧演员,最好的资源都集中在那里。糜晓毕业之后想要有大发展,北上是必然的选择,到那时候不就和龙重团聚了吗?以他们家的关系网,定能让糜晓顺风顺水。

糜晓:"你越说越远了,怎么搞得在帮我做职业规划一样。"

龙重哈哈一笑,说本来嘛,人看得远,是好事,拘泥眼前,沉沦往昔,怎么往前走。

这顿下午茶喝得很开心。

商隐听他说到这里,已经不下五次想打断龙重的话、再打断龙重的腿："她难道不是在跟舞美小王子谈恋爱吗！"

不过这次她学聪明了，没直接点破，问，那你们这算是成了？龙重说没有，她说还需要考虑一段时间，糜晓这人做事儿比较慎重，比较稳，我是她，也会多花点时间好好想想，这阵子我不敢太频繁去她们学校，怕给她留下印象是我在催她逼她，这时候我反而要"松"一点。

商隐："怪不得你现在老往师大咖啡馆这里跑，您还真是情场高手，想那么周全。你就不怕来我这里太勤，糜晓吃醋？"

龙重："我专门跟她解释过你和我的关系，咱俩要真有意思，早就成了，你说是吧？"

商隐："是是是，主要还是毁在身高差距上。"

自从搬出六舍，商隐每晚都是咖啡馆最后一个走的。上午咖啡馆生意最冷清，学生大多在上课，下午晚上才会来。龙重频繁来光顾，就是看中了上午这份清静。在上海的这一个月里，他东串联，西走动，和龙方侍当年在上海的几个老交情的子女孙辈都热络起来，时常请他们到此地吃吃咖啡，聊聊天。

他几度想让商隐过来一起坐坐，商隐说别别，求您了，我最烦见这帮人，舅外公当年刚退休，这群人隔三岔五来我家开茶话会，聊的都是陈年皇历的祖宗，听两次就够耳朵长老茧，自己什么成绩都没有，出的书不是悼念祖父就是追忆老娘，我舅外公外出旅游、钓鱼的爱好就是这么被逼着培养起来的——

你们华政就那么闲吗？我俄语单词已经背得求死不能了。

龙重说华政嘛，平时疗养院，考试时疯人院，这不离集体疯癫还有一个多月么，其实听这帮人扯淡还是有好处的，明年大学本科要扩招了你知道吧，到时候招生人数翻一番，你们学校，还有华政，现在校区的这点地方肯定不够，要往郊区搬，那里地方大，土地价格便宜，你们好像要去闵行，华政要搬去松江——那里以后大学要扎堆了，不过你们这届肯定是不会搬走的。

商隐在吧台后面默默拿毛巾擦酒杯，忽然问，糜晓要出书了对吧？

"啊？"

"那天你在咖啡馆外面打公用电话，我都听到了——是给你牵线的吧？"

龙重说你还真抬举我了，不是，是同时有两家出版社主动找上门的，她不是已经发了好多短篇了吗，人家就来问有没有长的，糜晓吃不准两家出版社哪家靠谱，就让我给参谋参谋，我东找西托，才打听清楚。

"你怎么不来问我，我舅舅就在出版集团上班，你知道的。"

"不想给他添麻烦。"龙重嘻嘻哈哈地转移话题，"对了我挺纳闷，你到现在怎么一直不出书啊，你不是从小就爱写诗吗，以你的资源，出书分分钟的事儿啊？"

商隐放下擦完的酒杯,说,不要你管。

高考结束的那个七月,她曾经带着厚厚两大本硬面抄去找颜必行,里面是她从小到大写的近百首诗。

颜必行是余守恒故交,两人从少年时代就认识,友谊一直保持到余守恒生命结束。商隐的舅舅陈一鸣八十年代初从师范大学毕业,不想去学校分配的工作岗位当小学老师,想去美国或者加拿大念书。他的外语是余守恒亲自指点过的,余守恒早年是上海中学出身,十几岁能看原版《福尔赛世家》。对陈一鸣来说,语言不是难关,犯愁的是留学费用,即便余守恒这样的大作家,负担起来也略感吃力。最后是颜老先生鼎力相助,承担了将近一半的费用,陈一鸣这才顺利出国。

当然,颜老先生也并非无所求。他早年丧偶,有个宝贝女儿,比陈一鸣小五岁,颜老师本想两家结个秦晋之好,等陈一鸣留学归来就领证结婚,且在圈子里早早放出了风声。谁想小颜女士追求婚姻自由,不服从父亲的包办,在陈一鸣回国之前半年,和别的男人私奔结婚了,很快就生了女儿。颜老师气得连孙女都不要了,和她断绝了父女关系,如今独自一人住在思南路老房子里。

每次想到这段往事,再想想自己父母,商隐就叹息,家家有本难念的经,此言不虚。

颜老师在文正出版集团下面的文学出版社当过编审(出

版专业高级职称），六十岁后又被单位返聘，完全退下来还不到两年，出诗集的事情，找他一定就对了。商隐当时这么想着。

颜老师留下了诗集，一星期后，又把商隐叫去。颜家的内部装潢，绝对能满足所有文学青年对文人之家的全部幻想——桌子上、架子上、沙发上、地板上、电视机上全部堆着书，如果用书代替瓷砖，那么这些书不仅能满足墙壁的需求，还能再搭建一张双人床出来。

颜老先生像个盗墓贼一样，扒开衣柜前面的三大摞书，从柜子深处翻出一坛酒，给自己和女孩各倒了半杯。酒液是深深的琥珀色，浓香四溢。颜老师说这黄酒是你舅外公以前埋在院子里的，遗嘱里他把酒给了我，你还记得吧？

商隐点点头，说记得。

颜老师："几年来，我喝得很省，现在就剩这点了，老余说你小小年纪就很会喝，今天能跟故人之后对饮而尽，是这酒最好的结局。"

言毕，仰面喝干，商隐跟着照做了。放下空杯子，颜老先生长出一口气，说，现在，我以纯粹的编辑身份，跟你聊你的诗集。

商隐的这些诗结册要出版，在他看来途径有两种，一是她以余守恒外孙女的身份为先导，通过颜必行和余老还在世那些的关系网，略作工作，即能让某家出版社出版，但只此一次，下不为例。二是，商隐掏钱，自费出版，大约五百册，颜必行可以出面，让出版社把书号价格和印刷成本压到最低，同时还能保证印刷排版质量，足以在自费出版的书籍当中出类拔萃。

"没有第三种方式？"

颜必行摇头道，现在已经不是八十年代了，文学衰微，你不是著名诗人，也没达到一鸣惊人、惊艳众人的水平，除此二法，无他，要怪只怪，生错时代。

商隐转着空杯子，说，是啊，生错时代，多少搞文学的人都曾这么感叹过。

颜必行坦言，余守恒生前知道外孙女喜欢写读诗、写诗，料到会有这么一天，她拿着自己的作品来找老颜。余守恒再三关照老朋友，如果小姑娘水平到了，那是最好，如果不到，切勿因为他们之间的交情就网开一面，更不可让商隐借着自己的名声和关系网，在出书方面抄近道，开后门。

颜老师："我给你指的第一条路，违背了他的意愿，因为抛开交情不说，我还欠你舅舅的，借给他的学费，后来都还我了，但这些年来他一直没结婚，我很是愧疚，帮你，就算是帮他了。"

女孩抬起头，说，那我诚心实意问您，也请您诚实回答我，这些诗，到底如何？

颜必行直了直腰，道，都是对普希金和阿赫玛托娃的模仿，没有新东西，算不上高明。

她垂下眼睑："明白了。"

送商隐出门时,颜老师问,你决定选哪个,可以再好好想想,不着急。商隐说哪条都不用想了,用我舅外公的名气,那我就跟他老早避着的那帮人没区别了;自费出版,用的还是他留给我的钱,他在天之灵若是知道,我……算了吧,谢谢您了。

这天中午她在外面逛了许久才回到兰考路,没吃中饭。虽然一再声明没有胃口,外婆还是坚持着去厨房给她下馄饨。商隐抱着两本硬面抄坐在客厅沙发上,呆望着墙上余守恒的黑白照片,想,让你失望了……真对不起。

6

树叶裙摆一挥
秋天走了
你搓了搓手
呼出一个冬天
我必须同你满饮此杯
为了四季交替着美妙的歌喉
为了这无人的巷尾为了情绪化的天空
碎了的旅梦

我必须同你再满饮此杯
为了你来时的癫狂

去时的尘土飞扬

为了所有的背叛和失眠

也为了所有的自律与沉醉

我必须同你满饮此杯

两个人的孤独

岁月在酒里缄默不语

一切的糟糕

都是如此地美

——商隐《酒神》

几乎一眨眼工夫就到了圣诞节。

光环咖啡馆在星期四圣诞夜搞活动,热红酒买二送一。普通的红酒浸入肉桂、丁香、八角,倒入蜂蜜、切片的苹果或者橙子,小火煮到小泡冒头,便大功告成。这方子是老板从德国人那里学来的,很受外国留学生欢迎。偏爱重口味的,还可以在里面加点白兰地。

尽管老板还准备了切片的火鸡肉作为招揽的噱头,那晚来咖啡馆参加派对的还是老外居多。再有一星期不到就是期末考试周,中国学生谁有心思跑来玩呢?商隐想起六舍那帮室友,打死她们也不会在这个时候走进咖啡馆的——其他时候也不会。

龙重是中国学生里的异类,按他的说法,华政已经渐渐进入疯人院模式,但他这个交流生水分很足,不用太在意考试。碰巧糜晓她妈这几天胆囊炎开刀,她要在医院陪护,不能出来共度圣诞夜。龙重本来想在医院一起陪着的,糜晓说我还没答应你呢,你过来算什么身份?我妈从小就对我身边的男孩子特别感冒,劝你还是先别来的好。龙重玩味出这话里有她袒护自己、为长远做打算的意思,喜不自禁,说好好好,便来商隐这里消磨圣诞夜时光。

红酒有了热度,喝起来就像饮血。二人从晚上七点开始畅饮,到九点时,商隐已经喝了十二杯热红酒,脸颊绯红,神智清晰。龙重喝了五杯,京片子里的儿化音更加卷曲,上厕所时走路的风格又有点像他在衡山路酒吧街喝醉那次。商隐说你悠着点儿啊,我可不想再让你捧着个塑料袋呕吐。龙重举起一杯新叫的热红酒,说,今天高兴,喝醉了又怎么着,那个,我要出书了,你还不知道吧?

商隐:"你也要出书?"

"他们今天刚告诉我稿子过了,本来想书出来以后直接送你的。"

"肯定是你爷爷帮忙。"

"没有,我未必要靠着他啊,这不是常在这里喝咖啡那几位,有个和你们这儿的出版社特别特别熟,别人搞不到的大社书号,他就能搞到,一万二一个,小出版社八千一个,收两成好处费,这大爷知道我以前攒了不少文章,拿去给出版社一看,人家说我什么钱也不用出,算正常出版,还能拿买断版权的稿费。"

商隐欲言又止,终于没戳破那层砂皮纸,问,书名定了吗?

龙重说暂时定了个,叫《随想笔记》,不过他不太满意,糜晓也觉得有点老套了,打算过几天想个更好的。

商隐吹了吹刚出锅的热红酒,讲,呵,你们俩都要出书了。

男孩喝到这份上已经不会察言观色了:"我知道你不肯出书就是在憋什么大作品,哎,这年头,谁写《红楼梦》啊,差不多就先把第一本出了呗,来日方长,我来给你写序,你要看不上,我给你写后序也行啊!"

商隐点点头,讲,你说得很对,来,干了。

事后,也就是圣诞夜过去的大概足足一星期里,龙重时不时地想要回忆起那天夜里的蛛丝马迹。

比如,商隐曾经号称去过一次洗手间,在里面待了很久,出来时手却是干的,以他对她的了解,再怎么喝大也不至于忘了洗手,所以她在洗手间里干吗了呢?

再者,商隐知道他酒量没她好,那晚却不劝阻他一杯又一杯地喝热红酒,是真心要祝贺他出书吗?答案应该是否定的,至少是不纯粹的。

然后,当商隐在晚上十点提出去她租的房子继续喝酒时,龙重早就喝糊涂了,不懂微言大义,更不会做逻辑判断。要继续喝,在咖啡馆不是更好吗,何必要去别地?统统都糊涂了,他竟然傻傻呆呆跟着她走了。往咖啡馆门口走去时,靠门那桌有个在喝啤酒的南美人,看着正要离开的这一男一女,眼神中带有莫名的笑意。

拉丁民族在这方面真是充满洞察力,那人似乎早料到会发生什么。

龙重跌跌撞撞跟着商隐到了长风三村出租屋,一进门就瘫倒在沙发上,说,有凉白开吗,先让我喝点水。

结果水没来,进入他嘴里的却是女孩的舌头……

事后,也就是圣诞夜过去的大概足足一年里,龙重经常要回忆起那天夜里的惊心动魄。那是他的第一次,但应该不是那张床的第一次,所以床是那晚发挥最稳定的,既没塌,也没叫。龙重觉得,上帝创造世界用了七天,人类用核弹毁灭地球只要一瞬间,真是有道理的。

事毕,商隐翻身下马,龙重一句话也说不出来,像已经死了。女孩擦拭干净,从他大衣口袋里翻出香烟和打火机,坐在沙发上休息。龙重后来每每想起此景,都觉得,应该是自己被商隐上了,绝对是的。商隐一支烟抽完,他才起身,看到床单上的颜色毫无异样,问,你……

"第一次。"商隐把烟掐灭道,"信不信由你。"

龙重不敢去看她的胴体,兀自垂头,讲,我会对你负责的。

商隐笑了，此刻只有这笑声是他最熟悉的，上了一次床，她整个人都变得陌生："为什么要负责？不需要你负责，你也负不了这个责。"

"可我刚才……"

"你不知道什么叫安全期？"商隐又取出一支烟，丝毫没有要穿上衣服的意思。

"你……什么时候学会抽烟了？"

"就刚才。"

龙重扶住额头，感觉即便经过刚才一役，自己酒还没完全醒。眼前是个奇女子，第一次做爱，不流血，第一次抽烟，不咳嗽。由此联想，第一次杀人，手也不会抖。

商隐抽完第二支烟，终于穿上内裤，披了件衣服，回到床上，坐在他身边，龙重吓得往一侧挪，给她更多空间。商隐看看他，讲，原来也就这个样子，一点没意思，两个人在一起一辈子，就这样了，太吓人。

男孩在床上四处找内裤，最后在床下面发现了，拿起来，觉得现在穿太狼狈，故作随意地盖在关键部位，小心翼翼地问，为什么是和我？

商隐笑笑，讲，因为对你知根知底，知道你不是坏人，心里还有别人，和你做了这事，不会黏着我。

龙重叹口气，说，我，这下没脸见縻晓了……

"我不说你不说，谁知道？你没对不起她，是我对不起你，硬是拉你来做实验了。"

他苦笑："这算哪门子实验？"

她不正面回答，忽然换了话题，讲，我过段时间也许要退学。

"什么？你学校多好啊！干吗退学？"

"家家有本难念的经，可能我就是那本经，"商隐看着自己左乳内侧一块小小的暗色胎记，"神经。"

龙重联想起刚才那一段床戏，深以为然，也跟着叹气："那我们家的经就是老爷子了。"

老爷子不是说他爸，而是龙方侍。龙重生长在北京，既不擅长吃辣，也不会讲湖南话，但知道有个湖南方言叫霸蛮，龙重他爸私下就常跟他妈说，"老头霸蛮"。

商隐外婆说起过五十年代初期，房邑秋和龙方侍吵架，龙打了房一拳，此事在圈内流传甚广。其实只有在场的那几个人知道，真相是，当时挥出一拳的并非龙方侍，而是房邑秋，这个干瘦干瘦的教书先生。挨了这拳的龙方侍连退三步，缓过神来要绝地反击，不打掉对方几颗门牙誓不罢休，还好立马被人拦住了。

文人打架，这么斯文扫地的事说出去极没面子，但龙老爷子宁可背上对前辈动粗的恶名，也不愿意被人称为挨打者，于是对外宣传是自己动的手。在场其他人深通世故，不好意思戳穿，房邑秋大概也很后悔打人的举动，多年来都对此事不予置评。龙方侍要面子,房邑秋重名声,一动一静,这段往事就颠倒过来传了那么久。

北京话说,有里有面儿。龙重爷爷的面儿是挣回来了,但里子没还那一刀。可惜房邑秋七十年代中期去世了,龙老爷子的炮弹在炮管里没有目标,雷达转来转去,终于锁定到房邑秋生前最喜爱的弟子縻鸿飞身上。

商隐:"所以縻鸿飞后来一直不受重用,是你爷爷的缘故。"

龙重:"他脑子里一本账,刀枪剑戟,梅兰竹菊,几十年恩恩怨怨,那叫一个门儿清,我们全家上下大概除了我,都在这本账上——你可别说出去。"

商隐:"什么话,他也是我的爷爷。那我也告诉你一件事情吧。"

之前龙重三天两头往上戏跑,又是约看戏又是吃夜宵又是表白,縻晓的男朋友、舞美小王子竟然一直没反应,让商隐甚为不解。多方打听后,才知道小王子也做交流生去了,比龙重跑得还远,是在澳洲一所大学,所以縻晓才能毫无顾忌地频频和龙重见面。两人是否已经分手,学校里很多人都表示不知道,毕竟谁也不会八卦到打个国际长途去澳洲问。这几天圣诞节,国外很多学校都放长假,縻晓的妈妈偏偏这几天开刀,似乎太巧了。

龙重:"你别瞎说,縻晓不是这种人,她跟我说妈妈开刀住院时很严肃。"

"那你这几天去过上戏吗?"

"没有,她说她一直在家和医院陪着妈妈,等她妈过两天出院了就来找我。"

"你有她宿舍电话吧?和你赌一百块,要不要打个试试看?"

龙重在床上犹豫了半天,下床从外套里翻出通讯本,用座机拨过去,开着免提。铃响了五六下,才有个迷糊的女声接起,问,谁啊大半夜的?商隐抢在龙重之前开口说我是糜晓家里人,她家出事了,能叫她听电话吗?对方说糜晓啊下午就出去了,现在还没回来。商隐问她这几天都在学校?对方没好气一句"废话",就挂了。

商隐放下电话,想糜晓在寝室里人缘不太行啊。一转头,龙重已经在套裤子了。商隐说你去哪儿啊?龙重没理她,衬衫扣子也不扣,薄毛衣一套,外衣往身上一裹,蹬上鞋就开门而去,地上的两只袜子和一条内裤都被抛在脑后。

这个圣诞夜,龙重一直没再回来过。

商隐本以为他会在凌晨时酒气冲天地回到长风三村敲她房门,一进门就趴在她膝盖上痛哭流涕。然而一直到圣诞节这天过完,龙重一点消息也没有,报纸上也没有捅死人或者跳黄浦江的新闻。到了礼拜六晚上,龙重准时来到兰考路蹭饭,与以往不同的是,左眼青了一块。外婆问,怎么,摔跤了?龙重羞赧地笑笑,说没有没有,开门撞了一下。等只剩他和商隐在院子里喂野猫的时候,龙重才复述了昨晚的奇遇。

他先是打车冲到南市区,以前约会时他曾送她回过家,就在老公房下面蹲守,守到十一点,脑子转过弯来,想既然糜晓平时住学校,她妈也没住院,一切照常,那今天礼拜四,她应该不会回家。于是又打车去了上戏,在学校里兜兜转转很久,都快惹得夜班保安起疑了,才心有不甘地往南校门出去,沿着华山路一路向东,兜兜转转,居然在乌鲁木齐北路路口这里碰到了糜晓,她边上还有一个男生,双手抓着女孩的肩膀在说话,面色凝重。

商隐:"你这青皮蛋,就是那人送的吧?"

龙重挠挠头:"这家伙偷袭我,妈的。"

糜晓后来跟他解释说,这人是她前男友,自从去了澳洲,两个人联系就很少了(虽然才走了不到两个月),感情若有若无,男女朋友头衔名存实亡。这次他趁着圣诞节假期回国,糜晓就是借此机会想和他正式分手。对方不肯,纠缠了好几天,期间糜晓不愿意让龙重牵扯进来,就谎称自己母亲开刀住院。

"她是为我着想。"龙重吸吸鼻子,"其实大可不必。"

舞美小王子把自己送上门来的龙重视为可恶的第三者,出其不意打出一拳,然后就是拳脚来往,直到糜晓威胁说要报警,小王子才忿忿作罢。糜晓见龙重鼻青脸肿,嘴角流血,就问他要不要去医院,龙重说一点小伤,不用在意。糜晓说自己现在回宿舍太晚了会被室友骂的,回家更不可能,只能住外面。

龙重激动得要死，好在转念一想，自己从商隐这里出来时好像没穿内裤，真要和糜晓同处一室，跳进哪条河都洗不清了，硬是做了一回君子，坚持将女孩送回宿舍。

舞美小王子在学校里人缘还算不错，经过这个夜晚，糜晓舆论上不占优势，将成众矢之的，龙重越发觉得自己今后责任重大。

商隐："她居然没好奇你怎么会忽然出现在学校？"

龙重："呃……我跟她老实交代了，说是你提醒我的。"

商隐想，自己的第一次就给了这么蠢的人，早知道不该和他上床的。

"对了，我内裤还在你那儿吧？"

"已经烧了。"

7

一方矮矮的坟墓
住着一双困顿的灵魂
粉饰过的谎言欺骗他们前来
说它叫爱情

可怜的惬意诱惑着他们
放肆的污秽蒙住他们的眼睛
成双地安息在这里
放弃危险与游戏
终于
在大量短暂又错误的愚蠢之后

他们以为,找到了真理

——商隐《婚姻》

1999年元旦刚过,商隐父母办理了离婚手续。

这份新年礼物其实已经拖得旷日持久。

她的父亲商衡,母亲陈一飞,原本就是两种不同性格、不同价值观的人,天知道当年是怎么走到一起的,大概78年改革开放,年轻人高兴得昏了头吧。

其实这两个人都没上山下乡插队落户的经历。年少时,商衡在旧仓库偷偷啃着幸存下来的老版数学物理教材,陈一飞悄悄跟着自家楼上的老画家学素描。商衡的父亲是南下老干部,早先曾和余守恒有过小过节,但浩劫一来,小过节就不那么重要了。浩劫一走,两个人要结婚,双方家庭都没阻拦。商隐生下来那年,国家恢复高考,接下去的三年里,初为父母的商衡、陈一飞先后考上大学,一个学航空有关的材料专业,一个学油画,学校分别在北京和广州。在孩子与学业之间,两人都选择了后者。商衡这么做,是因为从小一直有很深的家国情怀,而成为油画大师是陈一飞最大的梦想。

商隐从四岁开始,就没怎么同时见过父母,都靠外婆和舅外公把她抚养大。那种合家欢的照片,十几年来拍了不超过五张。

陈一飞毕业后先是留校,八十年代末公派赴美留学,回国后在圈子里名声渐起。为了避免和另一个著名画家重名,她起用母姓,改名为余笙。在美国她认识了一个比自己大八岁的华裔艺术品交易商,此后就在太平洋两岸来回跑,之后行踪又扩大到了欧洲和日本。商衡更显神秘,在学校一直读到硕士,然后去了西昌,要么一年都不打一个电话回来,有时候却会忽然出现在兰考路,和商隐待上一个小时,问问她的功课,然后离开,从此往往两三年里不再见到。

余守恒的追悼会,是一家三口破天荒的重聚时刻,满打满算不过两天半。

她升高三那个暑假快结束时,外婆给余笙打电话,说通知你一声,你女儿不想考大学了。一星期后法兰克福的画展结束,母亲飞回上海,和商隐面谈了两个小时,效果差强人意。母亲也不知道用了什么信息渠道,没隔几天父亲忽然打电话过来,跟商隐聊了十来分钟,跟她说明考大学意义和作用之重大,最后许诺,等她大学毕业,就申请换岗位,回上海工作,一家三口多些团聚时间。

小姑娘就这么上了当。

和龙重做床上实验的那个圣诞夜,商隐就隐隐有种不祥的预感,因为外婆说父母这几天会回上海一次。两人分居多年,婚姻关系还在,不见面就不会吵架,不会离婚。两个人忽然一起出现,肯定不是为了辞旧迎新。果然,1月5日早上,他们刚下火车和飞机,就直奔民政局,出来后连家也不回,一个马上赶回四川,另一个在酒店住了一晚,翌日飞去北京。1月底,传来女画家余笙和那个艺术品商人订婚的消息。母亲即将拿到绿卡,新丈夫同时也是她的经纪人,两个人的生活里都没有小孩,倒是养了三条狗。

商隐知道这个细节,自嘲道,他们当年不如也养条狗呢。

舅舅从来不怕刺激到外甥女,告知真相:"他们当年本来不想生下你的,只想参加高考,最后是你外婆和舅外公坚持的。"

商隐:"我说呢。"

这年2月初,期末考试周进行到一半,商隐从华师大退学。父母和母亲都没打电话过来。同盟松散,谎言拙劣,背信弃义,后果自负。

她退学如此突然,有传闻说是因为商隐有次大半夜在学校里走路,路过小树林时被流氓强暴,学校为了掩人耳目,把她送去其他学校就读了,还给保送研究生。商隐的前室友们对这个说法嗤之以鼻,在她们看来,商隐现在不退学,将来必有被开除的那天。

龙重这时交流期满,快要回北京了,对着自由人商隐一个劲叹气,仿佛退学的是他自己。商隐说,好了,你别跟个小老头一样愁眉苦脸,我外婆都没怎么样,你苦什么脸?对了,走之前，你送我一样礼物吧。

她要的是一套1996年吕颂贤版的《笑傲江湖》VCD，龙重诧异，说你什么时候喜欢武侠了？

商隐："研究小说人物。"

龙重点点头："你要是上海这边混不下去，可以来北京投奔我，哈哈。"

商隐："我又不是糜晓。你回了北京，别找我帮你转交礼物什么的。"

龙重说我哪儿敢让您干这个，怕您下毒。

糜晓知道那天晚上是商隐提醒龙重舞美小王子这个人的存在之后，倒是一直没什么反击动作，这让商隐觉得有点意外。这一年的春节，商隐都在VCD机前度过，看完港剧又看原著，刀光剑影里不知不觉就过了元宵节。三月乍暖还寒时候，她又想去浦东找梁妈妈。这次没麻烦杂货铺阿三，她一个人前往，到了那里却被告知，梁妈妈一天最多只跟五个人"聊天"，日程已经排到了三天后。

长风三村的房子已经退租，她不想在家里天天面对外婆，连上海这座城市也让她觉得没意思了，便决定到外地去旅游，或者用她自己的话说，是云游。

小姑娘一个人跑出去瞎玩，外婆并没反对，只是提醒外孙女记得回来。商隐说，我尽量。

她选择往西走，经湖州、宣城、安庆、九江、黄石，最后在武汉三镇做了较长停留,均是为了了却夙愿。去年夏天,她如父母所愿考进大学,未来四年生活已成定数,诗集出版却了无希望。其时恰逢长江中游洪水泛滥,报纸电视新闻一直在报导。那时商隐就想去看看洪水是什么样的,如果可能,把手稿丢进滔天洪水里,未尝不是一种祭奠。但水灾期间,往中上游的交通都受影响,她未能成行,外婆也不会同意她去那种危险的地方。商隐只好憋在兰考路老宅里,写下了《猛兽》一诗——

"夜晚出没在;你斑斓的皮毛
吹皱一池春水
搅碎一夜夏星
你的利爪;拨弄着
我跳动的忧愁
嘶吼;如洪水淹没

没了你
我就看不见花香
嗅不到天明
是你;让聋哑的宇宙
有了听说的能力"

进大学念书、在光环咖啡馆用酒精消遣的若干个夜晚，商隐好几次想，要是那次去成了，自己出意外，殒命于洪灾中，也许是件好事。陈一鸣跟她说过以前有个美国作家杰克·福翠尔，写过"思考机器杜森教授"系列，后来从英国去美国，上了一条豪华游轮，那艘船叫泰坦尼克号。侦探小说"黄金时期"的代表作家之一就这么淹死在寒冷的北大西洋中，他的死亡就这样成了灾难史上常被人铭记的一笔，后来大导演卡梅隆拍了同名电影，全球轰动。

商隐觉得，人固有一死，若她能选择死亡的方式，这将是仅次于普希金式决斗的第二种选择。

离开武汉后她继续西行，经岳阳，到株洲，距离湘乡很近了，她打算去龙方侍的老家一游，然后再去韶山。谁知动身前夜，忽然莫名发起高烧，吃了药也没见好，最后被好心的旅店老板送到医院，住了两天一夜。又在旅店养了一天，她才重新出发。在株洲火车站候车大厅的旅游书店里，她看到了新上市的《少女心》杂志，百无聊赖下拿起来随手翻了翻，有"艾璃"的新作《翠步摇》，编者按里写着，本文作者艾璃一直以校园小说闻名，而这篇是她目前为止唯一以民国为背景的故事，主要场景发生在梨园。

商隐刚想放回去，一个名字闪过她的眼帘——"程衣伶"。

窑姐程衣伶，丫鬟商锦。

大厅广播开始让她乘坐的那班列车的乘客检票进站，商隐塞给营业员二十块钱，说不用找了，就拿着杂志上了火车。等她从湘乡火车站出来，连旅店都不找，先在一个小卖部给舅舅打了个长途电话，问，你是不是有个姓汤的朋友在上戏当老师？我想请他帮我查个东西。

之后那几天，她都不怎么出门游玩，专门在旅馆里等电话，同时一遍又一遍地读这部《翠步摇》。终于，陈一鸣在第三天傍晚打给她，说，上戏大一新生里的确有个来自晏摩女中的戏文系学生，也是高中文学社成员，高一高二时隶属4班，也就是商隐她们教室对面那个班级。

商隐说行，我知道了，多谢，对了，南京那边，玄武文艺出版社，你有认识的人吗？

玄武文艺，就是龙重跟她说过将要出版糜晓长篇处女作的那个社。

第二天她去了一趟云门寺，烧香拜佛，却没有许任何愿望。回来之后，她把杂志上《翠步摇》那几页给烧了。阳台上的黑烟引起隔壁房客的警觉，问，你在烧什么？

商隐说，战书。

等陈一鸣和侄女再度通话时，她已经到了归林阳朔，喝三花酒，吃漓江水煮的啤酒鱼，住鉴山脚下的客栈。陈一鸣告诉她说，你委托的事情，基本已经谈妥，不过你打算从哪里弄来三万块钱？你舅外公可没留给你这么多钱。

商隐点上一支烟："怪物自有怪物的办法。"

"为什么要这么做?"

"你听说过尤氏家族的案子吧?"

陈一鸣当然听说过,这是几年前出版界和商界曾闹得沸沸扬扬的一件笔墨官司。旧上海棉纱大王尤基韡的家族,解放后一部分家族成员流落海外。尤基韡和三姨太生下的次子尤辰镶,在法国和其第二任妻子梅某闹离婚,这位太太不满于离婚分得的财产过少,遂以尤氏家族为原型,写了一本小说《泪泊烟尘》,96年在国内出版,十分畅销。书里上至尤基韡的父亲尤老太爷,下到尤基韡的孙辈,正房,姨太,丫鬟,情人,长三,优伶,恩怨纠葛,男女情愫,鸦片烟,国难财,扒灰,私通,乱伦,断袖,好不热闹。有人评论为其情节是《金瓶梅》和《子夜》的合体,只是文笔粗漏了许多,情节夸张了许多,人物极端(疯癫)了许多。尤氏家族看到此书,火大无比,对已经回国的梅某和出版商以诽谤罪起诉,认为梅某将书中人物虽以化名处理,但明眼人一看就知道,尤姓变成柳姓,棉纱行业变成纺织行业,其他人物结构都没变,还添油加醋很多细节,什么某人为祈求蒋经国打虎队的高抬贵手,从静安寺一路"跪"到华懋公寓,足足两公里。

法院审了足足三个多月,最后判定梅某无罪,因为小说就是小说,没有指名道姓,没有铁板钉钉,作者尽管身份特殊,但没有规定她不能搞文学创作,谁也无可奈何。不过那家一夜爆红的小出版社也很识相,虽然赢了官司,还导致那本书一时洛阳纸贵,但决定从此不再加印,卖光拉倒。陈一鸣曾经判断,梅某创作小说时有高人指点,创作时指导她规避掉了以后很多可能在法律诉讼中被人拿住把柄的情节和细节,含沙射影,指桑骂槐,却不给对手一个切实的反击发力点,颇有当年毛姆写《寻欢作乐》的机巧。

商隐:"我现在就遇到了尤氏家族的难题,虽然只是个短篇。我不会像尤家那样打官司,但我知道打蛇得打七寸。"

她和余守恒一样,有人来犯,必须还击。

陈一鸣嗯了下,忽然换个话题:"你走之后,外婆烧菜都很难吃。"

商隐说知道了,然后挂了电话。

她的反击不仅需要高额资金,还需要非凡的耐心。即便如此,也不能百分百肯定是否能击中要害。在适当时机出现之前的那段时间里,商隐出广西,经云南,入四川,每到一个落脚处,都会给兰考路打个长途,告知自己的方位和电话号码。在攀枝花市,她一度犹豫,是北上西昌,还是绕远路去宜宾,再沿西秦、内江一线前往成都。最后她决定不去父亲所在的那个地方,选择了后一条路线。

领略过蜀南竹海、五粮液和燃面,在西秦尝了火边子牛肉,四月中旬,兰考路终于在她动身去内江的前一天来了电话,陈一鸣说收到了一个邮局包裹,玄武文艺出版社的新书《玫瑰她醒了》,作者艾璃。一般赠书,都有作者签名,再正式点,要写对方名字,前辈、圈内同辈人要在后面加个"雅正"或"斧正",给小辈、圈外同辈人可以写"惠存"。可这本书上一个手写字也没有,只在扉页上画了一双高跟鞋,黑笔勾勒线条,红笔涂满鞋身。

陈一鸣:"你寄来的信我已经收到了,出版社开的三万块收据也到了,现在是时候了吧?"

商隐深吸一口气:"都寄出去吧。"

舅舅见她这次没立刻挂断,提醒说,你心里应该清楚,骰子扔出,就没回头路,你确定要让最好的朋友和最坏的敌人同归于尽?

电话那头的女孩沉默几秒钟,讲,我最好的朋友已经死了。

8

黑河之水灌溉尊严；生长
于生命之上
在太阳的侧脸
留下他振聋发聩的一吻
面前，不论是利剑或手枪

当死亡降临的时候
草场结满非黑即白的命题
诗人死了
被流言射中
伤口里流出整个白银时代

俄罗斯的灵魂；雪上的梅花正浓
他不是情感的囚徒
而是自由的使者

——商隐《决斗》

后来她听说，就在陈一鸣把她写的信和三万块钱收据寄到縻晓那边之后第三天，龙重逃了课，坐十几个小时的硬座到上海，在上戏宿舍楼下守候了一天两夜，縻晓都没下楼相见，吃喝全靠室友在食堂帮她带饭。龙重粒米未进，终于在第三天上午撤去围城的重兵，来到兰考路老宅。

白天陈一鸣上班，只有外婆在家。老太诧异他的忽然出现，但没多问，将他让进来，说商隐不在家，一个月前就去外地云游了。然后下到厨房，置一堆丰盛剩菜和现成挂面于不顾，给他煮了一碗馄饨。

端上来的馄饨，汤色发暗，没有葱花却香气扑鼻。龙重看看外婆，外婆说里面加了四滴酱油，半小勺猪油，是余守恒生前最爱之一。商隐以前每次遇到坏事情绪低落，眼神空洞，一天两天不吃饭，都会给她煮那么一碗馄饨，吃好之后，那魂魄就回人间了。

龙重嗓子干得可以擦出火星，问，你知道她做了什么吧？

外婆说不知道，但人遇到事情想不开，眼神都是一样的。

男孩盯着馄饨看了许久,像是要证明自己不饿,但终于还是拿起调羹,撇开汤面,舀了一只馄饨,也不吹凉,直直咬了一大口,在嘴里咀嚼,眼中噙泪。外婆说你慢点吃,烫的。起身去厨房倒杯白开水,回来时,桌子边上已经没了人影,院子里的铁门倒是开着。外婆叹口气,把半只馄饨吃了,剩下的倒进小钢锅,打算晚上再吃。

洗好碗,刚放进橱柜,就听到一声脆响,循声走去一看,商隐房间,面朝弄堂的那面玻璃窗上一个大洞,一块石子躺在地上,玻璃碎渣铺满靠窗的书桌,台面玻璃下面,压着商隐高二春游时和那个叫陈伊铃的女孩的合影。桌子上一瓶英雄牌墨水也被打翻了,裂口冒出的蓝黑墨水在玻璃渣之间流淌,渐渐盖住了两个女孩的笑靥如花。

陈一鸣把这个情况转述给人在成都的外甥女听,后者淡淡道:"意料之中。"

又过两天,商隐估计龙重的家里人应该已经赶到上海,把他给带回去了,便在双流机场的公用电话亭打了一个010开头的号码。电话是保姆接起的,很快转到了一个老人的手上。

"小姑娘云游到哪儿了?"

"正准备从成都去兰州。龙重回来了吧?"

"回来了,不吃饭,也不出门,没事,熬过这段时间就好了。"

"这次多亏您帮忙。"

"不是帮忙,这件事办成,对你,对我,都是好事,我们是合作。"

商隐想,是啊,三万块,对你来说不算什么,但能不动声色就拆散孙子和糜鸿飞女儿的感情,太值了。那家小出版社——玄武文艺的人肯定也是觉得天上掉下了馅饼,明明是不用自费出版的一本市场路线出版物,忽然有人愿意花三万块钱保驾护航,高兴得嘴巴都合不拢。钱不能白给,要写收条,盖财务章,陈一鸣按照商业的叮嘱,收条付款人写着龙重的名字。出版社拿到真金白银,哪管付款人到底是谁。商隐寄给糜晓的信里,把圣诞夜那晚龙重在床头诉说的陈年真相原封不动转告给她,唯一捏造的事实就是这三万钱究竟来自哪里。

糜晓看到收据上的盖章和白纸黑字,认定了是龙重和他爷爷出资,这么做是在弥补当初打压了糜鸿飞,是内心有愧,是负罪感的体现。

龙重得知收据上还有商隐舅舅陈一鸣的名字,认定了是商隐冒充龙家在搞鬼,而爷爷龙方侍是清白的,十恶不赦的人是商隐。

这对短命的情侣,各有自己的判断,各有自己的执念,各有自己的雷区和盲区。

判断最正确的是商隐,糜晓的确不能容忍她告诉自己的那段历史事实,以及龙重对她隐瞒事实的做法。她进了上戏戏文,化妆技术高超,穿衣得体,脚踩高跟,吞云吐雾,钓鱼有术,但骨子里,还是放不下旧仇宿怨,还是那个把水果扔出窗外的小姑娘,是那个躲在母亲身后的小姑娘,是敢于在追悼会上穿红色皮鞋的小姑娘。那么多年兑水的雪碧,不是白喝的。

最后成为靶子的也是商隐。当初她问龙方侍借三万块钱,龙老爷子说何必这么麻烦,我找人和那边出版社打个招呼不就行了?商隐说您名望大,面子大,但目标也大,切忌轻举妄动,这个圈子,消息一通百通,走漏出去,前功尽弃,我和我舅舅出面,您这边可一定要把戏做足。龙方侍颇为赞许地"唔"了一声,叹息道,要是当初娃娃亲真成了,我对龙重以后的日子可就放心多了。商隐说,是您太宠他了。老头笑了笑,讲,以前对儿子女儿太严,就想在孙辈身上找补回来,没想到却害了他,成绩多了,心眼却少了,他不明白,光环这东西,是荣耀也是毒药,是资历也是恩怨。

龙方侍当然不可能允许长子长孙和仇人门生的女儿在一起,尤其是后者一直对宿怨耿耿于怀。生活比小说残酷,罗密欧与朱丽叶虽然被归为莎翁喜剧,但两个主角毕竟是死了的,是死沉死沉的悲剧。

商隐换了个手拿话筒:"不管怎么说,这事儿没您成不了,是我欠您的。"

龙方侍:"没有欠不欠,龙家和余家是故交,无论你舅外公在不在,这层关系断不了,你说呢?"

商隐:"您说得是。"

龙方侍:"听说你一直想出诗集,老颜没帮上忙?他这人,死脑筋,我可以帮你联系更好的出版社。"

商隐说这都是以前的事情啦,诗集手稿我都处理掉了。

对方叹息道,可惜,可惜。

没什么可惜的。女孩想,在她退学那阵子,有天晚上,她问光环酒吧老板借了把折叠铲,把自己的诗稿装进塑料袋,埋在了丽娃河畔的某片泥土之下。等春天到了,自然不会生长出很多诗歌,但起码,是个好归宿。

结束通话前,老人留下一句话:"龙家大门一直为你开着。"

女孩本想礼貌谢绝,但糜晓那番关于《笑傲江湖》的对比忽然在脑海里一闪而过,让她改口道:"多谢龙爷爷。"

两个月后,商隐已经游历完西北和华北,在前往东北前,悄悄来到北京。

龙家大门一直为她敞开,她却过而不入。商隐不是初次来京,天安门故宫后海颐和园长城统统都不在她的行程单里。那几天里她去北大蹭课,在工体看演唱会,听地下乐队的演出,到潘家园闲逛,凌晨蹲守鬼市开业,去吃了一次心心念念的"老莫"(莫斯科餐厅),体验过住天花板滴水的地下室,听出租车司机瞎侃。可惜她来晚了几年,没能坐一坐黄色面的。她日夜颠倒,每天都认识新的朋友,每隔一天又忘记他们。时而喝完半斤白酒,第一次跨上摩托车驾驶座,在北四环贡献处女骑。

时而在最累的时候,三女两男睡在廉价旅馆两张单人床拼成的大铺上,大家彼此可能只认识了不到30个小时,却都秋毫无犯。

人人都在谈论一种叫千年虫的问题。之前的电脑图简单,年数都用后两位。共和国建立于1949年10月1日,电脑里就是49-10-01。可是千禧年一过,年份是20开头,2000年10月1日就和1900年10月1日冲突了,全世界的计算机工作者都在为这个问题头大,只有商隐赞叹,漫漫百年的间隔,就在电脑里被交汇在一起了,多么奇妙。

此时中学生开始谈论一个叫HOT的韩国男子组合,商隐以前只知道小虎队和SMAP,看着海报上五个发型猎奇的大男孩,想,世道真是变了,连韩国人也开始在国内流行了。

有一天她不知怎么的想起了外婆,对某个刚认识不久的二流画家说,给我画一张素描吧。画家应允,去找碳素笔,一回转身,商隐已经毫无遮蔽展现在他面前,比凯特·温斯莱特快了不知道多少倍。该画家本以风流成性而闻名圈内,但画完素描,把画稿交给她时,动作规矩,并对模特说,你有白银的肌体。

"这是什么意思呢?"

"银子,容易发暗,但一擦就亮了。"画家说,"我给其他女孩画画,总要和她们睡一觉,和你却不行,我得收你钱,钱货两清。"

"多少钱?"

"多少都可以，就是这么个意思。"

她腋下卷着自己的裸体素描回旅馆，走在地铁站的客流人海里如渺小一粟。在西直门，她猛然发现过疑似是龙重的身影，转瞬即逝。龙重的新书已经上市了，但一直没给兰考路寄过。商隐想起，龙重还在上海的时候，自己曾和他开玩笑，说縻晓化妆虽然不算浓妆艳抹，但绝对不是清水出芙蓉，妆前妆后还是有差距的，你能接受得了？龙重迟疑半晌，讲，那就当我有两个女朋友吧，哈哈哈哈。

挺可爱的男孩子，怪可惜的。

9

在某一夜的狂风骤雨中
她来了
有如凌晨寂静的钟声
有如昙花一现的幻影
我的眼睛变得清澈而明亮
内心的穷乡僻壤被唤醒
有了倾心的人 有了诗的灵感
有了生命 有了眼泪 也有了爱情

在某一日的风和日丽
她走了

我气喘吁吁地哀求

她只是淡然一笑

"别站在风口"

镜子问我：

"为何你的眼睛不再清澈 不再明亮"

她带走了我春天的第一份礼物

没了倾心的人 没了诗的灵感

失去生命 失去眼泪 也失去了爱情

——商隐《缪斯》

1999年9月，商隐结束周游全国的旅行，回到兰考路老宅，获知的第一个消息是，舅外公生前留给她的版税遗产，已经被她挥霍殆尽。

余守恒的作品一直属于市场上的长销书，没有火山爆发式的销量，但每个月总有一个中不溜秋的销售额，加印次数频繁，每次却又印不多，如细水长流。但商隐去一个地方总要尝试各种当地特色，有些价廉，有些咋舌。汇聚在一起，就是个大数字。除非未来哪天机缘巧合，余守恒忽然又火了，那么银行账户会再度丰腴起来。

商隐无力地反驳道，这不是挥霍，是积淀经历。

陈一鸣问那你积淀出什么来了？

商隐说就积淀了一句话——岁月无情，山河不老。

舅舅耸耸肩。

第二个消息是杂货铺阿三带来的，梁妈妈死了。

这个农村妇女走得颇为蹊跷。她一直严守不收钱的规矩，但她那个当无业游民的儿子经受不住诱惑。有个温州富商来找梁妈妈聊天，背着她，送了一台八成新的普桑车给她儿子，算是表达谢意。车子停在镇上的加油站停车场，儿子过去办好车子过户手续的当晚，梁妈妈就发起高烧，吃药也没用，她自己不肯让家人送去卫生站，结果天没亮人就去了。

村里人都说，是没守好规矩，结果被收走的。

商隐问明事发时间，掐指一算，正是自己在株洲莫名发烧的那几天。游历祖国山水那几个月，她遇到的各种神婆、巫女、大仙不下两打，没有一个像梁妈妈那样说出短发女孩这个细节。

梁妈妈的死是个大损失，不过好歹，她不再惧怕高跟鞋了。

商隐把那副素描给外婆看，问她感觉如何。外婆说这有什么好看的，从小看到大。

商隐在家一直赋闲到过完2000年春节，此期间千年虫问题终于被解决，没有闹出什么大乱子。她想，本来嘛，计算机是人造的，人怎么不能解决呢？陈一鸣没有站在全人类的高度看问题，只关心外甥女不要天天闲在家里和外婆拌嘴抬杠。他给她找了个兼职编辑的差事，在《笔迹》杂志社编辑部。商隐接受了这个工作,并且声明,我迟早还是要搬出去住的,在外面玩久了,野惯了。

舅舅说随你,但我得告诉你,你在外面花天酒地,从没想到过你外婆什么心情。

商隐:"我不是每次一到宾馆就跟你们汇报么,她从来都不主动给我打电话,她这人一向如此。"

舅舅:"因为你只关心自己的事情,自己的恩怨,每次我在家跟你通电话,商量怎么害人,外婆都守在边上,我挂了电话,她才放心去做其他事。"

商隐说,行,我知道了。

《笔迹》杂志社就在南宫路99号,那是一条僻静的小马路,藏在热闹的市区西北角。99号的两栋小楼都是殖民风格建筑,院子里有一尊著名的缪斯女神像。余守恒以前经常来这里找老朋友聊天,或者开会,时不时带上商隐,故而她对这个院子算是比较熟悉。文英出版集团在这里共有三家杂志、一家出版社和一家周刊。《笔迹》留给她的印象并不深刻,余守恒也不过是在五十年代中期在上面发过几篇作品。

但自从去年暑假,《笔迹》办了一个"全国青少年文学写作大赛",情况就今非昔比了,一下子成为媒体的宠儿和中学生的福音书。他们狂热崇拜一个叫成语言的少年,此人文笔犀利,语言老辣,和年龄不太相称。学生们似乎是在学校里被压抑久了,看到这种快人快语快意恩仇又很贴近生活的杂文,分外解气。

商隐作为一个从大学退学的人,本该和成语言站在一个战线上,可是成语言在文章中对诗歌这一神圣古老的文体表露出大不敬的态度,这让商隐无法接受。

"是个讨人厌的家伙。"她想,"如果当面见到,应该杀一杀他的锐气。"

但成语言似乎和她一样喜欢到处玩,商隐不太能在《笔迹》编辑部遇到此人。她的主要工作就是收信,拿包裹,归类邮件,做投稿初审,刨去那些不知所谓的、诅咒的、求情的、妖言惑众的信件,还要按照编辑的指示手写退稿信。编辑部时常收到其他报纸期刊出版社寄来的样刊样报样书,在办公室堆得成为一种随时能砸到人的灾难,商隐也要负责清理。有一次又送来一堆月刊,其中就有《少女心》杂志。商隐在目录里找了一圈,没有发现"艾璃"这个名字,但有篇小说叫《君子剑·美人心》。她心里一动,翻过去一看,是那种似曾相识的文风,小说里两个反派,一个叫余不群,另一个叫龙我行。编者按里说,这是一篇精妙的同人文,在保持原著《笑傲江湖》里的部分人物设置之外,还赋予了很多全新的阐释。

商隐一看作者名字,叫青烟轻语,简介里写明,是新人作者。名字再怎么变,行文风格是很难一时大转弯的。平心而论,这篇文章的文笔,较之糜晓以前的小说,有了不少进步——如果不是在《翠步摇》里写了一个长大疮的妓女程衣伶,以及拿剪刀刺向程衣伶的丫鬟商锦，她的文章还是有可取之处的。

商隐想，你终于又从头开始了啊，舍弃那个经营许久的笔名，把自己的第一本书打入冷宫，一定很痛苦吧，但还是要狠下心。

这才是她所认识的那个糜晓。

该年五月底，第二届"全国青少年文学写作大赛"马上要报名截止，编辑部忙得一塌糊涂，每天邮递员都送来两大袋子参赛稿件。商隐和几个还在念大学的实习生，每天要做一件艰苦的工作，就是把这些信封拆开，稿件整理、归档，每一百份扎成一捆。不知不觉，编辑部办公室里就堆起好几座山脉。稿件来自全国各地，大多风尘仆仆，这不光是一个成语，是真的带着全国各地的灰尘。如果不事先戴好劳动手套和口罩，就会成天咳嗽，手上总是有一种干涩感，怎么洗手都洗不掉。

距离大赛截止还有三天的那个星期五下午，忙完一天，商隐在女厕所洗手洗脸完毕，走回办公室，看到另一个实习生正把一摞没有捆扎的稿子搬到角落里。对方解释说，这都是些无效参赛稿，就是字数远远超出比赛要求，或者没有附着必需的比赛报名表。在比赛结束后过去一个月，才会有刚从疲惫感里缓过来的兼职编辑在这些稿子里挑挑拣拣，看有没有适合直接发表的作品，但想要参赛是肯定不行的，规矩就是规矩。

后来，有人神神叨叨地解释为"那个时刻有天使或者魔鬼"从南宫路99号上空飞过，或者无神论者认定是商隐一时神经错乱，待实习生走开后，从那摞无效稿件里抽出十几份，塞进了自己的书包里，带回了兰考路。

其实她就是好奇这些稿件的质量，同时也是为了消磨时间。那段时间她在家里刚啃完威廉·曼彻斯特的四卷本《光荣与梦想》，正愁没什么书看。十来份稿件，足够她打发一晚。

但看着看着，她就对其中一篇钢笔写的稿子来了兴致，看到结尾，又从头看起，连看三遍，终于下床，走到客厅，在摆放旧报纸杂志的储物架上满世界找东西。她在《笔迹》兼职三个月，平时断断续续会带回几本杂志，上面印着比赛报名表，对她来说屁用没有，但对那些地处边远的城镇少年来说，如金子般珍贵。找到《笔迹》，剪下报名表，她拿起钢笔，研究、比划那个文章作者的笔迹许久，才动手在报名表上填写信息——这些信息之前都毕恭毕敬写在文章末尾。作者没有寄来照片，但报名表上没贴照片的稿件，商隐见多了，并不碍事。

正在客厅清理烟斗的陈一鸣把一切都看在眼里，问，你这样行么？

商隐头也不抬，讲，原创作品，不超字数，有报名表，在截稿期之前送到，怎么不行？说完，她把报名表举在空中轻甩，让蓝黑墨水尽快干透。这个作者是个男孩，来自西秦一中。西秦，就是她做出寄出信件决定的那座川东小城。

真是有缘。

陈一鸣："好像不太符合程序。"

"没有光环护航,能力就是程序。"

女孩把报名表放回桌上,拿来一个信封,把稿子和报名表放进去,最外面写了《笔迹》杂志社收,寄件人这里写——西秦一中 毛琦。

"就当是个慈善举动吧。"

她这样想着,然后封上信壳。

〔人物〕糜晓

夏娃看言情的时候亚当在干什么

1997年春节过后第八天,大人上班,学校尚未开学。高三女生顾竹嘉思想斗争了许久,终于决定去同学家看黄书。尽管那位同学强烈否认这个定性,只是说"我爸妈偷偷藏起来的……资料"。鉴于其家长均不在国家保密机关工作,她能想到的只有黄书这个答案。

因为内容敏感,李书珊只邀请了"LLL"组合另外两个成员前来对黄书进行文学研讨,顾竹嘉是其中之一。

初中常去光顾的那家小书店,也卖一些印刷粗陋的所谓法制刊物,她只敢瞥一眼封面上的故事标题,往往是《女艺员沉浮》《色情狂的覆灭》《被野人掠去的少妇》这种。再算上生物课上一幅结构复杂、难辨敌我的两性器官剖面图,就是她全部的色情体验。在高考前的最后一个假期,她打算疯狂一把,看看黄书里究竟写了点什么。

李书珊让两位来客就座,转身走进父母卧室,片刻之后拿着本巨厚无比的书出来,吃力地举在胸前。这本《金赛性学报告》不但名字直白,封面上"性"字还用了红色,右侧有个墨绿的英文单词"SEX",红绿搭配有种出乎意料的和谐。

惊呼声中,四只颤抖的手同时将其接过,两个脑袋靠在一起,翻页声急,过了会儿就大失所望地散开了。七百多页的书,基本都是些谈话记录和数据,太学术,太枯燥,太不色情了。顾竹嘉看了几页,一点羞臊感都没有,遑论被教唆走上犯罪的道路。

负责翻页的糜晓用力把书一合,看到"明天出版社"的字样,总结说,无聊。

她要是知道这家成立于1984年的出版社最擅长出版的其实是少儿读物,也许会改口说,有趣。

该书未来的主人(假如父母打算传给她的话)对此早有准备,将她俩的不学无术数落了一通,又从卧室里拿出一件能挽回尊严的东西——一张金光灿灿的VCD光碟,一面刻着"夜色撩人"四个字。据她说,藏匿光碟的地方,比《金赛性学报告》还要隐秘。这个细节又引来一片惊叹和赞美,遥想当年哥伦布第一次在光屁股美洲土著面前拿出玻璃珠子,场面应该也差不多。

李书珊说她自己也没看过这张碟,今天大家一起看,但无论里面是什么内容,谁都不许说出去,如有违者,高考落榜。对面二人点头不已,静候她把电视机音量调小,打开 VCD 机电源,开仓,放碟,进仓,碟片飞转,紧接着"啪"一声,播放机的指示灯瞬间熄灭了,碟片转动声戛然而止。

女孩们对这台机器又是拍又是晃,好言相劝,恶语威胁,折腾半天,就是不肯运行,也不肯吐碟片。

面面相觑了几秒钟,糜晓说,这下真的不用担心说出去内容了。

20 世纪 90 年代,在女生小团体里使用相似的化名一度是股风潮,发展规律是起于小学,盛于初中,衰于高中,亡于大学。能坚持到最后的,基本是些常写文章、广交笔友的女孩,只因混迹于艺术的江湖,需要高于生活的笔名。

在顾竹嘉她们学校,就有高一年级的"婷"字三姐妹(梦婷,雅婷,莹婷)、高二的"珑"军(朦珑,璐珑,珂珑,玥珑)和"梦"派(雨梦、蓝梦、菲梦)。她以前的初中班主任曾评价这种风气是"跟邪教学的",但再看看那群读了太多武侠、捡起一截树枝就敢自封为剑魔剑仙剑侠剑尊剑圣剑痴剑狂的小男生,班主任便会原谅女孩们的矫情,并嘟哝一句:"剑鬼。"

"I.I.I."迥异于其他小团体,主要活动不是创作诗歌或歌词,不是编撰谣言绯闻,不是联名给笔友写信,更不是互相交换日记。她们走到一起的最初目的和最终目的，是合作一部前无古人的言情小说。

三个成员初次相遇，是高一下半学年，文庙附近一家小书店。书店隔壁是家卖花圈的，另一侧隔壁是卖葱油饼的，两圆夹一方，生意不会黄。书店老板脑袋尖尖，腿毛粗长，路子灵通，能搞到最新的日本漫画，号称全上海日漫进货速度前三。《圣斗士》《灌篮高手》《JOJO》《尼罗河的女儿》这种热门大路货不在话下，很多冷门漫画也能搞到，只是顾客需要耐心，比如清水玲子《异星奇龙》，成田美名子《双星记》之类的。青山刚昌的《名侦探柯南》，95年国内还没引进动画版，漫画都是日本走私进来的，没中文，有本事直接看日语，20块钱一本，堪称天价，照样有人买走。

顾竹嘉那天去书店是为了守候CLAMP的《圣传》第八卷，台湾东贩出版社的盗版。到了那里，糜晓、李书珊都已经在了，第八卷卖到只剩一本，双方正僵持不下，老板几乎准备启动拍卖模式。顾竹嘉一看大家胸前的校徽，都是自己人，提议不如集资买下，三人轮着看。李书珊和糜晓同年级不同班，素不相识，但都知道顾竹嘉这个体育生的存在，竟然同意了。

传阅顺序是糜、顾、李。糜晓去顾家还书，李书珊去顾家拿书，都对顾竹嘉房间里那个书橱叹为观止，她家长居然允许女儿把漫画和言情小说堂而皇之地放在上面。换成李书珊，会被父母逐出家门，而糜晓家里小得根本放不下书橱。

顾竹嘉书橱里还放着她开了头但没时间完成的好几部小说。李书珊读了之后表示十分羡慕,她自己构思不了故事,只会写小桥段,连开头都不会。糜晓的缺陷是脑子里只有人物走来走去,还有细节片段,就是凑不到一起讲故事。顾竹嘉再度提议,不如大家各展所长,搞个组合,合作写小说,"就像CLAMP那样!"

这是个分外诱人的建议。90年代中期的娱乐活动翻来覆去那么几样:游戏厅,舞厅,台球,麻将,录像厅,这些都不是区重点高中女学生该去的地方;高级点的玩音响,绘画,淘碟,摄影,这些全然超出了她们的精力和财力范围。唯有写作,一摞纸一支笔就能开干,是穷人的金马刺,卑微者的光明塔,是门槛最低的品位之举。

既然团队写作,就要起个时髦笔名,最时髦莫过于外文,可惜日语很多人看不懂,她们自己也不太懂,只能从英语下手,毕竟是大家都学过的。

顾竹嘉笔名叫爱珏。珏,二玉相碰,其声悦耳。糜晓本来笔名是艾璃。璃,《韩愈·郑群赠簟诗》写过"凝滑无瑕疵",但出于集体意识被她改为爱璃。李书珊再起个爱字开头的笔名,组合就叫"I.I.I.",粗看像罗马数字"3",组合正好三个人。李书珊犯懒,既然珏和璃都是王字边旁,珊字也是,那就叫爱珊。

糜晓强忍住即将翻出来的白眼,说,就这么定了。

成立于1995年四月底的这个组合,直到第二年春节前夕才敲定第一部长篇该写什么内容。这不能怪她们懈怠和缺乏团队意识,九十年代中期的高中生学习压力固然没有后来人那么大,但九十年代的高中生同样不知道该怎么书写校园里的爱情。

那时候散文大师穆怀恩的《富春纪事》卖得正火,大部分喜欢写作的学生只是在笔记本里写点散文或者朦胧诗。有些男孩会写一点科学幻想故事,豢养恐龙,和海底智慧生物、外太空来客交交朋友之类,整体水平落后于同时代美国青少年(Nerd)大概几光年的距离;还有些写武侠,这个类型好歹是国粹,全球范围内绝无匹敌,但也是读了金庸古龙照猫画虎。

女孩们呢,"校园言情"是个听都没听说过的概念,学校和社会禁止中学生早恋——80年代末到90年代初,甚至有些大学还在校规里明文规定:"学生不得恋爱"。正规出版物里,大学生情侣不能接吻,只有那些刊登《色情狂的覆灭》、合法性非常可疑的地摊文学里,少男少女才能放飞自我,但肯定不是发生在学校,必须是在歌舞厅这样的高危场所。若是把男女主角背景设置为踏上社会,"I.I.I."又对社会经验一无所知。

在思考长篇题材的十个月里,三个女孩的大脑被折磨得死去活来。一次放学后她们在丰裕生煎店吃点心,李书珊一拍桌子,说索性就写个圣斗士和美少女战士谈恋爱的小说吧,谁都不会说这个故事有违社会主义精神文明建设。

她提到的这两部动画片分别在92年和94年引进大陆，电视台播出后在中小学生当中掀起狂潮。美少女战士是五个人，加一个地场卫（♂），圣斗士主要角色是五个男的，加一个城户纱织（♀），从数学角度而言，是完美的配对。

这个主意并不算太荒谬。几年前市面上就出现了《葫芦娃大战黑猫警长》的连环画，卖得还很火，后来在内容策划上走出国门，分别出现了《孙悟空三打变形金刚》《奥特曼大战孙悟空》《孙悟空智斗阿童木》《孙悟空调戏机器猫》《金刚葫芦娃大战魂斗罗》，乃至《圣斗士与七龙珠》这样的来料加工。相形之下，美少女和圣斗士这群俊男靓女谈恋爱简直是严肃文学般的人物设定。

糜晓十指交叉，认真思考了一下，说我倒是没意见，就怕到时候会有一群小学生拿着三角尺来追杀我们。她的顾虑完全是在技术层面上，第一次写长篇，就搞那么多人物进去，很可能应付不过来，三个人耗费心力时间，如果写到一半发现无法驾驭故事走向，只能遗弃，代价未免太大。和其他看言情的女生不同，糜晓不但看剧情，还留心观察角色数量，发现大部分通俗易懂的言情小说，主要角色就那么三四个，剩下都是陪衬，点缀，甚至是炮灰。

李书珊似乎还要再争取一下，被顾竹嘉摁住了膝盖。她也赞同糜晓的说法，毕竟糜晓在她们当中是最有写作基础的人。李、糜有意见分歧时,她基本会倾向于后者,抚慰前者,并掩藏自己的观点。

套用美少女战士性格设定的话,这个小团体每个人都能找到对应的角色。最喜欢这部漫画的李书珊无疑是月野兔,不是因为每个女孩都幻想成为故事主角,而是她具备了月野兔日常生活中所有的性格弱点:贪吃,懒惰,粗枝大叶,脆弱,爱哭。至于月野兔变身水手月亮之后的特质,比如金发白肤、苗条、天赋异禀、前世的公主身份,对李书珊而言比月球还要遥远。

糜晓还在私下里给她起了个"嘴不停"的外号。李同学每天上学,书包一半空间用来装水果零食,中午还必定光顾学校小卖部,次次满载而归,是小卖部老板眼中最可爱的人,新几内亚的食人部落也会复议这个观点。"零花钱就是买零食花的钱"是李书珊原创的名言。和她初次见面的人,会觉得这姑娘有点点胖,了解她饮食习惯的人,则会认为这种程度的微胖已经是个奇迹。李书珊从未虚伪地表示自己需要节食减肥,也是难能可贵。

在她这具看似有些迟钝的躯壳下,隐藏着一颗对时尚潮流极为敏锐的心。语文老师觉得李书珊的文章(无论作文还是每周随笔)总体而言非常一般,虽然偶有奇思妙想的细节,可惜部分遣词造句有点叫人看不懂——那个年头的老师们,并不以赶时髦为荣,也没意识到这是促进教学质量的手段。前些年刚从南方流行过来的惊叹词"哇噻",是不允许出现在记叙文里的。

那位距离"特级教师"评定只有一步之遥的语文教研组组长,曾经把李书珊作文里的一句话作为错误圈了出来,"一个很in的女孩",in是什么意思?李书珊看到朱批气个半死,in就是很时尚很潮流,是最近流行起来的说法,连这都不知道的语文老师显然是它的反义词。

顾竹嘉是不会被这么对待的,作为国家二级羽毛球特长生,她的写作能力是个惊喜。作为体育生,她的容貌也是个惊喜,甚至比前者更大。

在很多人的刻板印象里,女体育生无外乎两种类型,要么肩膀宽厚、四肢粗壮,要么瘦得堪比骷髅,皮肤黧黑。顾竹嘉小时候弱不禁风,经常生病,父母出于锻炼身体的目的送她去学羽毛球。室内项目、器械轻盈、大幅度高频率运动,让她规避掉了所有的极端结果。至于五官,比如那一双凤眼,是努力不来的,全靠天赐。当初坏了书店老板坐地起价的如意算盘,老板却没多说一个字,面色还很温和,顾竹嘉的长相功不可没。

她进高中没多久,就有不少诽谤在身,"上半身再怎么苗条匀称,练体育的肯定腿很粗",诸如此类。直到某天体育课,顾竹嘉没有穿蓝色线裤,而是换成米色运动短裤和白球鞋,谣言马上不攻自破,在场者的眼睛都吃了两根奶油冰棍,并且期盼春兰空调"地球将变得越来越热"这句广告词是真的。

以上这些外表特征,很容易造成她羽毛球技术并不高超的错觉。一个雨天,几个高一班级都在文体楼上课,体育老师心血来潮,让体育生和普通学生过过招。顾竹嘉右手持拍,连战十一名男生,对方都撑不过三个球,女孩自始至终都是笑盈盈的。叫人丧气的是,顾竹嘉的左脚几乎全程都踩在原地。更叫人丧气的是,她其实是左撇子。

羽毛球终究只是顾竹嘉苦练出来的特长,强身健体,高考加分,功利性足,却非兴趣所在。训练之余,挤出时间读书写作,视力却没退化,也算是个奇迹。

她的作文可以在班里排前十,老师点评其"记叙文细节入微,议论文感情真切"。但在攻击者看来,这种评语就是套话,百分之八十的优良作文都是这种"特色"。相比之下,那些批判声更有针对性:老师带着先入为主的眼光去读顾的文章,就因为她是体育特长生,能写到这个水平实属不易,加之顾竹嘉常在文中拿小时候练球的经历说事,是讨巧之举。她的作文分数绝对是被高估的,水分很大,等走上高考考场,阅卷老师才不管你是什么生,届时就会原形毕露。

至于作文之外的其余科目,攻击者的描述是,"差得和普通体育生一样"。

幸而顾竹嘉听不到这些议论,或者听到了也当没听。李书珊认定除了学习成绩这条,顾竹嘉符合水手水星的一切特质:短发、性格温柔,必要时又很果断。

高二上半学期,两个班的女生一起进行八百米长跑测验,李书珊跑到一圈半就想放弃，打算像往常那样发挥演技，直接瘫倒在煤渣跑道上。领先李书珊一整圈的顾竹嘉此时放慢速度，陪着她跑，还在老师的视觉死角处拽住她的手提速。李书珊冲过终点线时，比及格要求多了一秒半，老师心情好，算她过关。这是李书珊小学毕业以来头一次长跑及格，对此感激不尽，但还是恳求顾竹嘉，以后袖手旁观即可——跑完八百米比不及格更痛苦。

最后一名成员糜晓对应水手金星，不仅因为她那亡故的父亲曾是文化界人士，她自小在书堆里长大，耳濡目染，基础良好，更因为糜晓具备了水手金星那样的领袖气质，其中最重要的一点就是隐忍。

糜晓是以借读的身份进这所区重点念书的，鉴于借读生的高考成绩不计入本校升学数据，不少老师完全放弃了对他们的督促，只需守住"不要影响其他同学学习"的底线，借读生的日子都比较好过。

唯独有个英语女老师，一直对糜晓青眼有加，上课点人回答问题，必要叫她。默单词，背课文，小测验，大考试，糜晓稍有差池，被这位老师点名批评是免不了的。时间一久，很多同学都看不下去，问你是不是哪里惹到杜老师了。糜晓自我审问半天，唯一想到的就是她家不像其他借读生家长那样时常给杜老师送礼，连本挂历都没送过。糜晓从没跟母亲说过杜老师的事，因为回答肯定毫无悬念，"老师对你要求严格？这是好事。"

糜晓真正的软肋是数学,她中考就是数学考砸了,落到一所只比技校略微好点的普高,不得已才来借读。高一刚进来,她英语成绩是全班二十名左右,在杜老师不懈鞭策下,高二时已然在前十徘徊。但杜老师并不满意,每堂课都要在灵魂上鞭挞她几下,糜晓总是面无表情,沉着应对。看样子在拿下全班第一之前,杜老师是不会嘴下留情的。

但在语文老师这里,又是另外一番风景。她的随笔周记经常被当作范文当众朗读,作文分数名列前茅。和糜晓一比,李书珊的文章在老师眼里就像个笑话。偶尔有次测验,她心血来潮,作文写了篇微型小说,老师也没动气,照旧给了个及格分,私下里跟她说下次不要再这样。后来上了新闻的高考满分小说作文《赤兔之死》,此时还未横空出世,糜晓无以辩驳。倒是高二上半学年期末考,她作文拿了满分,引起半个年级惊叹,但数学仍旧没过六十,是个巨大隐患。

糜晓的另一个软肋是钱。她爸固然死得早,就算没死也是个工资很低的小知识分子,在农业局的地下资料室上班。糜晓高中三年,唯一合身的衣服是校服,其他衣服都略大一号,均是一个远房表姐身上退役下来的。早先为了给父亲治病,后来为了凑借读费,她家已经山穷水尽,还好没欠外债。平时省下那一丁点零用钱,去小书屋租本言情小说或者少女漫画,是她最大的奢侈。当初在文庙小书店,若真要和李书珊竞拍《圣传》,縻晓是十分气虚的,兜里没钱,心里发慌。

李书姗过十七岁生日那次,请顾竹嘉和縻晓去肯德基赴宴。儿童套餐是寿星的必点内容,但里面的酸菜色拉她碰也不碰,问另外两个人谁喜欢吃这个。顾竹嘉眉头微皱。短暂沉默后,縻晓把那一小杯色拉拿了过来,但吃得非常缓慢。回家时水星和金星坐同一辆公交车,顾竹嘉说,书姗就是随口一问,你不喜欢吃酸菜色拉可以不用吃的。

縻晓看着车窗外很久,才回答,不想浪费。

事实是,她每次去奶奶家那边的家庭聚餐,下海经商失败、负债好几万的二伯都会负责扫清盘子,如果剩菜太多,縻晓她妈就会打包带回家。不出钱的人没有资格挑食,是她从小自学的餐桌礼仪。

"I.I.I."组合尽管有縻晓、顾竹嘉这两个文章好手,但整体而言,她们依旧是那个时代校园精英中的边缘人类。

精英的主流,被李书姗形容为"蒙念恩宠、备受信任"的,还是那些品学兼优的班长团支书,这类女生们往往个头娇小,戴眼镜,发型总在齐耳短发和麻花双辫之间走极端,十几年来没说过一句粗话,成绩在年级前二十浮动,学生会有职务,主持班会沉稳老练,钢笔字秀丽端正,朗诵、辩论、外语、民乐、书法、国画、合唱,必有一门比较擅长。如果她们在高三时还没拿到某大学的加分资格,堪称不可思议。若是考进一类本科以下的院校,则不算失败,而是一桩丑闻了。

正是这种边缘地位,使得她们的文学创作不那么受关注,自然也就不会有相继而来的打压和扼杀。

90年代中期,日本漫画渐成年轻人市场的主流,但国产漫画杂志诸如《画书大王》《卡通王》也相继出现。流行音乐方面,香港有四大天王和Beyond坐镇乐坛,大陆也已经出现杨钰莹、毛宁、黄格选、林依轮、孙悦、那英这些歌手。

但在言情小说领域,大陆得分几乎为零。

寻遍大城小镇的书店、书屋、书摊,均是港台言情女作家的天下。大陆这边,上一次正规出版具有轰动效应的言情小说,可能还是鸳鸯蝴蝶派徐枕亚在1912年写的《玉梨魂》。四十年里,文学的爱情香销玉殒。如今只有几本不起眼的通俗刊物,打着擦边球,刊登一些爱情若有若无、男女主角态度暧昧的情感故事——如果不算《女艺员沉浮》这种文章的话。

打破港台女作家的市场垄断局面,是"I.I.I."组合的最高行动纲领,其难度不亚于让李书珊拥有月野兔的身材,或者糜晓高考数学考满分。三个花季少女当时尚未明白一个道理,类型小说的发展是经济综合实力的体现。香港台湾80年代经济起飞,90年代转型成功,和韩国、新加坡一起被誉为亚洲四小龙,后来还能避过亚洲金融风暴。90年代刚起飞的亚洲四小虎(印泰马菲)就没那么好命了。

根据这个时间线来看海峡对面的言情圈,老一辈的琼瑶风靡80年代,被誉为万盛出版社"当家四花旦"的那几位,出版长篇处女作都在90年代初期——沈亚《独角兽的情人》(1991)、林如是《爱情以外的日子》(1992)、席绢《交错时光的爱恋》(1993)、于晴《亲亲我的爱》(1993)。此外还有凌淑芬《丘比特的舞步》(1994),更早有严沁的《绿色山庄》(1988)。凌玉的《红玉古镯》比较晚,是在1996年。

香港那边,亦舒于1979年发表《喜宝》;80年代岑凯伦,书中内容离不开豪宅跑车富豪公子;年代相交之际的梁凤仪有豪门三部曲;1994年张小娴开始连载《面包树上的女人》,之后的《荷包里的单人床》成为全港畅销书排行榜首。

经济基础决定上层建筑,是颠覆不破的宇宙真理。与之相应的数据是,1996年大陆人均GDP刚以703美元的成绩超过蒙古和尼加拉瓜共和国——很多人都以为尼加拉瓜只是个瀑布。

对于"I.I.I."组合而言,对于整个国家而言,任重道远四个字不是说说那么简单。

即便只看"校园故事",当时大陆这边具有影响力的好作品也是屈指可数。1990年央视播的电视剧《十六岁的花季》,反响很好,只不过导演编剧分别出生于1941年和1943年。1996年出版的《花季·雨季》轰动一时,书中将异性间超乎友谊的东西称为"好感",发生在班上两名优等生之间,他们在学习上互相督促,共同进退。有个中学生在读后感里写:"看了他们的故事……让我明白，如果能正确地对待相互之间的好感，这不仅不会影响学习，反而会成为学习的动力。"这不禁令人联想起阿尔弗雷德·诺贝尔从未说过的那句名言："只要正确处理好国与国的关系，炸药就只会用来炸山开矿。"

即便被处理成如此乌托邦的正面效应，在另一所学校里，有个班主任在班会上针对《花季·雨季》开展讨论，题目是怎样看待这两个角色的早恋，引起学生踊跃发言——这种行为要是晚个五六年，会被学生认为在羞辱智商。

她们千里之行的第一步，是暂定名为《夏娃的果实》的长篇小说，打算写多少字，不清楚，估计什么时候能写完，不清楚，三个人如何分工，糜晓心里也只有个大概。

形成组合的灵感来自于CLAMP，但写小说毕竟不是画漫画，后者的脚本、人设、主笔、网点、上色，有十分清晰的环节。她们三个人没有参与集体编剧的经验，只能根据自己擅长或者不擅长什么来分配任务：糜晓负责人物设定，顾竹嘉整合故事大纲，李书珊设计一些具体的情节、细节，一部分对白，以及最重要的——在文中插入一段段应景的流行音乐歌词。初稿由顾竹嘉来写，每完成一千字，就三个人一起审核，再由糜晓修改二稿。

这个看似合理甚至完美的计划一开始就遇到了波折。

《夏娃的果实》故事背景大胆地设定在90年代的高中校

园，男女主角即将谈一场轰轰烈烈的、不以提高学习成绩为目的的恋爱，吓死教育局和老师家长。糜晓在设计人物时遵循了从小就被灌输的理念：小说中的人物必须真实可信。故而她打算用生活中的现实人物作为原型。这个想法立刻遭到李书珊的反对，在她看来，假如言情小说里的男主角不够尽善尽美，不能让条件平平的女主角为之痴狂，那故事就失去了吸引力，也失去了阅读的意义。何况，什么是真实，什么是可信？这是个问题。生活中难道没有尽善尽美的男人吗？

糜晓不太喜欢她的态度，请反方辩友举个例子。李书珊立刻搬出了张国荣。这位哥哥，论家世，父亲是香港洋服裁缝店的老板，顾客包括马龙白兰度、希区柯克、加里·格兰特等好莱坞明星；论学历，13岁去英国读书，因爱好时尚，考进利兹大学纺织专业，那所大学是世界百强名校，英国常春藤名校联盟"罗素大学集团"创始成员，六所"红砖大学"之一；后来父亲中风，他回香港发展，玩音乐，成为歌坛巨星，拍电影，成为金像奖影帝，演《霸王别姬》，法国戛纳电影节最佳影片、美国金球奖最佳外语片……如果不是时间不允许，李书珊可以说上一天一夜。

糜晓："可他不喜欢女的。"

李书珊："这不重要，重点是你不能否认，完美的人在现实世界中是确实存在的。"

糜晓转向顾竹嘉，后者朝她耸耸肩，态度模棱两可。最后妥协下来的结果是,男主角可以没有哥哥那么十全十美,但至少也应该是出类拔萃的,性格上允许有小缺点,但才华、家世和外貌方面应当万中无一。

从李书珊家里出来,等公交车的时候,糜晓还是没有被完全说服。顾竹嘉安慰她几句,糜晓说,我本来还以为,可以写一写属于我们自己的故事。

顾竹嘉用的是公文包造型的书包,站立时喜欢像日本女生那样,把包用双手提在膝盖前头,糜晓早就决定要让小说女主角拥有这个习惯。顾竹嘉抬着头,但不像在研究公交车牌:

"我们吗?我们哪有故事呵。"

这是句叫人伤心的反问,悲剧性在于其真实性。"I.I.I."三个女生分别有自己的好感对象,在组合建成之初就互相老实交代了,类似梁山好汉落草时要纳投名状。

李书珊特别崇拜年级里那个人称"小歌神"的男生,此君小时候是小荧星艺术团合唱队成员,因为长得眉清目秀,偶尔会被借去在电视剧里露个小脸。后来青春期男生都开始变声,他的嗓子不再适合专业合唱,就退了出来,但和芸芸众人一比,歌喉还是高级别的,张国荣《吻别》《每天爱你多一些》,张学友《风继续吹》,张信哲《宽容》,都能学得唯妙唯肖,据说以后打算考艺术类的表演系。说到缺点,比较奇葩。一是太爱唱歌,走路、做题、排队打饭、上小号上大号都爱哼哼曲子,遇到教学楼里人少的时候更是引吭高歌,靠走廊回音开个唱，人未见，声先到。另一个就是臭美，每次下课十分钟都要去男厕所，不是去方便，只为用自来水分开自己的发线，因为校规明令禁止学生往脑袋上喷任何化学制品。自来水的定型效果只能保持半小时，越到后面越有群雄并起的趋势，所以"小歌神"最怕老师拖堂，晚个三五分钟下课，他必然是第一个冲向男厕所的，有个不明所以的数学老师一度以为这孩子膀胱出了问题。他的成绩算中等偏上，这一点也挺人神共愤。"小歌神"高中三年没被人雇流氓打一顿，是个奇迹。

顾竹嘉的"男主角"和糜晓一样是个借读生，不爱学习爱篮球。人精瘦，皮肤黑，三角眼，平时阴郁寡言，一旦笑起来，宽嘴利齿造成一种面目狰狞的感觉，故人送外号"卡洛斯"，源自94年落网的著名恐怖分子"豺狼卡洛斯"。无论从哪方面看，"卡洛斯"都像是那种会找个碴痛揍"小歌神"的人，至少应该打过三十次架，哪怕身上有七个伤疤也不稀奇。但其实这人不太惹事，心思都扑在如何像"天勾"贾巴尔那样投篮，考什么大学都无所谓，只要那学校有篮球场就行，所以来借读纯粹是浪费钱。

有一天此公脸上贴着胶布来上学，原来是前一天放学后在点心店吃馄饨，没带钱，让老板给揍了，一直没还手。大家纷纷感叹人不可貌相。李书珊无数次为顾竹嘉鸣不平，觉得羽毛球女神喜欢的男生就算是四肢发达的，起码也该是校篮球队队长那种，身高一米八八，匀称结实，投篮百发百中，笑起来阳光灿烂，待人客气。顾竹嘉笑笑，说，我就是喜欢狼一样的男孩。李书珊没反驳，倒是糜晓道出真相，豺和狼其实是两种动物。顾竹嘉难得反击说，我也不能理解你喜欢呆头鹅啊。

她指的是5班副班长"理科之谜"，这个外号居然是老师起的，因为他们怎么也搞不明白，一个数学这么好的男生，能参加市里的奥数大赛，为什么物理化学却常年在及格线上下徘徊，极其不科学，甚至有点恼人。他高一高二的班主任一直苦口婆心劝他高三选文科班，凭他的数学成绩，加上他文科也很不错，弄不好是全区文科状元，那学校可就赚大了。但"理科之谜"明确表态过，自己一定会去化学班，他想学医。班主任断言他的化学成绩是考不上医学院的，被"理科之谜"完全当作耳旁风，老师气得要死。

除了数学好和人特别犟，他的外貌乏善可陈：五官端正，无功无过；眼窝偏深，显得目光深邃迷人，但只限于解数学题时；头发天然带卷，皮肤比顾竹嘉还要白，胡须生长旺盛，超过了"嘴毛"的标准，略带异国风情。好像也没别的了，除非功课好眼睛却不近视也算一种特异功能的话。大部分时间里，这厮都处于一种神游大地的状态，他身边的人都认定，96年3月陈景润逝世后，"理科之谜"一直利用课余时间，在大脑深处力图证明哥德巴赫猜想。

糜晓对这个人青眼有加，也不是完全没有道理。她数学极差，他数学极好，产生落差下的仰视。她物理化学不好，他他妈的物理化学居然也不好，这是同病相怜；她经常被外语老师点名批评，他总是被班主任和年级主任唠叨高三选文科，两个人都没有屈服，那就是一条战壕里的革命友谊。

以上三个男生，除了"小歌神"是众望所归的暗恋对象，另外两个都彰显了糜晓和顾竹嘉可疑的品位。他们仅有的共同点就是，对三个女孩的好感一无所知。

关注等同倾慕，留心就是爱恋，这是那个时期高中爱情的运作规律。用李书珊的话说，当你像追星一样留意现实生活中某人的一举一动，那就是陷入了爱情的漩涡。但这几乎就是天花板了。顾竹嘉所能做的就是当"卡洛斯"在操场打球时做个安静的观众，糜晓能做的就是在本子上一遍遍写自己的笔名和"理科之谜"的名字，然后出于安全考虑把纸张撕碎、扔掉。李书珊中午在食堂里一有机会就坐到"小歌神"对面的某个位置，物质食粮和精神食粮双丰收。

其实男孩们就算知道了，也不能怎么样。彼时学校对早恋畏之如虎，单个的男女同学敢正大光明在操场上并肩而行，基本只有班长团支书前往行政楼开会这么一种可能。

管思想品德宣传的老师们不写小说，想象力却比小说家丰富，在情节上追求极致，搞出一些"抵制男女同学之间不文明关系"的反面教育素材，无一例外是两个人最开始写情书、约看电影、牵手、拥抱……接着忽然就堕胎了，往往还要大出血，九死一生捡回一命，"血淋淋的生命的教训啊！"——如此刻意隐去接吻和上床的细节,搞得好像两人只要抱一抱就能怀孕似的。

这类材料用力如此之猛,以至于 21 世纪初期那一批描述校园爱情的小说,十有八九要血淋淋一回,被一个刻薄的评论家称为《堕胎少女列传》。

"I.I.I."正在写的那部小说,堕胎并不在故事大纲内,但车祸和疾病是有的,鉴于 1996 年韩剧在中国没什么影响,她们的构思已经领先于时代。这两个创意归功于糜晓,"生老病死,人之所哀","爱情是悲剧里的珍馐美味",这两句话是父亲糜鸿飞生前在病床上教给她的。但糜晓想不出来失忆这个桥段,可能因为英语杜老师的存在,忘记单词是最大的罪过。

写一千字比想象的要慢,每次完成,她们就聚在一起审读,地点基本在顾竹嘉家里,遇到家长在家,就号称来给顾竹嘉补课。她爸爸在海关给领导当司机,常在外面跑,妈妈在上海卷烟厂工作,效益好得不行,是挺立在国企下岗大潮中的雄伟高地,业余爱好是出去搓麻将。女儿有羽毛球特长,文化成绩在体育生里数一数二,没什么好操心的。李书珊和糜晓不敢放在自己家的言情小说,都寄存在顾竹嘉卧室的书柜里。

偶尔顾妈妈把麻将阵地放在家里,她们就去李书珊家。李父是机关的技术官员,李母是大学老师,单位分下来的房子很大。美中不足的是,知识分子总爱提太多要求,不易满足,比如女孩子要温良恭俭让,坐着不许叠腿,吃饭不许胳膊肘撑桌面,放学要马上回家,诸如此类。在李书珊的房间里讨论,要压低声音。好在楼上住了个音乐学院教授,隔三岔五练个立式钢琴,无意中提供了掩护。

反正绝不可能是在糜晓家里开会。事实上,除了家访的班主任,学校里谁也没去过她家。别说像顾竹嘉和李书珊这样有自己的房间,她家连父母的卧室也没有,是"一室户",十二平米一度住着三口之家。父亲去世前,糜晓睡的是行军钢丝床,不用时就折叠好靠墙放着。父亲走后,她才能每晚和母亲睡大床,行军床还给了亲戚。

虽然母亲从未明说,糜晓却从来没有把同学叫到家里来玩的念头。她一直把母亲认定为美少女战士里的水手火星,平时似乎只有冷漠和暴躁两种脸色,切换起来只在一瞬间。

糜母在厂里当会计,无论上班还是做家务,大多数时间都戴着袖套。别人过年买新衣服,她妈过年换新袖套。糜晓终其一生,见过不少会计,性格有稳重的,阴郁的,和蔼的,古板的,唯独没见过活泼开朗的,可能是职业特性使然。糜母为了补贴家用,正式工作之外还帮亲戚开的装潢公司做财务顾问,手握真假两套账本。

但日子还是过得很紧,家中冰箱老旧,没有电话机。那时各大彩电厂商大打价格战,她家还在用黑白电视,且是二手货。遇到小贩骑着三轮车在马路边卖草纸,论斤两卖,糜母可以砍价砍上半天，弄得后来小贩一看到她都是埋头拼命蹬车。对于女儿，她不至于这么斤斤计较，但能做的无非是经常买条鱼烧给她吃，自己只吃鱼尾。早上刷牙，给糜晓提前挤好牙膏，杯子里倒上冷热适中的水。晚上睡觉前，要用圆齿尖的梳子给她梳头，据说可以按摩头皮，让大脑神经更好地休息。经常女儿已经睡着了，当妈的还在黑暗当中给她梳，一遍又一遍，动作轻柔，静默无声。

　　李书珊听到这里就阻止糜晓再说下去，连呼恐怖。糜晓问很恐怖么？可我已经习惯了。

　　除了夜梳头，她还要习惯自己的发型。糜晓脸小下巴尖，鼻子挺直，双眼有神。小时候她家同一层楼有个女邻居就断言，小姑娘有股英气，长大后会出落得很好看，且适合略浓的妆。女邻居在单位文工团工作，涂口红、穿红裙、烫头发都是全团第一人，算是专家。糜母却视之为穿高跟鞋的恶魔，禁止女儿和她多接触。几年之后，该女邻居因为搞婚外情被人家闹到单位，破鞋之名传遍半个小区，去菜市场买个小菜都被人指指点点，终于有天从家里出走，音讯全无。祸害虽去，但她对糜晓的论断却犹在母亲耳畔。上初中起，糜晓的发型就和中年离异妇女保持同步，每根发梢都透着难以言喻的对生活的绝望和对美的摒弃。母亲还托人找来一副款式可怕的平光眼镜，逼着女儿戴，塑造出来的形象成功吓退了青春期少年们潜在的好感。有人戏言她若是去考审计学院，不用笔试，让招生办的人看一眼就会被特招进去。当然，假如那帮小男生里有谁以后能考上公务员或者去大型国企工作，糜母还是不反对五六年后他们来追求自己女儿的。

糜晓养成租书不买书的习惯，也是在母亲撕掉好几本岑凯伦之后养成的。她要是知道女儿在高二课余时间写言情小说，肯定会连人带书一起撕碎。

李书珊掐指一算，月亮，金星，水星，火星，还差一个木星就全齐了。水手木星的人物设定是人高力气大，声音洪亮豪迈，做事粗中有细，早年父母双亡。糜晓说水手木星其实早就有了，只是你们不认识。

顾竹嘉心头一动，问，是朋友？

糜晓摇摇头："是世仇。"

火星般的糜母之外，"I.I.I."另一个潜在的敌人，是学校文学社社长劳海山，人送绰号"阿列克谢·玛克西姆·米哈伊尔·列夫·谢尔盖耶维奇·劳斯特洛夫斯基"，简称劳斯基。

绰号是张名片，表明此人是一个脱离低级趣味、笃信高级趣味应当统治全宇宙的文学极端主义者。初中升高中的那个暑假，他曾给一个电台读书节目打听众电话，语速飞快地发表了一番对当今文化现象的看法。热线电话编辑和他聊了五分钟，就把电话挂断了，对边上的同事翻个白眼，"又是个只看死人书的家伙"。

这结论未免武断,劳斯基喜爱的诸多作家中,加西亚·马尔克斯当时尚在人世——只不过因为消息闭塞,他一直以为《百年孤独》的作者早已去世了而已。

一个令人难受的事实是,劳斯基的作文成绩很好。其他人的议论文还在找司马迁张海迪雷锋居里夫人保尔·柯察金来给自己撑腰时,劳斯基的高级趣味眼界可谓疆域辽阔:北起陀思妥耶夫斯基、莱蒙托夫和车尔尼雪夫斯基,南到博尔赫斯、略萨、鲁尔弗、富恩斯特,东至夏目漱石、川端康成、三岛由纪夫,西及卢梭、加缪、福克纳和波伏娃……他在应试作文的世界里打造了自己的日不落帝国。不过最中意的作家还数弗里德里希·威廉·尼采,别人说他崇拜这位德国哲学家,劳斯基回答:"我不崇拜他,我将成为第二个他。"

彼时,台湾腔尚未流行,最时髦的是广东话、TVB和四大天王。时髦的年轻人都要会几句粤语,就像19世纪俄国上流社会都要会一点法语,俄国大作家的小说里时不时冒出几个法文词汇,以显示受教育程度。劳斯基对此极为不屑,也不知道哪找来一本意大利语词典,自学起来,试图背出《我的太阳》歌词,然后就能在班会文艺表演时镇一镇那帮受流行文化荼毒的同龄人,可惜最后没成功。

几乎没有什么作家是劳斯基没听说过的,除了顾竹嘉书柜里的那些港台同胞。但这并非他仇视"I.I.I."的直接原因(劳斯基毫不客气地把组合成员叫作"三个水枪手")。怨恨的根源在于糜晓，文学社骨干成员，社刊副主编，父亲曾经是科班出身的文化圈内人，自幼受过叫他羡慕的学前教育，本该有着大好的纯文学创作前景，现在却跑去和一个体育生、一个平庸的小胖子一起写言情小说，"这是浪费，是堕落，是背叛！"排比句是他在尼采之外的另一样最爱。

这三项指控，是劳斯基在一次文学社读书活动上，当着众人的面提出来的，矛头直指糜晓。倒不是他忽然吃了枪药，当时文化领域正在进行一场"人文精神大讨论"，大学教授、文化学者、社会学家甚至经济专家为了这个大命题已经讨论了快三年，杂志、报纸、论文、公开信满天飞，大仇小怨一波接一波。

讨论中最早被批判的，是北京作家王炸为代表的地痞文学（"玩"文学的概念）和张艺谋的《大红灯笼高高挂》（商业化倾向），学界认为导致此二者出现的背后因素是人文精神素质的持续恶化，"暴露了当代中国人文精神的危机"。他们无法预见张导后来的部分电影作品，否则应该红着脸把那些文稿撕碎了咽下肚子。还有些口诛笔伐的批判者年事已高，最终没有活着进入21世纪，倒算是件幸事，无论是对他们自己，还是对后来的年轻人。

这场90年代中前期的讨论，最后只证明了一件事，即进入商品经济社会后，不善于赚钱的知识分子最好省点口水和墨水，无论他们发出的声音有多少分贝，务实的年轻听众都越来越少。

但在当时,学者们铿锵有力、激情昂扬的言论,挠到了劳斯基身上每一个痒痒处。他自发接过老十字军骑士们的旗杆矛,刺向身边的异端和叛徒。

决斗的白手套被扔在了脸上,糜晓当然不会无动于衷。劳斯基不像杜老师那样阶级地位差异巨大,何况他羞辱的不光是她一个人,还有顾竹嘉、李书珊和她们喜欢的女作家。那次读书会就地成了两个人的辩论会,她先从质问劳斯基的人身攻击上着手,进而把主要矛盾从言情小说的文学史地位,转移到劳斯基瞧不起言情小说的若干条理由上。

劳斯基祭出的杀手锏就是,既然艺术来源于生活,且高于生活,那么请问"I.I.I."三位"女作家"的爱情生活来源于何处?上幼儿园时和男同学牵手排队去公园春游算吗?

这个提问很恶毒,糜晓如果否认,就是背离了源于生活的创作原则,如果说有生活来源,等于变相承认她们之中有人在早恋,而这是不赦之罪。

好在糜晓很早就认真考虑过这个问题,从她打算动笔写下"我们自己的校园爱情故事"起就想明白了——反方辩友劳斯基同学偷换了概念,艺术源于生活不一定是源于作者本人的生活,试问儒勒·凡尔纳下过海底两万里吗?阿西莫夫上过外太空吗?金庸先生练过华山派剑法吗?吴承恩去过印度吗?并没有,凭什么写言情的人自己必须要谈很多恋爱呢?并非每个作家都像海明威、杰克·伦敦那样阅历丰富,或者像普鲁斯特、曹雪芹那样可以用切身经历作为素材写一部终其一生的大书。蒲松龄不就是在路边开茶水摊、用一杯茶换路人一个故事的典型吗?

劳斯基发现这是个陷阱,对方早有准备,一时硬攻不下,便赶紧换个角度,无奈慌不择路:"情情爱爱,终非文学正道。"縻晓听了这句诘难,夸张地冷笑一声,立刻抛出反问,《红楼梦》里林黛玉贾宝玉不是情情爱爱?《西厢记》不是情情爱爱?《罗密欧与朱丽叶》不是情情爱爱?《飘》里面郝思嘉、白瑞德和阿什利的三角关系算不算情情爱爱?陆游的"红酥手,黄縢酒"算不算情情爱爱?非要《三国演义》《水浒传》《西游记》一帮男人打群架才是文学正道?

在她反击之下,劳斯基的脸连换三种颜色,垂死挣扎:"你……你们达不到那种文学高度。"

女孩从头到脚打量对方一眼:"你也一样,凭什么说我?"

有个在场的文学社成员后来表示,縻晓这句话一出,自己差点就想起立报以热烈掌声。这帮社员平时被劳斯基冷嘲热讽、连哄带吓许久,积怨不小。劳斯基被她一句话见血封喉,正要拍案而起,下课铃响了,其他社员纷纷起哄:"下课咯!下课咯!走咯!"大家都走了,很多人一回到自己班上就给大家报捷,独留劳斯基一人愣在原地,大概是等着大脑保险丝重新接上。

经此一役,糜晓在学校文学爱好者圈子里声望大涨,"舌战劳斯基,可惜比诸葛孔明差点,能骂死他就好了"是人气最高的评价。"I.I.I."另两个成员闻知此事,顾竹嘉一如既往不发表任何激烈看法,李书珊还嫌不解气,决心要在小说里添加一个叫人厌恶的角色,就姓劳。劳斯基除了死人的书,还欣赏80年代的朦胧诗派,其中有个著名诗人笔名叫食指,劳斯基是其拥趸。李书珊说劳斯基也可以起个类似的笔名,就叫中指好了。

当时知道竖中指含义的学生还不多,李书珊不辞辛苦地一次次给大家科普,"劳中指"这个新外号也就传开来了。再到后面越传越邪门,说劳斯基还喜欢1988年在山海关卧轨的诗人海子,喜欢到什么地步呢,据说他的床四只脚下面各垫着四本书,《新旧约全书》、梭罗的《瓦尔登湖》,海雅达尔的《孤筏重洋》和《康拉德小说选》,正是海子自杀前随身带着的书。每逢3月26日海子忌日,劳斯基就把四本书拿出来,分别朝着东南西北,自己站在书当中,点起一支白蜡烛,割破手指,血洒四方,口中念念有词:

"做一个诗人,你必须热爱人类的秘密,在神圣的黑夜中走遍大地,热爱人类的痛苦和幸福,忍受那些必须忍受的,歌唱那些应该歌唱的。"

劳斯基完全看不出热爱人类的迹象,只热爱死人写的书,"诗人不需要诞辰,只需要忌辰"也的确出自其口,但连縻晓都觉得这个邪教仪式般的传言有些过分了,有点文化的人造谣伤人就是刻毒。

最令她五味杂陈的是,劳斯基在他们班的同桌就是"理科之谜",一个数学怪人,一个文学神经病,倒是般配。

言情小说大辩论之后过了三个月,他们就从高二年级毕业,升到高三。颇具纪念意义的是,香港正式回归之后第七日,就是高考。

大部分人的高考目标都太宽泛。选了化学的"理科之谜"想去任何一所医学院,去了物理班的"小歌神"想考任何一所学校的表演系,同在物理班的"卡洛斯"愿意去任何有篮球场的学校,哪怕是重读小学;文科二班的顾竹嘉痛恨体育学院,不想以后当体育老师,她想去随便哪所好点的上海二类本科,读个外语或者对外贸易,做外企白领;李书珊的目标不是学校,而是"小歌神",他考去哪里的表演系,她就去考那个学校的戏文或者导演系——高三分班,她就是跟着"小歌神"选了自己不擅长的物理——至于毕业后找工作的事,她毫不担心,有爸爸在。

唯一志向明确的只有縻晓,她分在文科一班,想考上海戏剧学院戏文系,毕业以后如有可能,去北京发展,那里是政治文化中心，机会更多，还能远离母亲。顾竹嘉好奇她为什么不直接考个外地的同类学校，糜晓说，四年在外地，她妈只会想着让她毕业后回上海；上海毕业，在北京找到更好的发展机会，就能用"试试看"的名义实行计划，她妈是功利主义者，但终究是个母亲，得有缓冲。李书珊倒是很庆幸糜晓要考上戏，因为据可靠消息，"小歌神"心目中的第一志愿也是上戏，如一切顺利，三个人可以会师华山路。

"小歌神"能不能进上戏，糜晓不知道，但李书珊考上戏的概率，她和顾竹嘉都心知肚明。论专业课，糜晓远超，论文化课，半斤八两。但有个愿望和梦想，总是好事，高三不就靠一个梦想撑下去吗？她只能和李书珊共勉。据李书珊说，文科班很多女生都想考上戏，糜晓叹口气："哎，谁不想考上戏呢？"

"劳斯基吧。"

"哈哈哈哈哈！"

毫无疑问，以劳的个性，自认全世界只有复旦或者华师大的中文系才配得上他，前提是他考得上，且北大中文系暂时不需要他的话。1996–1997年是他的高三时代，也是个好年头，1996年3月杜拉斯去世，1997年4月王小波去世，两位都得以升入劳斯基的文学英灵殿，成为永恒喜爱的作家。

但对更多大学生和应届高考生而言，那是坏消息不断的年代。1996年，国家宣布高校毕业生不再由学校包分配工作，学费均价却涨到了一千多元——七年前，这个价格只有两百。到97年，传出消息，住房实物分配制度又将逐渐取消。大学生头顶上"天之骄子"的金冠正在迅速褪色，他们和后来者将要习惯支付高额学费，习惯自己找工作，即便在单位工作再久，也不会分房子下来。租房，买房，贷款，还贷，将成为新世纪一个绕不过去的挑战关卡。

和那群大费笔墨讨论人文精神危机的知识分子一样，年轻人也感觉到，世道变化，前途未卜。

劳斯基高三当然选文科，给"理科之谜"当了两年同桌，物理化学仍差得像个小姑娘，还不如李书珊。冤家路窄，他在文科一班的座位就在糜晓正后方。每次做值日生他都叫苦连天，文科班女生占大多数，一天下来，教室地板上头发成灾，扫起来特别麻烦。"为什么动不动就要梳头呢？"这是劳斯基发自肺腑的天问。可他正在写的那本书，给女生们带来的痛苦要远远大于清扫落发。

劳斯基给自己取的笔名叫"八十"，向伟大的文学井喷期致敬。何谓生不逢时，就是80年代的劳斯基连字都没认全，如今那个时代的列车早已开远，只剩汽笛声在耳边，他硬要骑自行车赶上去——这辆自行车叫《查拉图斯特拉忘了说的》，是向尼采那部著作的致敬和补充，是一个疯子对另一个疯子的解读，融合了哲学、神学和心理学知识，号称是新意识流小说，更像没有加可乐的长岛冰茶，味道浓烈不堪，叫人晕头转向，里面随便哪个配角被春风吹拂一下腿毛,都要用三四页的篇幅来阐述内心波动。

查拉图斯特拉这个名字,三个水枪手从没念对过。顾竹嘉总是说成柏拉图特斯拉,在糜晓嘴里就变为了查尔斯图拉真,到李书珊这里则是查理杜拉斯——事实上她们每念一次这个名字,都会翻出新花样。李书珊评价说劳斯基这人有三样东西杀伤力巨大,分别是遛鸟老头风格的凹形花纹毛背心,头皮屑和头发数量不相上下的脑袋,以及这部从未完结的"长篇小说"。他每在课上写完一部分,都乐此不疲地传给四周的同学看,看完还要征求意见。连全能的上帝本人都未必能读懂他在写什么,同学们只能如实说看不懂。劳斯基要的就是高深莫测的效果,喜滋滋地说,噢,那肯定的。

时间一长,大家都谢绝他的稿件,只剩下坐在前面的糜晓不那么无情无义,愿意看一看他递来的作品。这看似不可思议,但化敌为友的劳斯基有一套自己的内在逻辑。当初言情小说辩论败北之后,他就向老师提前辞去文学社长职务,理由是糜晓最后那句话骂醒了他,他现在的确还没有达到大师们的文学高度,因为《查拉图斯特拉忘了说的》距离完成还遥遥无期,他不能拿一部没完成的作品奠定文坛地位,当务之急,是把书写完。文学社社长职务完全是世俗虚名,弃之毫不可惜。总有一天,他会把诺贝尔奖证书摆在糜晓面前,"我已经达到文学高度了,你呢?"

能有这样的觉悟，意味着他在成为第二个尼采的道路上又前进了一大步。

糜晓之所以不排斥阅读劳斯基的大作，动机更加实际：看完那些文字，回过头再看数学题目，后者似乎不再那么难如天书了。她的另一层考虑是，在和劳斯基交流的过程中，能迂回得知更多关于"理科之谜"的信息，比如这个人每顿早饭要吃三个白煮蛋、在家写作业喜欢听柴可夫斯基交响曲磁带之类，细枝末节，用处全无，却又意义非凡。像她和顾竹嘉这样的女孩子，心比天高，胆小如鼠，用碎片拼图的方法，满足对爱情游戏的向往，写言情小说，则是拼图的上一个环节——创作一幅从未存在于世的画作。

提出追星论的李书珊反而是她们当中最有行动力的。高三分班她本该去物理二班，但她把平时节省下来的全部零花钱买了个电子闹钟，送给年级主任，谎称是父母委托她的"意思"，成功换到了"小歌神"所在的物理一班。

欺君之罪很快得到报应，1997年春节就出了VCD光碟卡在机器里的事故，结果让父亲狠训一顿，差点挨了一巴掌，最后改判皮带抽手心五下。更大逆不道的还在后面，她写了一封情书，是做最坏打算用的——高考成绩出来，学校分数线公布后，要是没能和"小歌神"考在一起，就把这封情书交给他，无论泥牛入海还是飞蛾扑火，都是一个交代。这种殉道者般的英勇，只能感动另外两个女孩，却无法激励她们。

离"I.I.I."创立两周年纪念日还有半个月左右,某天中午,文科一班仅有的几个男生在聊天,说到前些天刚看的《终结者2》VCD,里头那个可以随意变形的液态金属机器人太厉害了,美国人想象力真丰富。一旁的劳斯基插嘴说,没想到你们还愿意看施瓦辛格的表演,此人演电影唯一的表情就是面无表情,这一点在前年上映的《真实的谎言》里已被充分证明了。在一旁的糜晓很后悔自己多了句嘴:"你居然会特地去看这种片子?"

劳斯基为自己高耸入云的文艺品味做了澄清,电影票不是他买的,是"理科之谜"随手送给他的,他很好奇好莱坞在《亡命天涯》之后能拍出什么新花样,就去看了,结果大失所望,又是枪炮火药,乒乒乓乓。

糜晓旁敲侧击:"他不是挺喜欢看战争片和枪战片的么,怎么会把票子送你?"

如果劳斯基反应敏锐,或者是在普通人水平,肯定好奇糜晓怎么会知道"理科之谜"的电影品味,他自己从未告诉过她这些。但劳斯基是第二个尼采,是超人和太阳,只关注自己的光辉,不会在乎海王星上有什么陨石坑。

票子是当时他们隔壁班的顾竹嘉送给"理科之谜"的,但劳斯基的这位数学天才同桌志向高远,要考医学院的人,怎么会赴一个体育生的约呢?"理科之谜"不好意思当场拒绝,就把票给了劳斯基。电影放映当天是星期日,劳斯基先进了电影院就座，晚到的顾竹嘉在走道上看见他坐在那里，头也不回就走了，劳斯基身边的位子就这么一直空着。

劳斯基在末尾给糜晓补上最后一刀："顾竹嘉没跟你说过这个吗？我还以为你们三个人无话不谈。"

"这种坍台事情，她没说得那么详细。"糜晓应付道，心里却想，我们的确需要再谈谈。

《真实的谎言》于 1995 年 4 月 20 日开始在国内上映，顾竹嘉送的电影票是 23 日星期天。

"I.I.I."成立于 29 日星期六，三个女孩纳投名状也是这一天，地点是顾家。坦白的顺序是糜晓、李书珊、顾竹嘉。糜晓先说了"理科之谜"，李书珊说了很久的"小歌神"，轮到房间主人时，已经有充足的时间找一个替罪羊，怎么看都不像是她会喜欢的那种类型的"卡洛斯"——顾竹嘉却说自己刚一进高中就对他很有好感了。

毕竟是两年前的事，糜晓去找顾竹嘉之前，专门跟李书珊确认过以上信息。李书珊以为她在筹备成立两周年的纪念活动，没多想，只是觉得糜晓眼神奇怪，两年来，她从未有这个感受。

顾竹嘉在团队内向来左右逢源，此前只在"锅贴和生煎哪个更好吃"这一问题上跟糜晓观点相悖过。现在她必须面对这些如山铁证，以及糜晓的终极质问：

"两年了,变了没有?"

羽毛球特长生的回答绝不是糜晓期望听到的:"每次我在球场边看男生打球,他都在跑道上跑步。"

长跑是"理科之谜"唯一醉心的体育运动,这是劳斯基说的。糜晓很久没说话,顾竹嘉:"我当初没说实话,是为大家着想。"

"是吧,你总是那么善解人意,为每个人着想。你想得那么明白,都不需要我们自己思考了。"

她是真正的水手水星,在漫画里,即便临死之前,心里也在挂念着别人。

糜晓:"但你出发点再好,我也不会原谅的。"

顾竹嘉深吸一口气,长久积下的情绪化为一根手指,摁下发射井里深藏许久的核弹:"跟你认识两年了,当然不指望原谅,但你不是很擅长自己骗自己的吗?"

"什么意思?"

"教你高一高二语文的覃老师给你作文打高分,就因为她和教外语的杜老师一直关系不好,捧你是为了借刀杀人,你心里清楚的,那你会原谅覃老师吗?"

覃老师不教这届高三,进入毕业班之后,糜晓的作文得分没以前那么高了。现在糜晓什么也不想说,转身离开,步速缓慢,右手握拳,顶着教学楼走廊的墙壁,边走边划出一道无声的线。后来顾竹嘉在大学里看了波兰斯基红蓝白三部曲里的

《蓝色情挑》，其中一幕，朱丽叶·比诺什经过一堵长满藤蔓的石墙，也是伸出右手握成拳状，用力顶在粗粝的墙面上，一路摧枯拉朽，手指的疼痛一直钻到观众心里。

这天起，糜晓再也没去过顾家，放学后也不会跟另外两个女孩在丰裕生煎店碰头。早在1997年春节之后，她们就商量好了暂停《夏娃的果实》写作计划，一心准备高考，现在，重启的可能被无限期延后。

三人跷跷板的力量对比，也在一夜之间发生戏剧性变化，李书珊忽然成了非军事区缓冲地带，两个文科班女生之间的外交往来，都要靠她这个物理班的人传话。李书珊不能理解她们之间的隔膜，不就是喜欢上了同一个人吗，有什么好心存芥蒂的？"小歌神"在学校里的暗中倾慕者肯定不止她一个，也许校外的还有不少，李书珊介意过吗？从来没有。所以这两个人到底是为了什么？

两个人的回答倒是出奇一致："你不明白的。"

组合里向来担任老幺角色的李书珊头一次感受到了一种责任，在距离高考不到三个月的时候，她有当仁不让的义务去化解，去弥合，去团结，这个职能以前总是顾竹嘉担任。历史上常有这样的事例，团队里最不起眼的角色忽然临危受命，体现出了叫人诧异的领袖气质和成熟魅力，能够独当一面，力挽狂澜。远的不说，至少月野兔变身为水手月亮就是个最好的例子。

但历史没有给李书珊表现的机会,她很快就陷入到比团队内讧更大的麻烦中去了。

那封"做最坏打算"的情书,她写完之后不太满意,总觉得文笔平平(的确是事实),不足以表达出三年来的感情重量,想加一些感人歌词进去吧,人家"小歌神"什么流行音乐没听过没唱过?这么做,一来显得俗套且没有诚意,二来丝毫不能体现一个文学女青年的特色和水准。李书珊思来想去,就托顾竹嘉帮她修改一些字句。顾竹嘉也是第一次写情书,改过之后也不太自信,就背着她请糜晓来改第三稿。

糜晓对此极为重视,可那段时间,她妈不知从哪里高价请来一个号称曾在教育考试院出过数学考卷的老头,常来家里给糜晓临时抱佛脚,空闲时间不足。加上情书是打算高考之后给出去的,她没有立刻动手改,而是藏在自己那摞高一高二用过的旧教辅资料里——三天后,她就发现了顾竹嘉真正的好感对象是谁。

双方冷战期间,谁都没提起这封信,李书珊以为它在顾竹嘉手里,顾对冷战结束抱有幻想,糜晓对情书藏身处的万无一失抱有更大幻想。

"一室户"这种方寸天地,藏东西的难度系数极高,对手又是糜母这么心细如尘的会计。那天她调休,中午就回到家,做完家务,就开始抽查女儿的私人物品——90年代的家长未必有这个概念。发现这封情书时,糜母的火气如《曹刿论战》

里所说,一鼓作气,再而衰,三而竭。当她看到落款是糜晓提过的好友李书珊,原文字迹也不是女儿的,顿时松下一口气,随即又绷紧了,还带着一种怜悯,不是怜悯作者,是怜悯作者的父母。即将高考之际,这个小姑娘还在想着写情书表白,心思乱晃,要是考砸了,父母该多么伤心——这是糜母的思维逻辑,也是大多数可怜天下父母心者的逻辑,但那些人未必会有她接下去的举动:拿着情书直奔女儿学校,找高三年级主任汇报情况。

后来的几年里,糜晓常想,要是当初李书珊多写一句"当你看到这封信的时候,我们已经考到了不同的学校",她妈应该不会采取那么雷厉风行的措施吧?她会明白这是一封高考之后的情书,虽然占据一点心思,但还是有注重当下、学业为重的意味。

可她也说不准,这位人到中年的水手火星,做账时冷静细致,过日子时火星子四起,母亲要是认定每个高考生应该除了试题什么也不想、分数之外无欲无求,照样会把情书交到年级主任面前。和母亲一起单独生活了十年,她真不敢保证这种情况不会发生。

历史不相信假设。当晚,糜晓为了这个原子弹级别的风波,和母亲大吵一架,整栋楼都能听到女孩的怒吼,令人怀疑这还是不是平时那个看见大人都乖巧问好的糜家小姑娘。糜母多年没有和人这么撕破脸,把家里所有不值钱、不会轻易破损的东西都摔了一遍,然而縻晓根本不需要动手,光是嘶吼就能让母亲知道什么叫青出于蓝而胜于蓝。

就在隔壁邻居打定主意要上门相劝时,屋里忽然安静了下来,随之传来縻母的垂泣声,她问女儿,自己一个人养了她那么多年,现在是不是打算为一个头脑发昏的别人家的小姑娘,要断绝母女关系?

那天晚上,縻家再也没有传出别的声音。翌日清晨,縻晓黑着眼圈出现在公共厨房,拿起母亲早就挤好牙膏的牙刷,用温度依旧正好的开水漱口,洗脸,拿了早饭出门上学。她走后,在旁边灶台上热泡饭的邻居老爷叔以过来人的口吻对縻母道,考之前发作出来,压力也好小点。縻母叹气不说话。

李书珊可就不是"发作出来"那么简单的结局。传统上,7月7日高考,高三年级会在6月下旬停止上课,给学生留出一星期时间安心在家复习,调整状态。但李书珊在縻母举报的第二天就没再来学校,据说是被父母送到近郊亲戚家寄宿去了。她爸花高价请了一堆各个科目的资深家教,贴上车马费,轮流给女儿补习。顾竹嘉曾经去过李家一次,刚说明身份和来意,李母就关上了门,丝毫没有高级知识分子的风度。

至于情书的收件人"小歌神",根本就没受到任何影响。有小姑娘暗中喜欢他,是天经地义的事情,他不用为此负责,非要怪罪,那就怪他的容貌和歌喉吧。"小歌神"照旧走到哪里唱到哪里,演唱水平发挥稳定,甚至走进高考考场时都是这样。不过物理考完出来,他就不唱了。

剩下的两个写作组合成员,在学校里视对方如空气。寄存在顾家的那些小说和漫画,縻晓没去要回来。"兴许被烧了吧。"她有时想,"还有那部未完结的小说。"

高考之前,7月1日,香港回归;2日,泰国宣布放弃固定汇率制,实行浮动汇率制,引发金融风暴;3日,古巴宣布找到切·格瓦拉的遗骨;4日"火星探路者"宇宙飞船经过4亿多公里航行,成功地登陆火星;5日没有大新闻;6日,少数民族史诗《格萨尔》抢救工作基本完成。

7月7日,高考开始。

上海每个区对考点的科目安排都不同。縻晓她们学校,文科班考点在市七中学,物理和化学班在十公里之外的华英高中。縻晓不知道李书珊的考场和"小歌神"的考场是不是同一个,即便在隔壁,也是种折磨,她爸爸就算本事再大,也对此无能为力。

"理科之谜"自然也在华英高中,縻晓和顾竹嘉都见不到他,却能在考场遇到彼此,然后视若无睹,心比脸硬,擦肩而过。多日未见的劳斯基顶着一个圆寸头走进考场,说是削发明志。他的脑袋形状并不适合剃寸头,但起码没了漫天飞雪的头皮屑,是件好事。

高考之后,连续几天的高三年级返校日,"I.I.I."三个女孩都没出现。

縻晓做梦,常梦到顾竹嘉将书包提在双膝前,抬着头说:"我们吗?我们哪有故事呵。"

到她们再度相遇时,十年之中,有一张长长的处女作清单——

莲一	《贵妃莲》	2001
林圣美	《笑靥》	2004
P2Q	《小宫女》	2004
郝至柔	《记得你,失去你》	2004
夜岚紫生	《岚明宫》	2005
清北	《最佳辩手》	2005
鹿曜	《锦衣》	2005
项思幻	《世界上最美的花》	2005
某小某	《悄然而逝》	2005
青烟轻语	《后宫物语》	2006
程门雪	《白发少女》	2006
泰泰	《驸马王》	2006
水秀千	《飞鸳》	2006
毛粒子	《卷珠帘》	2006
花梨	《我的猫呢》	2006
陆璃琉	《声色》	2007
小布	《EX悼念册》	2007

| 塔塔库理 | 《傻瓜傻瓜》 | 2007 |
| 颜苏舞 | 《你就当我没来过》 | 2007 |

每一本都是大陆的现象级言情作品。当年"万盛四花旦"发表长篇处女作时不过二十出头，清单里这批人，基本也是这个年龄出道，多多少少都受过港台前辈的滋养，只是台湾言情小说此时已被称作"小言"。新一代的言情作家，大陆称王，她们笔下的故事既有古代也有现代，都市或校园，庙堂或后宫，乱世或盛世，清纯或诡谲，虐心或暖心，细腻或轻快，百花齐放。

市面上的言情杂志更是多如过江之鲫，北京《心爱》，上海《Miss Diu》，成都《浮生绘》，广州的《萝莉月刊》《樱之约会》，长沙的《KISS》《MisT》《唯美》，都是言情期刊界一方诸侯……90年代末期被无数家长老师鄙视的"野鸡杂志"《少女心》，现今都算老牌言情刊物，投资方已经换了好几个。

杂志老了，人也老了。糜晓回顾自己三十岁以前的生活，颇为唏嘘：她当年如愿考进上戏，学会化妆和抽烟，重新起用老笔名"艾璃"，向《少女心》这些杂志投过稿，发过小说，也出过书，终究没成大气候。大学毕业后一度去北京发展，很快又回上海，到新西兰游学一年，跟基督城一个老外结婚后又飞快离婚，没小孩。两年前她进入这家专做少女读物的"My Girl"文化，凭着之前在业内的人际关系，做到上海办事处的文字总监，时常在上海和长沙总部之间两头飞。

前不久，办事处升格为分公司，在上海本地招了一个新的负责老总，糜晓兼任其助理。该老总开一辆每天都要擦洗的大奔，不懂写作，但善于运作资本，跟体制内的头头脑脑打交道也很有一套。新官上任，老总对员工训话，说我没什么文化，写书这方面，你们是行家，放手去干。老总说到做到，对手下放手，自己偶尔也会趁着四下无人，把手放在汇报工作的糜晓的腰间，但绝不会下沉到臀尖。糜晓未抗拒未声张，反应如机器人，好像搭在腰间的是只苍蝇。老总既失落，又放心，有一次临时开会抽不开身，让她帮忙去静华学校接自己儿子放学。

这是所挺有名的民办学校，小学初中都有，学生家长非富即贵，外人来接学生，要经过严格审核。糜晓看到陪老总儿子出来的班主任，眼皮猛跳，再三辨认，确信是顾竹嘉无疑。十年了，居然一点没变，无论容貌还是体型。她最后一次听到关于对方的消息，是顾竹嘉终于考上了二本的英语专业，不至于去当体育老师。现在看来她还是逃不过当老师的命，没能成为外企白领。

顾竹嘉略微花了点时间认出糜晓，除了那双"英气逼人"的眼睛和脸架子，发型、妆容、穿着、身材都判若两人——她完全逃脱了母亲的影响。

老总儿子先上了糜晓的本田雅阁，坐在副驾驶座上玩手掌游戏机。两个老同学都想着怎么破题。还是糜晓的职业习惯打破了僵局，给了顾老师一张名片，正面是个人信息，背面是公司的宣传简介。她本人很排斥这种土包子做法，但不得不从。顾竹嘉说原来那几本杂志和小说是你们公司出的，我还不知道，办公室里一大堆，都是学生上课看的时候收上来的。

糜晓深知本公司产品的顾客群体普遍身高不足一米五，抱歉地耸耸肩："当年一点没想到，小学生也会成为最忠实的读者。"

顾竹嘉："呵，今天刚收上来一本你们某小某写的书。"

读者心目中，某小某的真实身份成谜。"她"其实是一群写手的共同笔名，众人集思广益，分工明确，配合作战，最后由"终稿决定人"负责最后一版的修改——无论写手还是决定人，经常换血，糜晓已经是第四任"终稿决定人"了，这才有某小某的高产量和时不时的"文风转型"。和"I.I.I."时期不同，这次在团队内部，一切由糜晓说了算。但写出来的东西，云泥之别。

糜晓收起思绪，立刻换个话题："你结婚了？"

顾竹嘉摸了摸左手钻戒，说，三年前的事，现在怀孕都两个月了，看不出来吧？她对象是父亲介绍的，在海关工作，大她两岁。糜母心心念念的公务员女婿，倒在顾竹嘉这里美梦成真。

"还不知道是男是女，我希望是个男孩。"她并非重男轻女，"这样从小会喜欢看武侠推理科幻，不看言情，对生活少抱一些无望的幻想。"

糜晓笑笑,是职场上的微笑。这场重逢,自始至终,顾竹嘉都没有对她的经历发问过,足以说明问题。糜晓却是有很多问题的,当年的手稿她怎么处理的?李书珊的下落呢?还有当年的那些人,"卡洛斯""理科之谜",以及劳斯基?

"小歌神",她曾经疑似在地铁二号线里见过,说是疑似,是五官、身高、走路姿势很像,但没在唱歌,无法百分百确认。那人西装革履,意气风发,身边女伴很瘦,胸却不容小觑。李书珊当初人虽胖,胸部却并没有水涨船高,怎么算都没有成功的机会,那封情书,本该是最好的祭奠。

但最终,这些问题她一个也没问,顾竹嘉也没提起。怕一说,旧伤口又撕开了。糜晓抬腕看表,时间不早,以后再聊。顾老师朝车里的学生和糜晓挥挥手,转身离开。

在第二个路口等红灯,糜晓莫名其妙地想起一个历史细节——当初那部未完成的《夏娃的果实》,她改完最新章节的二稿,收尾好像是这么写的:

"深夜的被窝里,她合上小说,关掉手电,有时会想,夏娃看言情的时候,亚当在干什么呢?"

然后稿子就交给顾竹嘉保管了,从此杳无音讯。那么,亚当在干什么呢?糜晓看了眼边上的老总儿子,小学四年级生正在PSP机上玩格斗游戏,目不转睛,手指飞快,嘴中念念有词。他选用的角色是一个波涛汹涌、衣不遮体的长发女子,与之对战的是另一个胸大腿长、穿着暴露的少女。看着路口绿灯跳起,她想,原来如此,一直如此。

糜晓再也没代老总去接过儿子。

〔人物〕王谢

床笫之美

1

好的床戏到底该怎么写?这对王谢来说是个难题。

电话那头的女编辑当然无法洞悉他的困惑,只是说,你想加的话那就加吧,别太过火就行。这个反应在王谢意料之中。毕竟,这是他最后一本书了,毕竟,这些年来他在文化公司口碑极佳,从未跟任何责任编辑有任何冲突。现在,他们就该答应他这个小小的要求。

他和编辑约好截稿期,挂了电话,把手机往沙发上一扔,人站到窗边,双手交叠放在脑后,伸起懒腰。从正面看去,这个姿势像是投降的败兵刚走出掩体,不知最终的命运是枪决还是战俘营。

他的确是投降了,从不断妥协到最后投降,好像花掉了他半生的时间。十八岁之前,他努力想变成一个作家;二十二岁以后,他变成了职业作家;在临近三十岁的关口,他终于要摆脱这个烦人的称号了。今后无论谁问起来,他都会自我介绍说,我叫王谢,是做编剧的。要是不幸边上还有熟人,那他会补充说,很久以前写过几本书,不值一提,呵。

他坐回电脑前,屏幕上是最后这部长篇小说的文档界面,白色背景亮得有些扎眼。背后摆着一个宜家买来的小书架,放满了他和他那群朋友们的作品,任何一个中文系教授看到书背上的名字,大概都会犯起胃病来。有时候王谢看看他早期作品里的部分桥段,自己也会犯点小恶心,但这就是他赖以为生的手段,校园言情小说,八年来已经出版了十二本,名字一本比一本长,封面一本比一本花哨,定价一本比一本高,销量也一本比一本少。

唯一恒定的是,书里面异性间的身体接触几乎为零,最放肆的情节也不过是手牵着手奔跑,手牵着手骑自行车,手牵着手看流星雨,手牵着手看晚霞,手牵着手看枫叶飘落,手牵着手看樱花飘落。

文化公司的编辑无数次提醒说,你们的小说主角都是中学生,你们的读者平均身高大概也没过一米五,要格外注意内容导向!切记!千万千万别让主人公干出格的事儿!这番训话像极了他父亲的风格,每逢此时,王谢自己就开始胃疼。

他很少对圈内人说过自己父亲在出版社上班,那样一来必然引起一连串好奇,比如你爸在哪个社啊?你爸都编过些什么书啊?这时候他该怎么作答呢?我爸在一个高贵到绝不会出版言情小说的出版社工作,他们那儿连厕所都是用《辞海》代替砖头垒起来的;我爸经手过的书多种多样,唯一的共同点是销量不高,而这一点又很让我爸自豪……

以前王谢经常拿最后这一点当成经典笑话来看,但现在这个笑话开到了他自己头上。纸质出版行业是一天不如一天,甚至殃及了向来稳赚不赔的言情界。八年前他刚出道时一本书首印五万册,最后陆续加印到八万。七年后他第十二本书只印了两万,到现在仓库里大概还堆了五六千册。文化公司的编辑安慰他说,是大环境的问题,不是你水平退化。

王谢心里却和她一样清楚,对靠写书吃饭的作者来说,大环境永远是第一位的,运气在第二位,眼光在第三位,水平在最后一位。王谢的运气是他曾经遇到过好环境,发挥出了水平,现在呢,该相信自己的眼光了。出完最后这本书,他就结束自由撰稿人生活,当编剧写都市偶像爱情剧去——这玩意儿和校园言情小说有异曲同工之妙,但不像纸质出版那样日薄西山。签下工作合同的那家影视公司是他大学室友介绍的,下个月正式上班。

作为谢幕之作的第十三部长篇,走都市风格,主人公终于不是未成年少男少女,可以毫无忌讳地在书里接吻拥抱做爱。王谢自我辩护说,男女主角暧昧了整整十四万字,十四万字！最后却不上一次床，实在有点说不过去，太不现实了！这都二十一世纪了！

其实他自己既没在学校里谈过恋爱，毕业后也没有感情生活，违法乱纪的事儿又不敢做，从未体验过床笫之美。但言情圈里他这样白纸一张的作者并不在少数，谁也不会为此嘲笑谁。

那么，关于床戏，他懂得多少呢？向来调皮的王小波先生曾经给初学者们优雅地开了个好头："他失却了平常心。"一贯优雅的张爱玲女士用她最擅长的比喻手法描绘了失却平常心后的画面："狮子老虎掸苍蝇的尾巴，包着绒布的警棍。"然后……完了，王谢所能理解的"富含文学性的床戏"就这么一丁点了。这种讳莫如深又肆无忌惮的描写，对一个校园言情作家来说简直是挑战人类极限。

王谢认识的另外几个男性同行，情况基本和他差不多，文笔细腻深邃，善于营造文艺矫情的氛围，却既没写过床戏，也没经历过床戏。长年在写作圈摸爬滚打，深谙出版审查的精髓后，他们在文字方面的性功能早已退化。

他在网上向几个聚会时爱说荤段子的男作者求助，得到的回答差不多是一个样子："我怎么知道……你干吗不翻一下自己的电脑硬盘？"一而再再而三，王谢不再理会他们的调侃，只是对着屏幕发呆。跟编辑打完电话到现在过了快一个钟头，他一个字都没写出来，电脑时钟显示已经四点三十五分，他必须要出门了。

2

每个星期六,王谢都要回父母家吃一次晚饭,风雨无阻,与其说是习惯,不如说是一种考勤。王谢不愿意和父亲坐在一张桌子边上,但不坐在一起吃饭,又叫什么家人呢?时间一久,这种矛盾心态逐渐麻木,他成了巴甫洛夫的那条狗,星期六的四点半一到,就自觉关电脑,换鞋出门。好在母亲善解人意,会在五点左右做好全部饭菜。五点半儿子一进门就去洗手,洗完坐下就吃,边吃边听母亲做一星期以来的身体健康状况简报,再讨论下是否要给母亲买个电子血压计之类的事情,吃好饭他就动身回自己家,整个过程前后不超过四十分钟,精确得像新闻联播的内容排布。

四十分钟里,他几乎不跟桌子对面的王国松老师交谈,也避免和他目光对视。

父母家在章北区,从他家楼下坐132路汽车,要一路晃荡个四十分钟才能抵达。好就好在星期六下午,车厢总是很空。他选个后排靠窗的位置,也不嫌脏,把脑袋靠在玻璃上,摇摇颤颤地和车子融为了一体。

说来也巧,再往前开两站,就会路过他的母校,区立三中心小学。王谢每次看到教学楼的淡粉红外立面,心中就会五味陈杂。

二年级他刚转校进来时,身材单薄得像根荷兰豆,扔实心球成绩差得出奇,最自豪的事情就是语文作业从不会出现错别字,因为父亲乐于牛刀宰鸡,每天帮他检查作业。那是他们父子关系的黄金时代,尽管他并不清楚父亲作为编辑,在上班时除了找错别字还要干点什么。他去过父亲的单位好几次,第一次去时最深的印象就是,那么多书,真的是有那么多人去写啊?几排大书橱根本容不下它们,办公桌、茶几、沙发,到处东一本西一本,最夸张的一摞可以从桌脚边堆到天花板。除了走道和椅子面,所有的水平面都叫书给占据了。

父亲那时还常带他逛书店,逛着逛着,会忽然指着角落里的某本书,说,这就是爸爸编辑的书。父亲此时的表情是饱含谦虚的骄傲,这种骄傲感染了儿子,也就成了他的骄傲。那时候父亲几岁?三十八?三十九?王谢从来没记清楚父亲的生辰年月,每回忆一次都能得到不同的答案。他也记不清父亲那时的五官气质，只记得父亲最喜欢的那件呢外套，穿上后整个人像座深蓝色的山峰，山顶却笼罩在一片白云里。幼年的王谢就行走在山脚之下，时不时仰望山顶，似有众神踞于云上。

后来，小王谢识的字越来越多，笔画越来越繁复，中国文字又是如此博大精深，阴阳，道理，哺乳，房子，龟壳，头脑……王谢对这奥妙无穷的组合法则无知无觉，只是偶尔产生一些小怀疑。有次抄写课文，"一匹小马背着一袋麦子去磨坊"，他把"麦子"写成了"表子"。这是个毫无恶意的低级错误，要是再加个女字边旁才会气象一新、格局大开。父亲检查到之后，却没按惯例叫儿子用正确写法抄二十次，而是要他抄五十次。王谢不明白原因，父亲解释说这个字笔画少，以前又写过那么多次，不该犯这错误。王谢信以为真，老老实实抄了五十次。之后很久一段时间，王谢写"手表"时老有种要写成"手麦"的冲动，还好总能及时发现，用橡皮擦掉重写。

王谢有一天恍然大悟罚抄五十次的真实用意时，已经是他升入初中二年级时了。通过男生间自发的语文互助教育，他终于搞懂了加女字旁的"表"字是什么意思，并为当年的粗心和父亲的不动声色感到愧疚不已。也是初一的某个晚上，父亲把单位未完成的工作带回家，他有幸亲眼看到了那个大信封里的审校稿，足足两个手掌合起来那么厚。趁父亲上厕所的时机，他蹑手蹑脚过去拿起来翻了翻，因为不确定父亲允不允许自己看。书稿是手写后复印下来的，最上面几十页布满了父亲留下的痕迹，有些是他熟悉的，如错别字的画圈和螺旋线、前后对调、替代，父亲以前教过他。有些是他闻所未闻的，比如有一页上父亲用红色铅笔勾勒出的一段，他才看了两行，脸就跟着红了。另还有几处勾出来的地方他却看得一头雾水，百思不得其解。忽然厕所传来马桶抽水声，王谢赶紧放下书稿，回自己桌子上写外语作业。事后他总结了一下，还是叫他脸红的部分更吸引人，若是他在课堂作文上这样写，一定会被语文老师吊死在校门口。

初中生王谢比小学生王谢多了个心眼，记住了这部书稿和作者的名字。五个月后，他去逛学校附近的那家新华书店，真的找到了这本书，翻到记忆中应该脸红的那个章节一看，被父亲勾了红铅笔的描写段落果然消失了，另外几个地方也被修改过了，换上了无毒无害的文字。那一刻他终于明白了父亲到底有多么大的生杀予夺的权利，那些文字，那些勾魂的、销魂的、粗鲁的、血脉偾张的或者叫人看了反胃的文字，统统跟着那红铅笔的划痕随风而逝。打那以后，王谢对父亲这座蓝色山峰又有了全新的认知，缭绕于山顶的不光是朵朵白云，也有红铅笔描绘上去的彩霞，这叫他欣喜不已。云中确有真神，有时手持雷电下凡，那便是罪恶文字的血光之灾。

他对初中时代另一个念念不忘的细节是，有天午休时分，坐他前排的英语课代表照例从课桌里拿出一个红扑扑的苹果，但接着又拿出一本最近正火爆的电视剧《还珠格格》的原著来。

王谢惊叹这本小说厚实得堪比板砖，交给任何一个男生，恐怕一辈子都读不完。但课代表到了下周二就换了一本同样厚度的书，上面写着《还珠格格》第二卷。第一卷则被其班上他女生广泛传阅，或者按照他新发明的词，叫"抢阅"。王谢头次感受到一种和蓝色山峰相抗衡的力量，他小时候第一次去父亲单位时惊叹的"这么多书，真有那么多人去写的啊？！"已经成熟转变为"这么多书，真有那么多人去看的啊？！"父亲编辑过的那些书，总被放在书店里最冷清的角落，跟言情书架、武侠书架那边的人头攒动形成截然反差。每次他跟着父亲逛各种书店，王国松老师都是绕过这些书架走的，偶尔必经此路、实在绕不过去了，步子都会不由加快，头也抬起来，眼睛瞟着远处。

和言情作家们同样讨人厌的还有美国的电影电视剧工作者，简直是想尽了办法要让男女主角们上一次床：上一秒钟他们还在屋子里喝咖啡，下一秒钟他们忽然就开始接吻了，再下一秒钟，两个人已经盖着被子靠在床头聊理想、人生和宇宙起源，此时男演员总是露出多毛的胸膛（多到你完全忽略了他们的乳头），女演员则露到锁骨以下那块区域。这种规律只有动画片能幸免，好像编剧不这么干，美国广电总局就不让片子上映似的。长此以往，父亲有了经验，美国人，或者任何金发碧眼的人拍的电影里，男女主角一接吻，他就抬起手挡在王谢眼前，哪怕剧中人是在公众场合接吻，因为你永远也无法预测国外编剧的奇怪思路。当时轰动全球的电影《泰坦尼克号》，故事够悲剧了吧？结果女主演还是在大荧幕上、在众目睽睽之下脱光了衣服，让人画裸体。父亲事先从同事那里听到这个情报，及时制止了儿子要去电影院观看的想法。

王谢后来阵地失守，却和美国人没有直接关系。他高中时的图书馆老师在进新书时都不会把书彻底翻一遍，结果高二时王谢很兴奋地跟同学说，图书馆进了一个日本作家春上村树的书，他写得那叫一个黄。用历史的眼光看，村上君只是王谢的启蒙者，而非临摹对象。他从初中开始就陆陆续续写了几万字的散文随笔读后感，投青春校园杂志，投作文比赛，都没回音。父亲看在眼里也有点急，找同事、朋友托关系，把他几篇精选的散文、随笔送到略有江湖地位的作家那边，请给看看，得到的评语基本是"挺好，继续写"——具体好在哪里，回答得都比较抽象，有说文笔好的，有说情怀好的……再多就没了。后来父子俩都不好意思老去麻烦人家了。父亲安慰过他，说你还这么小，以后有得是时间，笃定地慢慢写好了，散文讲阅历的。王谢确实笃定，等进了高中，功课压力大，散文就彻底没了下文。父亲并不知道儿子这时偷偷写起了小说，而且里面床戏是常有的。但具体写了点什么叫人脸红的情节，王谢现在想不太起来了，只记得对某男主角的一句总结陈词："他是个盛满荷尔蒙激素的带喷嘴的人形容器，脑门上是个喷壶口"。现在回想一下，妈的，自己年少时简直是个床戏天才，下笔如有神。

神童王谢最后出师未捷，只能怪那本写满美好臆想的硬面抄没有藏好，叫父亲发现了。假如父亲干着别的职业，比如保安、货卡司机、轮机工人或是开肉铺的，可能是这样惩罚儿子的：解下皮带，攥住一头，对扒掉裤子的王谢质问道："还写不写娇喘？！"，同时"啪"地狠抡一下，"还写不写呻吟？！"，"啪"地又抡一下，"还写不写浪叫？！"，"啪"地再来一下……直到作品朗诵完毕，王谢的屁股变成斑马，思想改造也差不多水到渠成了。但父亲是读过书的人，职业特性让他最清楚该怎么对付读书的人、写书的人。那天王谢补完课回到家，发现父亲独自一人坐在客厅沙发上，茶几上摆着这本硬面抄，顿时觉得世界末日要来了。但父亲既没骂他，也没揍他，而是招招手叫他放下书包，坐过去，坐在他边上，坐坐好，然后打开本子，翻到事先折了角的地方，一手摁住边上那页，一手捏住这页的上角。王谢以前也听过纸张撕裂的声音，却从来没现在这样的清晰、透亮，他竟在此时搞懂了该如何形容这种声音——和战斗机在蓝天中划出白色尾线时的噪音很相似，砂皮搓耳膜，小火煎油锅，下一秒钟就该破了，就该溅了，却永远差一口气。父亲面无表情，动作慢条斯理，从容不迫，丝毫没有大动肝火的迹象。他先撕下一整页，拿在手里，从窄的方向再一根根撕下刀削面粗细的小条，等手里积满一撮，拦腰一截为两，放到茶几上，再去撕下一页。

三分钟过去，王谢一言不发地看着自己的色情处女作变成了一堆脏雪。要是换成小说里的情节，父亲完全可以俯下身去，用力一吹，来个轻舞飞扬，最好能把纸片刮到王谢那"不知羞耻"的脸上，再慢慢飘落，洒满一地。但父亲的残忍就到此为止了，他缓缓起身，讲："以后，别写了。"这句话的声音出奇的小，王谢后来想，一定是当时自己的耳膜被纸张的撕裂声弄到麻木了，多年来坚守在山峰的父亲，说话是不会这么心力交瘁的。父亲绕过茶几，走进卧室，关上房门，咔嗒一声，那是铁幕降下的声响。

3

---

132 路开到一半,母亲发短信过来,问他有没有记得把脏衣服带回来。王谢打了短短的两个字"带了",想了想又加个句号,摁下发送键。他是职业作家,平时不上下班,外出少,秋冬的衣服脏得慢,平均一个月洗一次,当然,是交给母亲洗,只有内裤袜子是他洗澡时顺便搓搓掉的。有时候他会连着两个月忘记带脏衣服,母亲只好星期一专门跑来一次,顺便清扫一下房间。王谢都会提前得到通知,赶在母亲抵达之前做一件事——捡走扔在房间各处的纸巾团。

他常想,要是没有那次硬面抄的事情,自己今天应该就是个普通的公司小白领吧,为了三四千的工资大清早叼着包子挤地铁,晚上和父母睡在同一屋檐下,不必把脏衣服带来带去,也不知自由和独立空间为何物。偏偏一切都被他赶上了：小说被撕，高考失利，进了一所本地二流大学，念三流文科专业。大二时转进一个新的四床，其表姐在一家专做言情小说、言情杂志的大公司当编辑。新四床无意中得知王谢以前会写写东西，说我表姐老抱怨没好稿子，要不你也写一个试试呗。几年后王谢才明白，这两句词儿，几乎是每个组稿编辑的口头禅，"我们缺好稿子……给我们写个试试呗"，倒过来往往也行得通，但后半截是内心戏，"给我们写个呗……（看完后想）哎，还是没好稿子。"

王谢两年多没动笔，确有些技痒，更重要的是，父亲以前在书店路过言情书架时那种生吞苍蝇的神态，他记忆犹新。看完几篇范文之后，王谢试着写了个感觉不怎么样的短篇，拿去一审，居然给发表了。表姐编辑一句话道破玄机："这种给小朋友看的言情，诀窍不在你的智慧有多少，而在于你愿意放弃的智慧有多少。"这话再深入琢磨下去就有点伤人了，但稿费可观，足足顶他两个月的伙食费，王谢就停止了反思，请四床去馆子吃了顿好的，回到宿舍继续埋头苦写。他用的笔名是堂前燕，取自"旧时王谢堂前燕"这句诗，样刊只寄到学校，家里根本不知道。

到了大三，他已经发了十来篇短的，在圈内有点小名气，终于能出长篇，也终于等到了复仇时刻的来临。样书出来那天，王谢一改往常习惯，特意让出版社把样书寄到家里。母亲刚拿到这包新书时，还被封面上的大眼睛美少女和金发美少男迷惑住了，以为是儿子在网上买的漫画书。但父亲翻到版权页一看出版时间是当月，再一数不多不少十本，正是出版方一般会给作者的样书数量，加上"旧时王谢堂前燕"，更坐实了儿子就是该书作者，不禁骇然。就在几个月前，他还心血来潮地问儿子最近有没有再写什么东西，王谢说没有写过，连书都不太看了——结果现在……再随手一翻那本小说的内容，父亲便秘的表情就无法抑制住，里面倒是没有叫人脸红的情节，但丝毫不能令人欣慰。王谢周末回家，看到这箱子书，更看到了父亲愁绪满容，报复的快感洋溢全身。他过度在意父亲的表情，甚至不能肯定自己当时是否有一丝高深莫测的笑容出现在脸上然后转瞬即逝。和撕小说那次一样，两个人什么也没说，倒是母亲兴奋得问这问那，恨不能一秒钟里搞清楚儿子所有的写作内幕。当得知这本书上来就印了五万册时，不禁喜上眉梢地问他，卖这书的钱，可以买房子了吗？2006年问这个问题，不算是充满恶意的笑话。王谢遗憾地告诉母亲，该书的版税虽然接近父亲一年的工资，离买房还是有点差距，除非它卖到五十万册。母亲的欢喜未见消退，接下来一句话成了第二颗射中父亲心脏的子弹：你快点拿几本签上名字，我好送给你舅舅和孃孃他们看看。

这天夜里，王谢上网到很晚。父母家的格局比较怪，一室一厅，卧室给父母睡，一道后来加装的落地窗帘将大厅分割出一块小天地，里面就是王谢的单人床、小书桌和电脑。帘子根据季节的不同分厚薄两块，都是白天收起，晚上拉开，保护着他那脆弱的隐私。隔着这道薄薄的夏季帘子，王谢能感觉到从卧室出来的人是起夜的父亲。父亲肯定能借着电脑屏幕的光源，透过帘子，看到儿子正坐在椅子上，开着白色的文档屏幕，应该又在写什么新的小说。王谢坐的是转椅，脚一点地，无声无息地转了个向，直勾勾盯着父亲所在的方位。他已经准备好，如果对方拉开帘子，将山顶的云雾拨开，那么面对红色的雷电，他该做何回应。但父亲只是在帘子后面站了几秒钟，继续往厕所走去，手臂带起的微风吹动帘子，好似那后面有一只野兽在行进。王谢听着他的脚步，他开门，关门，涓涓细流，抽水，开门，还是用那种不紧不慢的步子走向卧室。若在以往，起夜折返的父亲会隔着帘子跟王谢说，早点睡，别弄太晚——这是硬面抄事件后，父子间屈指可数的常规对话。可这次，父亲什么也没有说。王谢就像一尊面朝帘子的雕塑，听着卧室门轻轻关上的声音。

这一战他大捷，接下去更是势如破竹，新书不断，继续着在言情界的辉煌。

他也越来越不想待在家里，尤其周末，有时父亲的老同事老朋友来家里做客，免不了占据客厅，高谈阔论。王谢私下管他们叫文化老愤青，对圈内的人和事，他们最爱鄙夷这个抨击那个，总能令王谢想起初中班里那群渴望染黄毛的混混同学，也是喜欢聚在一起大声讨论，看这个人不爽看那个人不爽。不同的是，那群混混放学后真会去找看着不爽的人打一架，而老愤青们看看时间不早，便掐灭烟头，穿上外套，面色祥和地重又回到滚滚红尘之中。父亲当然没敢告诉这群老伙伴，自己儿子现在是小有名气的言情作家，就像王谢不愿告诉圈内朋友父亲的具体工作，尤其是那些书稿在出版社莫名其妙被卡了好几个月的作者。

他就这样好不容易熬到大学毕业，实在找不到什么像样工作，索性凭着前几本书的积蓄租了间房子，当上了让外行人羡慕不已的职业作家。现在他每次和老同学聚会，大家还是会用看外星生物一样的眼神看他，昔日的同桌第一百次感叹道："当年还真没想到我们这群人里会出一个作家，到底是出版社编辑的小孩！"

王谢有苦难言，满肚子的真心话只能用一大口啤酒冲下去。别说出书的事，就是他大学刚毕业找工作那时，父亲也一点忙都不帮——其实是压根帮不上，混了那么多年，父亲只是职称上去了，椅子却没怎么挪地方。王谢一度怀疑父亲就像果戈理的小说《外套》中那个小文官阿卡基耶维奇一样，除了抄写和校对，什么也不想干。况且他们那出版社落魄得都开始放下身段卖书号了。结果这一卖就脱不了身，多年下来，直至今日，终于卖到了王谢签约的这家文化公司手里。

4

母亲有一种特殊才能,人在五楼却能辨认出儿子刚走到四楼的脚步声,然后她会立刻放下手中的事,先开房门,再将防盗门推出一道宽宽的缝儿。王谢走到五楼,拉开防盗门,视线穿过母亲的肩膀,他跟自己打的小赌就会迎来结果:父亲在,或是不在——自从他搬出去住后,客厅就成了纯粹的客厅,父亲在家时,总是坐在餐桌前,埋头看他的书,也不晓得是工作还是爱好了,即便他人在洗手间,桌子上也是一本摊开的书,一杯茶——而这直接决定了王谢跟母亲打招呼的内容,是"我回来了",还是"这位阿姨你的听力还是那么好"。

不巧,这次王国松老师不在家,肯定是出门访友去了。母亲接过儿子递来的脏衣服书包,说这小孩真十三点,快去洗手。他也不问父亲的去向，换了拖鞋走进厨房。每次父亲不在，家里的气氛就会轻松很多。王谢吃饭时的表情不再像块水泥板，和母亲聊着家族琐事，比如外婆换了副新假牙，表哥最近忙什么生意，堂姐仍旧没能怀上孩子，初中老同学哪个又加入了离婚大军。没有父亲的介入，似乎这个家庭更完整了。这种情况下，他会多待二十分钟，吃完饭陪母亲看一下晚间新闻的开头部分，然后在她提起结婚、找份正式工作这样尴尬的话题前适时告退。

但今天的王谢和以往不同，他拉开了弓弦，才发现百步之外一马平川，他的炮口对准了天空，但云雾盖顶，没有敌机飞过。他今天不能亲口告诉父亲，自己的书将在他的出版社出版，是最后一本书，而且里面还有一段床戏。"什么样的床戏不会被你们和谐掉？"他甚至在心里演练了一百遍说这句话时应用何种语调，还在脑海深处努力回味着当初父亲撕他小说时的那种表情。现在看来，只能等下次了。

今天的母亲也和以往不同，给王谢打了碗汤，自己却不动筷子，把一盘炸鸡翅膀和炒豆芽往他面前挪了挪，又拿抹布擦了擦桌子上似乎并不存在的污渍，才讲，你爸他退休了，你知道吧？王谢的反应在她意料之中，先是怔了一下，赶紧把嘴里的汤咽下去，问，他已经到年龄了？他……几几年生的？母亲说我记得以前跟你说过好几次的呀，你怎么一直没记牢，你爸属龙的，再有三个月就六十足岁了。

"哦,那还有三个月?"王谢心里盘算着时间差。三个月,足够把文化公司把稿子送到父亲手里了,只要出版社别动作慢得离谱。

"没的,他现在已经不怎么去单位了。"母亲一句话击碎了儿子仅存的期盼,以致接下来她诉说的父亲殉道的事迹,王谢听得断断续续,如梦似幻。原来上两个月,社里领导费了很大的劲谈下一个名家的新小说,委托"老法师"王国松老师负责三审。他在近乎完美的稿子里发现两个错别字,就揪了出来。照理说,改也就改了,偏偏有个领导好事,出于莫大的尊重跟那名家打了个招呼。名家却不干了,硬说这是通假字,留着,不要改。父亲在出版社干了这么多年,没遇到过这种情况,不明白这作家哪根神经搭错。虽说允许万分之五以下的差错率,但都找出来了,改过来不好吗?人家说不许改,改了以后就不合作了。父亲也不干了,说这不是通假,是明显错字,印出来给读者看到,砸的是我们社的牌子!但跟领导吼没用,他只是受委托做三审,拍板权在领导手里。他更不可能对着名家吼,实力悬殊。其实就算吼破了喉咙也没用,那两个字对出版社来说无足轻重,最后还是以"通假字"的形式下了厂。这本书很有可能成为父亲编审过的书里卖得最好的一本,父亲却视之为职业生涯中的莫大耻辱,心想反正离退休只有三个月不到一点,就一直推说身体不舒服,单位能不去就不去。至于返聘,就更加不再去想了。

没有父亲坐镇把关的出版社，就跟全中国任何一家出版社一样普通了。王谢从文化公司那里讨来的复仇机会，现在已经没了意义。母亲对阴谋的破灭浑然不知，只是用一句"哎也好，这几年他本来就做得不太开心"作为总结，然后话题又绕到她某个农场小姐妹发来儿子喜帖的外交事务上去了。自从外公去世后，王谢头一次单独和母亲吃饭那么没胃口，草草扒完一碗饭，就宣布自己吃饱了，要回去了，"还有稿子等着写"。

母亲像是还有话题要说，但拦他不住，悻悻作罢。王谢刚走到门口要换鞋，听到外面防盗门被人拉开的金属摩擦声，他迟疑了一秒，下意识地打开房门，欲证实猜测。外面楼道灯黄澄澄地亮着，父亲的夹克衫被映成米黄色，脸也是蜡黄蜡黄的。但王谢很快意识到这是灯光导致的错觉，因为他又本能地退后了一步让父亲先进来，老头跨过门槛，面色顿时由黄转白，五官轮廓更加清晰。

王谢多年来只会用文字描绘校园里俊男美女的青春亮丽，大于三十岁的角色他就难以下笔，遑论年近古稀的父亲。头发三七开，额头窄而平，眼镜片下面两道深刻的法令纹，没有胡茬，这些特征似乎是宇宙中恒定住的，无论是小时候帮他默生字，带他去书店，撕他的小说，还是拿到他的长篇处女作手发抖，都总在蓝色山峰的云雾中时隐时现。王谢只有个笼统又叫人吃惊的概括，此刻的父亲，比印象中餐桌那头总是沉默不语的老男人看上去反倒更精神一些，既没有失败者从泥潭中爬出来的颓唐,也没有殉道者烈焰燃尽的落寞。

母亲接过丈夫手里的单肩包,说你来得正巧,儿子刚要走。父亲"唔"了一声,单手倚门,换上拖鞋,侧身进来,换王谢走到门口,蹲下去穿球鞋。他本来直接把脚踩进去就行,但不,他解开鞋带,重新打好结,再换另一只脚。母亲把汤端进厨房重新热一下,父亲却没有走进厕所洗手。王谢系鞋带的时候,能感受到背后父亲的目光。这让他感觉回到了高中时代,在父亲撕毁他的色情小说以后的那段日子,都是在这种似有似无的目光中度过。

终于,他起身,转回来,看看父亲,厨房里母亲打开煤气开关,"嗒"一声,像发令枪,像战争的号角。王谢觉得迎着这种目光,他该说点什么。

"妈说,你退休了。"

"唔。"父亲用喉咙代替舌头说话。

蛮可惜的,我最后那本书在你们社里出,里面可以加床戏,改天您用您的专业眼光和删节经验帮我出出主意吧?这是王谢脑海里构思好的下半句,是他准备扔出去的最后一根投枪,扔向奄奄一息的老白鲸。可他语气酝酿太久,父亲抢先一步开口问道,你是不是又打算出新书了?

"啊?嗯!"

"还是那种小说?"

"对的,怎么了?"王谢把后三个字的音读得很慢。

父亲摇摇头,神情并不哀伤,同时鼻子里徐徐出来一股气,气韵悠长,像台运转多年的老蒸汽机终于要告别历史舞台:"你……还年轻,就笃定地写吧。"说完,转身走向餐桌,却没去老位子,而是选了王谢刚才坐过的那把椅子,留了个背影给儿子。母亲从厨房里问他汤里不要再放点粉丝的吧?父亲没答话,只是坐在那里,拿起王谢用过的筷子夹了块糖醋黄瓜,放进嘴里嘎嘣嘎嘣地嚼着,令他想起纸张撕裂的痛楚和快感。王谢的嘴唇张开了一下,很快又合住了。父亲的背微驼,是多年来职业习惯所致,但从正后方看去,脊柱却是笔直的,不曾左,也不曾右。他看到了黑发当中夹杂着明显的白色,却看不到山峰上的云消雾散。唯一可以确定的是,那山上的诸神,已经移驾别处。

"那,我先走了。"他挤出那么一句,对背影来说太响,对厨房而言太轻,然后不等回应,出门,关门,楼道里的感应灯再度亮起,金色的灯光笼罩全身。当他走下五楼,不由脖子一缩,关于床笫之美的探索热情,都化作了寒冷夜空中的星辰碎屑。

〔人物〕王谢

谁要看安部公房

王谢初中四年里从来没踏进过学校的图书阅览室一步。在他的印象里,那扇朱红木门只开过两次。

一次是市教育局领导来视察,校长等人寸步不离地陪同。王谢的同桌不幸被老师点中,拉去阅览室当群演,回来后告诉他那里就三排书架,书目不详,阅览区窗明几净,架子上崭新的杂志至少也是一年前发行的。

另一次是在某个平凡无奇的午休时分,硬要说有什么特别,就是那天食堂大妈多打给他一个咖喱翅根。王谢回教室的路上经过二楼阅览室,发现门户大开,望进去没见到人影闪动。楼梯口就他一个人,王谢犹豫了半分钟,继续往楼上走去。后来他满怀恶意地揣测,那次应该是学校里某个被神选中的父母双亡的少年，机缘巧合之下得到一把青铜钥匙，打开了图书阅览室的门，门后其实通往另一个世界，少年在那里消灭恶龙，娶了公主，又搞了婚外恋，而那扇朱红大门将在一个世纪之后再度开启。

王谢的初中同学在同学聚会时更多的是这种反应："什么？我们学校还有个图书阅览室？"

基于这个原因，当时王谢对高中的图书馆是不抱任何希望的，他做好了每个周末在新华书城泡上两个下午、店员不来赶他绝不走人的心理准备。

但文学之神（假设他真实存在且没有死于贫血或酗酒的话）大概体察到了这个小男孩的愤懑，王谢考进的沪江高级中学在硬件上有两样玩意儿足以傲视全区其他重点中学——最先使用塑胶面的操场跑道，和最先使用磁性扫码器的图书馆。后者对学生来说是福也是祸，在其他高中图书馆还在用手写借书卡的时候，不少沪江的学生书包里装着学校图书馆的书走进区立或者市立图书馆大门时，会忽然警报大作，弄得保安一阵紧张。

图书馆让兄弟学校望尘莫及的除了电子设备，还有就是它的馆藏，倒不是说规模多大，而是成分复杂。《金庸全集》、《七侠五义》、古龙系列这些会在其他学校图书馆警报大作的小说，在沪江中学图书馆里有着稳固的江湖地位，更不用提"俄南故意把精子遗在地上"的《圣经故事》，插队时和女知青敦伦的

《黄金时代》，女市长找鸭子的《红树林》……纳博科夫的《洛丽塔》文学性勉强算是盖过了性文学，但图书馆买的那个版本，非要画蛇添足来个副标题——《一个中年男人的不伦之恋》。

高一下半学年的某一天，王谢兴高采烈地向学校话剧社的编剧同仁们宣布，图书馆新进来一个日本人的书，特别黄，叫春上村树，大家快去看呀！

话剧社副社长苏杭马上提醒他说，喂喂，人家叫村上春树好伐？村上龙的村上。

王谢不知道村上龙是何许人也，但苏杭如果说他错了，那一定是毋庸置疑的错了。苏杭和王谢同级，一个2班，一个4班，教室仅一墙之隔。她妈是沪江的化学老师，她知道的学校内幕自然也比普通学生要多得多。比方说，"你们这群小男生啊，看到一点性描写就激动得浑身打战，丢人伐，我们学校图书馆镇馆之宝知道伐，《新刻绣像批评金瓶梅》，北京大学出版社的1988年影印本，四函三十六册，一共也就印了一千套，里面每回都有两幅插图，是只供内部发行的，当时必须要副教授以上的文科教员才有资格买的，定价七百，相当于现在七千块！也不知道怎么的，有两册就流到我们学校图书馆来了，是足本哦，足本，不是删节版。"

小男生们听了颤得更加厉害了，问，怎么借？

苏杭一怔，说你们疯啦？别说学生，老师也借不到。随后又补了一句："大概只有校长能借吧。"

关于镇馆之宝的传说，只能到这里戛然而止，也没人去诘问苏杭说既然老师都借不到，你是怎么知道的。以苏杭她妈为首的理科老师们仇视我校图书馆的馆藏复杂这个事实，大家都心照不宣，但到现在也没能撼动（或者说干涉）图书馆老师的审美和进书趣味，只有一个原因，管理图书馆的是常务副校长的亲戚，一个外号"左拉"的老头。

雄性激素的加速分泌和青春期的逆反心态，让王谢这个年龄段的男孩子对四五十岁的中老年男士们普遍缺乏好感。严苛冷酷的男老师，骑车上学路上粗鲁暴躁的助动车大叔，到电脑游戏厅抓人的教导主任，态度恶劣的某个小店老板，无一不是其典型代表。唯有卖脏肉串和盗版光碟的摊主们给这个群体加了点分。这群老男人没有母性光环可以感化男孩们，但从不缺少经验丰富的傲慢和代表无上资源垄断的父权。

人生中能让大男孩们略微重温这种心理阴影的时刻，基本要等到若干年后女友带他去见自己家长。

沪江中学图书馆管理员"左拉"年近六十，留给来借书的男生的印象不会比其他老男人们更差，但也好不到哪里去。得到"左拉"这一外号纯粹是因为外观——他左脚是瘸的，走起路来，左肩头如暴风雨中艰难行进的帆船，一年四季除了夏天，都披着件洗到微微发白的黑夹克衫。只有不去图书馆的同学会对他略有怜悯之心，因为在对借书者神情阴郁、一言不发、动作粗暴这方面，他做到了男女一视同仁。

苏杭就对"左拉"满怀鄙夷，源自他的态度和他的底细：一个下岗工人，没文化没技术，会的英语大概就一句"Long life chairman Mao"（还只会说不会写），靠着裙带关系找到这份工作，搞得全世界都欠他似的，是"在棺材里沉睡千年、结果半夜里不得不起身上厕所的法老木乃伊"。

"你们从小到大上过的课，做过的题，考过的试，都是为了不让你们这代人沦落到跟他一样。"苏杭她妈如此教育女儿。即便图书馆的馆藏，大多是前任管理员的丰功伟绩。

只有王谢对"左拉"有别样的看法，那源自他一次不成功的欺骗行动。

当时图书馆的旧书堆里有本宋宜昌的小说《北极光下的幽灵》，讲二战期间德国纳粹在格陵兰修间谍气象站的故事，1980年甘肃人民出版社出版，上市定价是今天看来有点惊悚的八毛钱，纸页黄如看门大爷的板牙，但王谢就是爱不释手，很想占为己有。这本书二十年来就这么一个版本，外面已经买不到了。王谢思来想去，咬咬牙，戒了一个月的美年达和炸鸡串，才攒足了罚金，因为根据图书馆的规定，1990年之前出版的图书，丢失的话要赔偿原价的50倍。

他选在下午第一节课和第二节课之间的十分钟去报失，那时候去图书馆的人很少，"左拉"应该正盼着下班，不会太在意。

但少年打错了算盘,图书馆里是没其他学生,老头却对着他奉上的两张十块两张五块十个硬币看都不看,而是盯着王谢的脸大概十秒钟,从夹克衫兜里拿出个黄色的西瓜霜喷剂瓶,往左手食指肚上喷了喷,出来的却是白色粉末。

王谢气不敢喘,"左拉"径直用右鼻孔将粉末尽吸了,背一挺,肩一耸,伸出根指头,把桌上的硬币一枚枚滑过来再滑过去,一边慢吞吞开讲,嗓子是多年烟草熏陶过的味道:"公元前三世纪,托勒密王朝在埃及建亚历山大图书馆,收着百年来古籍手稿无数,听闻雅典人有希腊三大悲剧作家手稿真迹,特地去借来手抄一份副本,雅典人不大放心,要了一大笔黄金做押金才肯借出,没想到对方诈骗的诚意很大,雅典人最后拿到的是手抄版本,还有那巨额的黄金,真迹一直放在亚历山大图书馆,可惜后来毁于罗马人的战火,但那个时候,真正是书籍最金贵的年代。"

老头指头停住,人往椅背上一靠:"起码,雅典人还拿到了副本,对其他读者有个交代。"

接下去便再无话,王谢脊柱发麻,丢下一句"我再去找找看,大概忘在哪里了",逃出图书馆,下楼梯时差点绊了一跤。第二天这本书就被奇迹般地找到了,出现在图书管理员面前。"左拉"漫不经心地扫了磁性码,却在电脑上点下"续期",又还给王谢,说,亚历山大不用太着急。

这个连孔乙己都不如的小故事因为过于丢人,王谢跟谁都没有说，包括苏杭，但他得出两个结论："左拉"是个胆大包天的瘾君子，并且远没有苏杭说的或者外表看着那么没文化。

他对这个老头越发好奇，开始留意起细枝末节来，比如，"左拉"从不在学校的教工食堂吃饭，总是自己带饭；他每天上午十点多钟来学校，图书馆在下午第二节课上课时关门，刮大风下大雨时会略晚离开；副校长说是他妹夫，但从没见过两人在学校里一起出现，老头唯一会经常交谈的对象是园丁（植物学意义上的），后者永远一身蓝工服，戴草帽，其浓重的外省方言对这帮学生来说不亚于一门外语，如果没有"左拉"，他大概平常只能对着花坛里的植物说话。

两个月后，《北极光下的幽灵》重上雅典人的书架，四十块钱也回到了王谢的口袋里，为了这一双赢局面，他用光了七支黑色水笔，抄写了整整十五万字，不过这个数字并没到叫人叹为观止的地步。

归功于《笔迹》、《少年文学》、《校园文艺月刊》等青少年文学杂志的普及，以及痞子蔡、成语言这些年轻的非传统作家的崛起，21世纪头几年的中学校园里阅读和写作的气氛十分强烈。一个班级四五十个人，一半以上都在看各类小说和刊物，杂志上一篇精彩的文章两天内就会被全班传一遍。若说班上有四分之一的人或明或暗在搞文字创作，也非夸大其词，具有勇气的作者往往是在课上偷偷写完，下课就交给其他人传看，等本子回到原作者手里，文末经常写满各类评语。

好文章、好段落、好句子的手抄本是那些没什么创造性的人的致敬方式，同样值得尊重，载体从课堂练习本、硬面抄，到精美的带锁的日记本，应有尽有。几年下来抄个二十万字的人有得是。这在沪江中学这种理科见长的学校里可不是什么受欢迎的风潮，英文老师因为他们抄的不是单词，语文老师因为他们抄的不是名人名言或者文言文片段，对此亦无甚好感，倒是王谢他们的地理老师委婉地表示："有点点像回到八十年代。"

王谢他爸在出版社当编辑，故而莫名其妙地赶上了鸡犬升天的好时候，尽管他爸单位出版的书跟中学生追捧的那些属于八竿子打不着的关系。进高中后第一个寒假，盛情难却之下，王谢带着文学社和话剧社的同学们参观了他爸工作的地方，一栋很有可能再过五年就该被爆破作废的老楼。队伍里有个女同学很快就因为对严重的霉菌群过敏而发起了疹子，但大家都很高兴，看到了文化诞生的地方，在"20岁前最想去一探究竟的酷地儿"列表里勾掉了一项，下个选项也许是死刑执行室，或者群魔乱舞的酒吧。

王谢在学校里的地位由此得到大大提升，和苏杭也走得越来越近，虽然她就是那个过敏发疹子的女同学。

两个人当初一起进的话剧社和文学社，苏杭却先当上了话剧社副社长，王谢还只是编剧。他们正处于胆大的年纪，看了课本上的《雷雨》选段，翻几页莎士比亚，就敢自己开始写原创剧本，却不知舞台美术和灯光效果为何物，选演员也是只看身高和卖相，不论说话是不是嗑嗑巴巴。但剧社成员们个个胸有成竹，誓要拿下区里的高中话剧比赛。

只有王谢的竹子长势不太喜人，他是苏杭领导下的剧本创作团队的一员，却写得胆战心惊，生怕露怯，表现拐台。

苏杭不欣赏肤浅的男生，她也不会中意任何把文字作品搞砸的异性，王谢他爸的"文化人"光环反倒成了儿子的负担。苏杭可能比王谢更像一个出版社编辑的子女，自小博览群书，且速度飞快。以侦探推理小说为例，王谢在初中主要啃福尔摩斯和亚森·罗宾，初二尾声开始远征贵州人民出版社那套八十本的阿加莎·克里斯蒂全集，到高一暑假才囫囵吞枣地完成目标——这些成就苏杭早已达成，连布朗神父和艾勒里·奎恩都已经看掉了。且和王谢不同，她特别讨厌莫里斯·路布朗，前者在她面前只能收起内心的真实想法。

好几个夜晚王谢躺在床上，盯着天花板拷问自己，苏杭到底有哪些特质吸引了他，名字大概是最直观的要素，这属于文艺青年无可救药的痼疾之一；娇小纤瘦的身材里那惊人的阅读储量是要素二；对文字作品的金线要求是要素三，这点足以证明他自己是个受虐狂，因为他不但要给剧社写剧本，还在班上文学氛围的带动下写起了小说，目标读者就是苏杭。

王谢初中时在他爸的引导下（或者说裹挟下）写过不少散文随笔，可惜没能入报纸和刊物编辑的法眼，就此沉沦。论写小说，他是雏儿，是晚飞的笨鸟。可苏杭就是喜欢小说，她不止一次说过小说是文学的终极形式，因为散文达不到它的篇幅，诗歌没有它的结构和耐心。

王谢很同意这一观点，但苏杭再说起小说的文学性时，他就一脸茫然了。

《北极光下的幽灵》是王谢眼里的小说完美水准，有恢弘的历史背景，紧张的战争场面，丰富的军事知识，美妙的自然风情，惊险的生死考验，动人的牺牲精神，当然，还有德国气象学家和他侄女的不伦之情……所有这些元素有机结合，值得为之手抄一遍。

而苏杭推荐给他的那些"文学性很强"的小说，在王谢读来，就像吃一碗藏满螺丝钉的泡饭，宿醉之后坐过山车，用缝衣针扎遍全身每个汗毛孔，乳糖不耐症患者泡牛奶浴时练习屏气……女孩最推崇的卡佛，王谢看到第三页就开始头疼，看到第五页就巴不得坐时光隧道回到二战时代，把年幼的"Ray"给揍上一顿。

不管怎样，小说终究是要写的，而且必须要有性爱，因为（又是苏杭说的）伟大作品无一例外会有这段，《白鹿原》，《废都》，《查泰莱夫人的情人》，昆德拉，村上，王小波，马尔克斯……连性都没有，何谈文学性。

这句总结是他自己加的。

比起小说怎么写,更让王谢苦恼的是写到一半的小说,周末应该藏在哪儿。

以他爸的脾性,是不太允许儿子在高二这么重要的时期分心于写作的,更何况写这种带颜色的玩意儿。所以他不能在家写,而是每天放学后跑到小区附近的肯德基,什么也不点,占据角落的桌子,佯装写作业,因为不是饭点,也没人来赶他。写上一个小时,这才回家,稿子就放在书包夹层里。周一到周五能这样,可周末父母全天在家,搞不好什么时候就会心血来潮翻他书包。家里就这么大点地方,别的地方也藏不住。放在课桌板里呢?也不行,他们学校时常被外面借去当考场,课桌板隔三差五就被勒令清空。

恰逢此时,王谢正追随苏杭的脚步在读布朗神父探案集,看到那句"把沙子藏在沙滩上,把树叶藏在树林里",灵光一闪,脑海里的小人蹦出浴缸,朝学校图书馆裸奔而去。

图书馆的磁性扫描器可以防止你把馆里的书偷偷带出去,却不能阻止你把馆外的书偷偷带进来。王谢只需要选一本不太有人借阅的书,放在一个不引人注意的书架角落即可。王谢花半小时考察了古往今来的中外作家,最后选了一个日本人来担此大任,此人名叫安部公房。

日本队是图书馆的外国文学类主力军,和法国队、俄国队、英国队等欧洲老牌劲旅相比略显年轻,大家耳熟能详的有大江健三郎、川端康成、川岛由纪夫、太宰治、司马辽太郎、写日本红楼梦的紫式部、芥川龙之介、江户川乱步、松本清张、森村诚一、黄黄的村上春树、上过《名侦探柯南》的夏目漱石,甚至有小林多喜二,就是没怎么听过安部公房。

王谢第一眼还看错了,心想公安部门牛逼啊,除了打击各类犯罪行为,还出版了一套文集?

像是冥冥中有天意,这位作家的三卷本文集就放在最里面那排书架最顶端的角落里,这对某些狂热喜爱日本文学的娇小女生来说可望不可即,对身高一米八二的王谢而言毫无压力。从沾灰程度判断,这套书买进来后应该就没人动过,前任管理员买它的动机显然是个谜。他的小说写在普通练习本上,非常薄,可以轻易塞进两本文集的缝隙之间。

大功告成。

王谢现在可以专心致志写他的小说,不必再担心话剧社的剧本任务,因为指导老师把他们集体创作的剧本翻了两页,就枪毙了这部向侯孝贤《海上花》致敬的剧——让一群高中生饰演晚清妓女和恩客实在不是什么好主意,还是老老实实从语文课本里选一篇经典名著来排最保险。但话剧社似乎逃不脱性工作者的魔影,老师选中的篇目是《羊脂球》。苏杭眼看着原创话剧变成了课本剧,为了抗议,以个人名义退出这个参赛项目。王谢为表忠心紧跟其后,毕竟改编一部课本剧不需要那么多编剧。他还在自己的小说里添加了一个以话剧社老师为原型的反派角色,希望这能够给苏杭以安慰。

这个鄙俗的反派角色加进来没多久,某个星期一中午,王谢走进图书馆,刚要往书架区过去,就被烟嗓叫住了:"同学,你来。"

电脑桌后面的"左拉"这天穿着黑衣黑裤黑鞋,配上表情,活像中世纪的西班牙宗教法庭裁判长,而他接下去要做的也是对异端们的致命一击:一本边沿卷了页的练习簿被他拿出来放在桌子上,封面上没写班级姓名,不过那一小块白雪的修正液痕是男生分外眼熟的。

假如王谢是个长期和老师斗智斗勇的小痞子,他可以很老练地对着"左拉"装傻充愣,声称对此一无所知。但即便如此,"左拉"也可以拿着本子去找王谢的班主任,从他作业本上的笔迹来对比辨认。如此看来,还是他当时的反应最合适——站在原地不动,像是想光凭意念力就能让本子飞起来在空气中自行燃烧。

兴许"左拉"嫌他怔在这里有碍观瞻,便讲:"你放学后来找我。"说罢收回本子。

整个下午王谢都在惊惶不安中度过,不过数学课和物理课他本来就听不太懂,也谈不上什么损失。他一直想不通老头是怎么发现小说稿的,图书馆那么多书,谁会去看安部公房?

据说人死到临头,会飞快回忆自己一生过往片段,王谢的状况也差不太多，但他回忆的都是自己那部未完成作品里所有会惹怒老师的内容：四段，不，五段，也可能是六段左右的性描写，两次自慰，一次对班主任婚外恋的影射，三次对年级组长的人身攻击，六次对教育制度的否定，四次对学校食堂的诅咒，还有对"左拉"妹夫副校长智商上的嘲讽……似乎还不算太糟糕？

下午最后一节课结束，王谢理完书包，胸中好歹有了个计划，那就是假如"左拉"想把他绳之以法或者借机敲诈勒索，他就以对方吸食白色小粉末这件事为武器来应对，大不了，鱼死网破。他也许会被父亲揍一顿，领一张处分，而老头肯定要进戒毒所，在一堆瘾君子当中了却余生。

图书馆的门大开着，却不见"左拉"人影，王谢在借书处张望许久，才发现西面那扇小门现在是开着的（此前不亚于他初中的图书阅览室大门），地上有人影晃动。小心地挪到门口，就看到老头的背影，以撒旦之身沐浴在夕阳下。"左拉"左手拿着泡了茶叶水的雀巢咖啡伴侣玻璃瓶，右手一本书，听到异动，转身看看少年，讲，进来。

此地乃是苏杭说起过的资料室，理论上只对老师开放。唯一一扇气窗开得很高，东南北三排靠墙的书架都有玻璃防尘罩，罩子下端都有小锁，外人就算偷溜进来，也休想盗取机密。王谢料定，传说中那本没有删节过的《金瓶梅》就在某个架子上。

"左拉"把手头的书放回去，又取下另一本，摆在三排书架包围住的阅览桌上。桌上本就躺着王谢的练习簿，如果说每本练习簿的寿命是十年，那么老头新取下来的那本泛黄的东西，可以算是它的太爷爷。在对方示意下，他轻轻翻开太爷爷，其实也就十多页纸，不带网格线，每一页上都是密密麻麻的手写汉字，抄写者不拘小节，先后使用了蓝墨水、黑墨水、黑蓝墨水，一开始字迹还端正，越到后面越行文潦草像是在赶时间。

第一页上写的文章标题是《女颜之窗》，边上还有一副线条简陋的素描，是个少女的侧脸，仿佛正望着窗外。

"左拉"问他身上带笔了吗，王谢没听清楚，老头重复了一遍，王谢点点头说带了，对方便伸出一根手指在王谢的本子上敲了敲："写得挺有意思，但床戏可笑——我一小时后闭馆，你学会多少算多少。"说罢一瘸一瘸地走了出去，顺便轻轻带上门。

这天晚上王谢回到家时，不再有鱼死网破的念头，而是沦为了龌龊和做贼心虚的同谋。他本来想在饭桌上装作有意无意地问老爹关于《女颜之窗》这本书的来历，恰好王老师今晚不回家吃饭，无意中挽救了王谢的屁股。

他退而求其次问自己老娘，当然，号称是"听某个同学说起的"。王母脸色一变，第一个反应就是这种事情你千万别去问你爸，要吃耳光的。王谢心知肚明原因，还是要问一句为何。王母说啊呀这种是黄色小说，文革的时候很流行，都是同学之间手抄本传来传去的，为了这个，当初不晓得多少人被抓被查——好了好了，小孩子不要再问这种问题，好好读书。然后又补一句："讨论这东西的同学，你也最好离远点，不要被带坏掉。"

王谢低头扒饭，心里想，完了，要是被抓住的话，我和"左拉"要一起进派出所了。之前在学校图书馆，他心惊肉跳地读毕那本《女颜之窗》，非常肯定题目里的"窗"字其实是"床"的含蓄表达。要是说他之前在小说里的那种描写属于刚背下26个字母就开始造句，那么这个手抄本无疑是扔给了他半本英汉大词典。按照七八十年代初的标准，看了这部书却没有报警的人都可以称之为流氓。小流氓王谢在离开的时候，老流氓"左拉"收回了手抄本和王谢的稿子，讲，你每天放学后都可以来，但不能告诉别人，也不能给其他人看你的文章。

不给别人看，这部小说就没了意义。但王谢这会儿不会跟他争辩这个，只是想知道老头为什么要帮他。对学生的这种行径不但知情不报，还传看淫秽物品（王谢也不认为这个手抄本像是学校图书馆的官方馆藏），用学校资源助纣为虐，随便哪条都可以叫老头吃不了兜着走。

"左拉"说，你不用管。

这次他关门很用力。

王谢在床戏描写方面突飞猛进之时，话剧社的野心以惨败告终。王谢没去比赛现场，但听其他人唾沫乱飞地描述了一番兄弟学校的冠军剧目《阿伊达》——他们也不知道找了哪路神仙帮忙，搞来十几套古埃及士兵的装束和塑料武器，上演了那段最负盛名的阅兵片段，配以威尔第的《凯旋进行曲》，震撼全场。

相比之下，《羊脂球》的道服化就是个笑话。普鲁士军官的军靴是下雨天用的黑色套鞋，佩剑是问某同学奶奶借来的木兰剑，还是伸缩型，军帽是周杰伦同款棒球帽上面别了一撮毽子羽毛。这个扮相一出场，评委和观众笑得前仰后合无法自止，叫人搞不清楚到底台上台下谁是精神病人。最后该剧获得倒数第二的殊荣，倒数第一是因为主演腹泻而取消演出的某校社团。

经此一战，话剧社人心全散了。苏杭她们这帮《海上花》派全部退出社团，转而要和文学社的人办一本独立的文学刊物，不用说，也拉上了"对出版发行这方面应该很熟悉"的王谢，甚至打算任命他为副主编。

王副主编被大家的干劲和无知给吓坏了。他对出版发行知之甚少，但也清楚一帮中学生根本不可能申请下来刊号，印出来的东西撑死算印刷品，前提是一穷二白的学生有钱让文章下印厂。但编辑部没有人仔细听他的话，包括苏杭，她正为幻想中的创刊号封面乃至刊物名字本身而辩论得不可开交，认定王谢完全可以胜任这一职责。

一夜之间,王谢成了一队童子军的头头,他们的任务是拿着弹弓对抗蒙古铁骑的入侵。

另一个噩耗来自学校图书馆,导火索是"左拉"的妹夫副校长作为一名教育工作者,经受不住金钱的诱惑,从沪江中学这个公立学校跳槽去了一所民办贵族学校当副校长,据说工资翻了好几倍。靠山一走,原来就对图书馆看不顺眼的老师们立刻吹响了号角,首先发难的是政教处,会同后勤部出了一个通知,打算对图书馆藏书进行盘点和调整。

这大概是文革结束以后我校首次对藏书大清洗,老师们既无经验,也缺乏行政管理条例方面的合法性,但无法阻止老师们的积极性和战斗性。"左拉"在后勤工作例会上表示反对,很快就被埋没在"学校图书馆不是任何人的独立王国"的声讨中。

历史告诉我们,重要会议一结束,就该马上动手。学校也是这么做的,理科老师为首的冲锋队员们进军"左拉"的独立王国,言语冲突之外还起了肢体冲突。先动手的那位物理老师,曾经在语文组同事们讨论邀请哪位作家来学校讲座时认真地提议:"为什么不找顾城来?"

命运在冥冥中对他当初的这番高见做了回应,"左拉"在推搡中抄起一把椅子朝这位园丁砸去,无奈椅子不如斧子好用,被物理老师机敏地躲过。

老头这一出手,事情性质就变了,也让反对者们更加喜上眉梢。没过几天,"左拉"就被提前退休了。图书馆封了一段时间,重新开门时,电脑桌后面换成了一个中年阿姨,似乎是招生办主任的哪个亲戚,不过,谁在乎呢。一关一开之间,道德卫士们清洗走一堆书,但据说没有那本传说中的《绣像版金瓶梅》,或者其实是有的,但有人装作没有罢了。

那段时间,王谢惶惶不可终日,生怕"左拉"一怒之下供出了自己,或者大清洗行动的老师发现了那本要命的练习簿。

他其实很安全,"左拉"走了,但也及时带走了他的小说。一起离开的还有金庸古龙温瑞安纳博科夫王小波昆德拉,外国经典文学的四大列强里日本队损失较大,只有川端康成、夏目漱石和安部公房劫后余生,印证了王谢当初的眼光独到。

图书馆恢复正常运作之后不久,王谢收到一封信,没有寄信人任何信息,里面就一张纸条,写着"谁要看安部公房"。根据这条线索,他在图书馆里重新找回了未完成的小说稿,还有当初"左拉"给他参考的那份手抄本。

他觉得,这是老天留给自己的遗产。

到了这年放寒假的时候,《睢鸠》杂志(好不容易定下来的名字)编辑部名单已经扩大到了37人,有用的没用的沽名钓誉的浑水摸鱼的都想进来共襄盛举。

在人民广场附近一家肯德基召开的第一次全体编辑会议

有20多人出席，一开始还在为杂志的发展献计献策，比如有人建议给那些著名作家写信约稿，有人号称要通过父母的关系给杂志拉十万块广告费，接下去就为了封面定稿和内容体裁开始内讧，最偏激的那几位准诗人、业余散文家、兼职影评人和二手小说家们到了几乎要用上校鸡块互掷的地步。

会开到一半，临时主编苏杭忽然想起什么，问王谢："刊号的事情怎么样啦？"

王副主编感到二十双眼睛刷地转向自己，背后直冒冷汗，说，还在继续想办法。苏杭"唔"了一声，大会议题又转向电影观后感和书的读后感到底算不算影评书评的问题上去了。

其实王谢现在完全摸透了，他们这群要钱没钱要路子没路子的小朋友，唯一能做的就是为了杂志命名拉锯五百回合，版面内容分割讨论上三百遍，封面枪毙掉一千次，最后只消某个好人提议印刷费大家AA制（大约每人一千块），就能让这里在座的人全部望风而逃。他厌倦了这种纸上谈兵的游戏，如果不是苏杭的存在，他一点都不想再参与了。

文学之神再次感受到了王谢的心境，决定出手相救——散会的时候，王谢想跟苏杭继续交流一下杂志的事情，出了餐厅的门却发现苏杭跟一个他没见过的男生走了，对方似乎已经在外面等了一段时间。男生高她足足一个头，眼神清亮，刘海蓬松，推着一辆明黄色山地车，和苏杭肩并肩走在马路上，女孩还把她书包放到了对方的车子上。王谢心里一沉，不死心地悄悄跟在后面。直到走过两条马路,男生翻身上马,苏杭则坐到自行车前杠上,骑士脚一蹬地,怀中有佳人,缓缓前行去,王谢才停住脚步,认定自己是永远也追不上了。

王谢骑回家这一路上没被车子撞倒,也没撞到别人,应该感谢命运没有再为难不幸的人。

在一个路口等绿灯时,东方书报亭前那个走路一瘸一拐的身影引起了他的注意,对方虽然穿着羽绒服而非夹克衫,但左肩耸动的幅度和那个泡茶水的雀巢咖啡伴侣瓶子是改不了的习惯。如果今天没有苏杭那件事,他很可能只是在车上向老头行注目礼,然后和普通路人那样去也匆匆。但既然今天全部都赶上了,他索性做一些自己平时不太会做的事情。

对于书报摊老板来说,最好的开场就是照顾生意。王谢在报亭前把车停好,说,麻烦你,买份晚报。

"左拉"遇见故人并没有任何欣喜的表现,哪怕这个故人曾经受他的庇护和恩惠,哪怕现在对方是顾客。一手交了钱,一手交了货,男学生还是不走,问:"您现在在这里上班?"

老头戴着绒线手套,看花色像是毛线衫拆散后重组的作品:"报亭老板回老家了,帮他看几天生意。"

得知前任图书馆管理员仍旧闲散着,王谢不知道该怎么接下去对话,"左拉"帮他省去了烦恼:"文章,写完了?"

男孩卷了卷晚报:"唔,哎,都没了。"

悲剧发生在期末考试前两个星期,他提前把稿子和手抄本从安部公房的文集里拿出来带回家,还想了个奇招,用玻璃胶把两个本子黏在自己书桌当中那个大抽屉的底部,只要抽屉不拉到底,是不会被发现的。这个好主意唯一的缺陷是他高估了玻璃胶的粘性。结果有天他一回到家,就发现面色阴沉的父亲,和茶几上那一老一少两本本子。父亲没有像预计的那样把他揍个半死(可能是考虑到马上要期末考),只是当着儿子的面把它们慢慢撕成条状。后来上历史课一读到希特勒撕毁《苏德互不侵犯条约》、悍然入侵苏联那段,王谢脑海里就浮现出他爸留着小胡子和斜刘海、臂缠红箍的模样。

"都没了?"老头似不死心。

"都没了……"少年悲凉作答。要是他完成了那部小说,苏杭会不会再高看自己一眼?答案成谜。

"左拉"把一个小凳子上的《每周广播》拿走,示意王谢坐下。他脱下手套,掏出那个久违的西瓜霜喷剂瓶,但这次喷在虎口上的粉末是棕红色的。王谢明白过来了,那不是什么毒品,是鼻烟,福尔摩斯和布朗神父的小说里都出现过的鼻烟。

老头打了两个少年避之不及的喷嚏,收起喷剂瓶后嗓音也清亮了些:"算了,给你讲讲我那个年代的文学小青年的故事吧。"

故事的主角生于建国那年,外祖父曾在老字号中药铺当药工,母亲毕业于护士学校,在港口的医务站工作,父亲则是个技工。家中子女除了他,还有一个哥哥一个妹妹。主角年幼时就爱看小人书，唯一经受的文学熏陶来自隔壁邻居，一个中学的国文老师。那老师行为怪异而狂妄自大，常对人宣讲说中国古代四大名著的说法有失偏颇，因为《三国演义》、《水浒传》和《西游记》之外，还有一部《金瓶梅》，合称明代四大奇书，位于巅峰的《红楼梦》成于清代，应当单列出来才对。不过他很快就被分配去了大西北种树，再也没回来。

主角和他同时代的人一样，在中学时代上山下乡去了，但没多久一场意外让他成了瘸腿的残疾，提前返城，在街道生产小组上班。22岁那年，他在从南京探亲回来的火车上捡到一部小说手稿，两万多字，没有任何署名，内容讲的是一个知识分子家庭的四个子女在革命浪潮中的命运和遭遇。作者胆大妄为地在里面写到了男女之间发生关系的情节，但都是略写，有些甚至在细节上是错误的。捡到手稿的主角比原作者胆子更大，他不但抄写了这部小说，还把里面若干段男女关系的描写进行了扩充和润色，因为他从小就偷看过母亲藏起来的人体卫生学手册，明白最基本的原理和最翔实的细节。抄完之后他又爱又怕，不敢保留自己的那版作品，找机会将其扔在一列开往南京的列车上。

火车启动之后，他感觉自己整个人生的绝望情绪都被抽走了。

以今天的眼光来看，那些描写生硬、粗陋，毫无美感可言（哪怕是色情小说的美学角度），但在那个年代是不得了的事。三年后，他在外地农场的哥哥回来探亲，悄悄塞给弟弟一卷旧纸，上面正是他曾经扩写的那些情爱片段，显然还经过了其他人的添油加醋。哥哥告诉他，这本黄色小说已经在很多年轻人当中通过手抄本形式流传了。北京有权贵者发下赶尽杀绝的指令，仍旧无法禁绝，因为性和政治一样，都是人类的本能。只有主角明白，这个故事已经不是他最初看到的版本，每个抄写者都只关注性，那个年代最不能公开谈论和表达的第二种政治斗争。

他不知道这是好事还是坏事，假如原作者知道了他的身份，无疑会亲自跑来给他一拳。这个版本的小说，影响之巨大（或者说恶劣），甚至让他某个邻居家的小孩倒了血霉——那孩子还在上中学的年龄，看了手抄本之后日思夜想，终于对自己的亲姐姐起了邪念，在姐姐告发、他被大人狠揍了一顿之后，男孩回家抄起水果刀捅了姐姐六刀。

公审大会上，对这个男孩宣判死刑时，主角就在人群中，面色死灰。更多的读者和手抄者因为这本书被处分、开除、拘留、判刑。大概《圣经》之后，再也没有那么多人陆续参与过一本书的创作，而那些被处罚者，都是它的殉道者。假如没有他的润色，假如命运垂青，这部原名《风中海燕》的小说也许会获得《伤痕》那样的巨大成功，但现在，它是以《女颜之窗》的题目，以黄色小说的形象留在一代人的记忆里。

"十年浩劫"结束后，主角的父亲退休，儿子顶替父亲进了机械厂,但只能在传达室上班,经历了结婚之喜、丧偶之痛,没有小孩。那次性爱扩写之后,他再也没有动笔,哪怕是黄金期的八十年代。到了九十年代,文学衰落,性不再稀奇,他的门卫同事在值夜班时都爱看那些地摊上卖的所谓法制刊物,上面充满惊险刺激和桃色猎奇的情节,再也不用担心被判刑或者枪毙。主角则在闲暇时在市立图书馆办了借书证,如饥似渴地阅读,还想重新拿起笔,却怎么也写不出来。单独值夜班时,他面对空白稿纸,只能整夜整夜地发呆,长此以往,濒临崩溃的边缘。幸而此时,下岗大潮席卷机械厂,他及时失去工作,没有沦落到疯人院去。通过妹夫的照顾,他成了一所中学图书馆的管理员,每日置身书的丛林,虽然失去写作欲望,却获得了内心的宁静。

他唯一的爱好,就是鼻烟,以及搜集那些纸页泛黄的手抄本。

故事讲完,"左拉"又摸出西瓜霜喷剂,在虎口上喷了少许,却不急着吸。王谢如从梦中初醒,感到手指冰冷,双腿发麻。

"那个被捅了六刀的小姑娘,曾是他暗中倾慕的对象。"老头补充道。一阵风刮过,鼻烟被吹走大半,剩下零星的棕色痕迹,远看像一小撮泥灰。

此刻天色已晚,一群刚刚下了补习班的高中生叽叽喳喳地围了上来,问新的《笔迹》、《校园文艺月刊》和《科幻天地》到了没有。"左拉"走进报亭去取杂志,王谢则站起身,把空间让给这群同龄人。他们聒噪,笨拙,爱笑,像群互相咬着玩儿的幼犬,叫人同时心生轻蔑和羡慕,听故事之前的王谢和他们几乎一模一样。现在呢,他却寻思着如何跟这个七十年代的半个兰陵笑笑生道别,既不失礼又不露怯。好在老头等学生们掏钱包凑零钱的时候,朝他挥了挥手,嘴角竟然带着些许朝上的弧度。

少年无法判断那是不是错觉,只觉得如释重负,转身走向自行车,并决定上车离开后不再往回望。

〔人物〕燃泽

小宇宙

1

若干年后,有些人已经不愿意再提起当时近百号人排队传阅那本《天长地久有时尽》的盛况,仿佛是件耻辱的事情。

书是某个高一学生探亲时从省城新华书店买来的,县城的书店还没卖。她带到学校还不足一个小时,借书的预约名单就写满了一页纸,几乎全班女生都在上面。为了插队和细细品读,很多女生之间的友谊都经受了残酷的考验。书的主人不得不规定,每个人只能借三节课的时候,住宿的同学要在熄灯前把书还回来。按照这个速度,这本书要在一个月之后才能被轮完。

毫无疑问,苏穆哲宁的这本长篇小说处女作是一本悲伤之书,每个读者都是抽着鼻子把它交到下一个人手里。但这又是一本欢笑之书，两个同桌的女生在课上一起偷看，看得快的人先是吃吃傻笑，读到另一页却开始眼圈泛红，她的同桌这时才刚刚发笑，过了一会儿也是鼻子发酸。再翻过一页，二人同时破涕为笑。同一本书，一笑一哭，笑笑哭哭，哭哭笑笑，是各个教室里交相出现的奇特景致。甚至有住宿的女生夜里暗自垂泣，室友问之，答曰：想到白天小说里的伤感结局了。

一个星期后，县城书店终于开售该书，跟着一起销量火爆的还有学校小卖部的餐巾纸。那本短短几天内品相极速衰老的始祖小说终于可以被男同学借来看了。学校的文学爱好者里，对这本书极为不屑的也大有人在，有些人读过之后不屑，有些人不屑一读。燃泽就属于后者。他从来就不喜欢苏穆哲宁——人家刚开始红的时候他就不喜欢，苏老师越来越红之后他就更加不喜欢了。若问及缘由，燃泽会说，苏穆哲宁的文章比起我的偶像成语言，差得不知道被甩开几条街。这时候龙笙就会站出来反驳他："苏穆哲宁跟成语言我都很喜欢，他们的文章都很好，根本没你说的那么极端。"

燃泽："你的品味没有原则可言。"

这句话总能终结两个好朋友之间的争论。龙笙天生不是斗士，而燃泽时时刻刻愿意为偶像赴汤蹈火。学校里爱看小说的男生不少，真正喜欢写文章的男生却不多。龙笙和燃泽没有染上文人相轻的毛病，同类稀少是一个原因，共同被年级长罚过站是另一个原因。

龙笙的罪名是盗窃阅览室财物。他们所在的这个边远小县城叫壹县，属于正宗的四线城市，所有的新鲜玩意儿像钻进了时空黑洞，要在里面磨蹭好长一段时间，才慢慢传到此地，包括被文学少年们奉为圣典的《笔迹》杂志。每当《笔迹》这个月的新刊上市的时候，龙笙们才能在县城的书报亭买到上个月的那一期，基本就是这么一个时间差。即便如此，龙笙还是省吃俭用地集齐了几乎每一期《笔迹》——几乎，因为他唯独缺了去年十二月的那一期。这让《笔迹》铁杆粉丝兼强迫症患者龙笙感到人生中有一个巨大无比的缺憾，茶饭不思，纠结了好几天，终于动了歪脑筋，想要对学校阅览室里的那本《笔迹》下手。无奈他偷书的本事跟孔乙己一样差，当场就被管理员逮到，押送到年级长那边去了。

与此同时，燃泽因为在男厕所隔间门板上乱写乱画被保洁大妈抓住了。本来这种属于破坏公物行为，涂鸦还能擦掉，情节不算严重。偏偏燃泽抱着做地下诗人的心态去创作，写的尽是些"老师给我多少分，我祝老师多少岁"或者"枪支护照迷魂药××××××（校长办公室电话号码）"之类，在广大学生当中赢得赞誉，也为抓获他的保洁大妈赚到了两百块的悬红。

那年，担任他们高二年级长的男老师姓葛，人送外号"戈培尔"，人长得矮小枯瘦，鼻子细长，眉目低沉，和历史上真正的纳粹宣传部长很像，平时爱好有二，一是手撕鸡，二是手撕学生带到学校来的闲书,目前仍保持着本校手撕闲书的最高纪录,九九八十一本。当初那本《天长地久有时尽》也就是在高一年级里传阅,要是放在高二年级,早就在"戈培尔"爪下粉身碎骨了。"戈培尔"嗓音尖细,看着一前一后扭送到办公室的两个男生,先对龙笙说:"啊呀,看不出来,你平时人那么老实巴列,闷声不响,怎么会偷东西了呢?听说你平时就喜欢写写弄弄哦?还喜欢传给其他同学看?这学期的物理化学摸底考,你加起来都没得一百分吧?男孩子理科为啥能这么差呢?你说你父母赚钱那么辛苦,就是供你来学校当文豪哦?你考这个怂样分数对得起你父母你先祖?"

龙笙心想,其实就是生物的成绩加上去也没一百。

"戈培尔"又转向年级办公室的常客燃泽:"你个小脑壳子,可算给逮住了吧?还有啥子想狡辩?嗯?不是我说,你看看你那字,狗爬还不如,你先祖都认不得出,我告诉你我当初就怀疑你了,就是没当场抓住,现在怂样了?你说你字那么歪,还学人家写歪诗?有本事你高考作文也写诗啊,就你那字,人家阅卷老师看破天外去也看不出你在胡写个啥!"

燃泽心想,妈的,一定是老子字太丑,所以写到《笔迹》杂志社转交成语言的信一直没回音。

"戈培尔"过完嘴瘾,宣判:"全给我到走廊外面站着,等家长来,滚去滚去。"

就是在等着家长来的当儿,龙笙和燃泽两个地下文艺党互相认了个脸熟。

"你也写小说?"

"啊,你也是?"

"我笔名叫燃泽,燃烧的燃,沼泽的泽。"

"我的笔名叫龙笙,飞龙在天的龙,夜夜笙歌的笙。"

"那真名呢?"

"呃,张超……你呢?"

"我?王小伟……"

2

"戈培尔"三十多岁未婚,旺盛的精力无处宣泄,全用在了工作上,故而年纪轻轻就当上了年级长兼高二班主任兼物理教研组副组长。只需要再手撕个三五十本书,他就能熬到教导主任的职位,可谓仕途通达。唯一让他不满的就是学校的图书馆,经常进一些不利于学生学习的书籍。什么是不利于学生学习的书籍呢,在"戈培尔"的概念里就是教科书和教辅书以外的书。学校图书馆里,无论是金庸古龙温瑞安,琼瑶三毛杜拉斯,舒婷席绢席慕容,还是川端康成昆德拉,均是些三教九流闲杂人等,写一些影响学习的书。阅览室的《笔迹》和《少年文艺》更是大毒草,而成语言和苏穆哲宁简直就是毒品注射器和铝箔纸。要不是图书馆的负责老师年近六十,资格比"戈培尔"老得多，"戈培尔"大概早就一把火把学校图书馆给烧了。曾有人向他抗议说多阅读文学作品有助于做语文试卷上的阅读理解，"戈培尔"冷冷一笑，说你当我没得见过语文试卷么？那东西和你们说的"文学"根本八竿子打不着，远出球了！

不能烧了图书馆，也不能手撕图书馆的书（属于学校财物），"戈培尔"只能用心理战。每天中午午休时分，"戈培尔"就在操场上像条鲨鱼一样巡游，看到打篮球的高二男生，就吼："玩玩玩，怂样就知道玩，快回教室自习去！"看到在跑道上边喝奶茶边散步聊天的女生，就吼："聊聊聊，怂样就知道聊，快回教室自习去！"看到从图书馆拿着书出来的学生，就皮笑肉不笑地走过去："哟，借了啥书啊，让我来看看，阿加莎·克里斯蒂？推理啊？不错啊，那你给自己推理一下，下回物理测验你怂样能考几分呗？"

长此以往，操场上几乎见不到打篮球的高二男生和聊天扯淡的高二女生了，借书的高二学生也大为减少。龙笙就是受害者之一，他脸皮薄，胆子小，受不了"戈培尔"那种似笑非笑，笑里藏刀的诘问，以及对他手里那些闲书的评头论足。可是忽然有一天，龙笙又找到了去图书馆的勇气，但出来时却两手空空。"戈培尔"颇为意外，问，怎么，今天不借书了？龙笙说对啊，没找到特别想看的书。"戈培尔"奈何不得，只好放行。那之后，龙笙经常空着手从图书馆出来，遇到"戈培尔"，说辞都一样："最近还是没进什么好书，哎。""戈培尔"

说那你还老去?不老实待在教室里自习。龙笙两手一摊:"碰碰运气嘛。"

玄机其实在男生的裤子里。燃泽教给他一个办法,图书馆借出书,上衣一撩,露出肚脐眼,把书插在裤腰带后面,盖上上衣,最外面校服再这么一裹,任谁也看不出端倪——"戈培尔"再怎么严苛,总不至于让你在大庭广众之下撩衣服脱裤子吧?这招在秋冬最好使,那季节大家穿的衣服多且厚,肚子这里插一本,腰后面再插一本,天衣无缝。燃泽跟龙笙说可惜啊,你要是个超级大胖子,别说两本,金庸的《笑傲江湖》四本你可以绕着腰围插一圈,到时候拿刀子捅都捅不进。

唯一知道天机的外人是坐在龙笙后排的语文课代表兼副班长刘莎莎,午休时她总是乖乖在自己座位上做试题集,龙笙衣服一撩,从裤子里掏东西的动作她能看得一清二楚,动作再怎么迅速也无济于事,尤其是从后腰掏书塞进课桌的时候。刘莎莎每逢此时都要拿圆珠笔屁股顶一下龙笙的背,说,你又要什么流氓!龙笙红着脸,说,我怎么了我?刘莎莎又重复了一句"流氓",继续埋头写题目。她从未向班主任告发过龙笙的流氓行为,龙笙觉得是因为自己每次写完小说,总是让刘莎莎第一个看,这种 VIP 尊享待遇让她不好意思去告密。刘莎莎同时还是学校文学社的社长,但刘莎莎从没稀罕过自己的社长地位,因为全社百来号人,百分之九十是为了混一个社团课程学分,真心爱写东西的,人数寥寥。文学社做出来的社刊也是吓人的，16开，50多页，放什么内容都是团委老师说了算，尽管刘莎莎喜欢看龙笙的小说，但每期社刊，领导新闻、教育界动态、全校大事、教师天地占据了所有的彩印页面，纸张稀薄、字体呆板的黑白页面才留给社员发表一些读后感、观后感和短诗，刘莎莎也只能放一点龙笙的小散文，除此之外校刊上还有老掉牙的外国幽默故事和《读者》上转载来的文章——《读者》本来就是转载别人的文章，校刊还要转载《读者》，巨人的肩膀未免也太好踩了，刘社长每每想到这里就胸口发闷。

龙笙却是羡慕刘莎莎的，她成绩好，全班前五，县里、市里、省里的作文比赛，也总是能拿奖，所以刘莎莎平时看什么闲书，班主任都不管，"戈培尔"也不管。她根本不需要把书插在裤带后面，她甚至不屑于去学校图书馆借书，她父母在市里工作，平时她住爷爷家，爷爷家有个巨大无比的书柜，装满了书，竖版的横版的，简体的繁体的，看得懂的看不懂的，足够刘莎莎啃到五十岁。龙笙问过莎莎，那上面有没有成语言或者苏穆哲宁的书啊？刘莎莎一脸嫌弃，说我爷爷家书架上怎么会放他们的书，别开玩笑了！他们的书，我都不爱看。龙笙感觉受到了侮辱，因为这两位都是他的偶像。

"那你喜欢看谁的书？年轻的作家里。"

"我呀？我喜欢秦襄的《十年短暂》，陆篆的《高复班》，杜胤尧的《明日梨花》，艾苦的《海兽》和《地鸟》，嗯，还有你的吧，勉强算进去。"

勉强被算进去的龙笙勉强高兴起来,但刘莎莎不喜欢成语言和苏穆哲宁,委实是个遗憾。他觉得在这所理科见长的高压锅学校里,燃泽和刘莎莎是仅存的谈得来又爱写文章的朋友,两男一女,像极了《哈利波特》系列里的三人组,刘莎莎就是品学兼优但品味刻薄的赫敏,至于他跟燃泽谁是哈利谁是罗恩,龙笙实在不好意思把自己幻想为主角。燃泽倒无所谓谁更像那个被选中之人,"我真说我是主角你也不会服气吧?"倒是刘赫敏同学,燃泽是极为不屑的:"妈的,居然敢瞧不起成语言,谁要跟她是三人组,我他妈呸!"

燃泽和刘莎莎的脾性一直不太对,当初龙笙介绍两人认识的时候,燃泽就问女社长:"那你笔名叫什么?"

"刘莎莎。"

"我是说笔名,笔名。"

"刘莎莎。"

"搞了半天没笔名啊,你以后起一个呗,特立独行一点的。"

"就叫刘莎莎。"

"……"

3

很快燃泽就想跟刘莎莎攀三人组的交情了。

浑身上下散发着"理科至上"主义的"戈培尔",在过完年后的新学期伊始,收到领导的指令,要学生尽量参加M4全国写作大赛。因为后知后觉的校领导忽然发现,尽管这个比赛冒出了很多离经叛道的小年轻作家,但邻市的几所重点学校,有若干学生因为参加了去年的M4大赛,被几所全国知名大学看中,获得一等奖那个被保送去了厦门大学,二等奖的也获得了线上加分的待遇,学校的本科录取数据表一下子变得极为好看。教理科出身的领导们这才知道参加这个"尽搞歪门邪道"的写作大赛还有这个金子般的好处。M4大赛在每年暑假举行,今年高三那批人是赶不上了,但高二年级正好来得及,

"戈培尔"得到的指示是,搜集所有能找到的《笔迹》杂志上的M4大赛报名表,高二学生人手一张,每人交一篇文章参赛。这么多人参赛,总能有几个尖子能拿到名次、高考受惠吧。

"戈培尔"执行力叫人惊讶,问领导,给经费嘛?领导说,给。"戈培尔"说,好!县里做图书期刊发行的老板跟他是初中同学,过了一礼拜,整个县城的书报亭上销售的《笔迹》杂志都让他给买回来了,报名表被一张张剪下来,剩下的杂志都用绳子扎起来摆好,其他老师问怎么处理,"戈培尔"头也不抬:"当废纸卖了。"

第二、第三个月还是这么干,"戈培尔"终于准备好了四百多张报名表。年级里有六百个学生,抛开那些作文实在太差的人,这些也够用了。但"戈培尔"终究不是搞文科的,他对作文比赛的概念大概还停留在上个世纪,居然规定参赛的文章要统一题目,"就写写我们的家乡壹县吧"。哈利波特三人组和其他对M4比赛稍微了解的学生彻底傻了眼,这是明摆着的浪费报名表的"自杀"行为。而且报名表都在"戈培尔"那儿存着,不发到学生手里,你想自由发挥都没门儿,参赛文章最后都要经过"戈培尔"的手才能附上报名表。刘莎莎买过两本M4前几届的获奖作品文集,追着"戈培尔"痛陈利害。"戈培尔"手一摆说我哪儿有时间看这怂样东西啊,我们不搞那套歪门邪道的,你这次可要好好写,为学校争个光,为家乡争个光,也为你自己找个好大学去!

燃泽知道这番对话后大叫争个屁股光嘞！我亲眼看到成语言的机会就毁在他手里了！

历史上的壹县默默无闻，既没稀有自然资源也不是兵家必争之地，只有一堆旅游局自主研发、牵强附会古诗词意境的"人文大景"，以及一个不学中国古典文学就压根没人知道的晋代诗人的故居，最有名的土特产是山药和木耳，历朝历代的皇帝君王别说出巡和微服了，就连逃难都不曾逃到这破地方来，只在近代出过几个清朝武举、一个共和国开国少将和一个亚运会铁饼冠军，改革开放后很多人都跑出去打工做生意，对中国现当代文坛的贡献则基本为零。龙笙觉得被"戈培尔"这么一弄，贡献就更加"零"了。

也不是没人想过自己另投文章参赛，但"戈培尔"已经把县城能买到的《笔迹》杂志搜刮个干净，导致市面上一时洛阳纸贵，《笔迹》稍微在书报摊上露个面立刻就被人抢购。买到的人扶额庆幸，没买到的人唉声叹气。再下到下面的镇子上去买，本来小镇上就没进几本，镇上的孩子早就下手了。县里的书报亭老板现如今一看到中学生顾客就头疼，第一万遍说，我们没货了，真的没货了！也有个别很有路道的老板说可以加急订购，五十块一本，要不要？太贵？再见！——眼看这是比赛截止前最后一期报名表，愿意花五十块钱的也大有人在，但后来连五十块钱都买不到有报名表的杂志了。有人打电话到上海的《笔迹》编辑部，人家说库存一本不剩。打电话的人不知道，杂志社大院的门卫那段时间要拦下好多人,都是在其他地方买不到杂志,专门跑到编辑部来买的中学生。

还有人托亲戚朋友从市里、省城带来新一期《笔迹》,拿到手,一摸那纸张,手感不对,颜色也不对,还有不少错别字,那就是买到盗版货了。龙笙活这么大,见过盗版书,盗版碟,还是第一次听说盗版的杂志。可就算是假货也不管三七二十一了,反正花了五块钱的,先把报名表剪下来用了再说。龙笙却不敢用,说我的文章是真的,万一人家组委会不认盗版报名表,岂不是瞎了!燃泽说你怎么胆子那么小,瞎了就瞎了,总比辛辛苦苦写出来的文章憋死在这破地方强!

在这个大家都犯了魔怔的时候,刘莎莎竟然奇迹般地搞到了两张报名表。这归功于她平时爱和天南地北的人交笔友,其中不乏一些大学生——武汉大学的朋友给她寄了一张,她在北京念书的表姐也寄了一张。刘莎莎没有高调声张,悄悄跟龙笙说,我给你一张,你别告诉别人。

龙笙十分感激地点头说:"好!"

午休时他就跟燃泽说了这件事。

燃泽一改之前的硬气,赶紧跑去缠刘莎莎:"让你姐再帮忙弄一张呗……"

刘莎莎气得要死,说,没了,就这一张。

燃泽:"那咋办……"

刘莎莎随口说了句气话:"你俩关系那么好,干吗不合写一篇去投稿。"

用脚趾头想想也知道,龙笙燃泽文风截然相反,合写只会演变成打架。还是燃泽鬼点子多,跟龙笙说不如这样,咱们各写一篇文章,一起投过去,报名表上不贴照片,名字嘛,我们俩的都写上去,我的名字写在括号里,冒充笔名,证件就写学生证号码,你学号是010318,我是010378,就差了那一横,数字就写得潦草一点,到时候要是进了复赛,咱们打电话去问,他们选了谁的文章,谁就去上海!

"那万一,要是咱们两篇都选上了呢?"

"那就……那就你去,毕竟,刘莎莎的报名表一开始是给你的。"

"好吧。"

4

燃泽很快写好了自己的参赛文章,就等着慢性子的龙笙了。眼看截稿期限越来越近,几乎每节课下课就要来催他一次。刘莎莎知道两个人的阴谋诡计,一如既往地没有揭发,而是对两人百密一疏的傻帽行为嗤之以鼻:"你们居然打算这么投稿?两篇文章字迹不同?"一语点醒梦中人,龙笙和燃泽当初就没想到这一点。刘莎莎勉为其难道:"算了,看你们可怜巴巴,还是我帮你们誊抄一遍吧。"龙笙说不,这样我们就算进了复赛,字和初赛稿子不同,评委也会怀疑的。刘莎莎有些失望,说,那看来只好用电脑打印了。

把文章打进电脑的任务交给了龙笙,因为燃泽家里没电脑,又是走读,太晚回家会挨顿打。龙笙是住宿生,夜里可以跟着其他要看日韩世界杯直播的同学悄悄翻墙逃出去。燃泽毕恭毕敬地把自己那篇字奇丑无比的文章交给龙笙，说，辛苦你了啊，可能看起来有点费劲。龙笙拿过来一看，倒吸口凉气，觉得自己一晚上要耗在文字考古上了。燃泽说，哎，你有没有发现，那个，刘莎莎，她好像挺喜欢你的。龙笙说你瞎说什么呢，怎么可能，她家里条件那么好，成绩也好，怎么会看上我。燃泽说应该是觉得你有才咯。龙笙摆摆手，说，文学女青年都长得太寒碜了，我不喜欢文学女青年，而且太情绪化，不好，我们家有我一个文学青年就够啦。燃泽难得理智一回，说，你才见过几个文学女青年呀，大概就我们学校编校刊的那帮子人吧？外面的世界那么多彩，那么多地方我们没去过，那么多人我们没见过，谁知道在哪里就有特别好看的文学女青年呢？他接着若有所思道："我要把好看的文学女青年都睡一遍。"

龙笙心想世间竟有如此无耻之人，懒得理他。

县城小网吧没有大城市网吧那些破规矩，未成年人随便进出。龙笙把两篇文章都打成电子版，再让网管打印出来，已经是凌晨三点，跟他一起来的玩CS或者看日韩世界杯网络直播的同学都已经先走了。龙笙这是第一次翻墙逃夜，出来时有大家伙帮他一把，回去时就他一个人了，菜鸟经验不足，翻进来时愣是让围墙头上的铁丝网给勾住了裤子。要么穿条内裤回宿舍，要么就在挂在围墙上挂一晚上。脸皮不够厚的龙笙选择了后者。到了早上，巡逻的学校保安给吓了一跳。

龙笙的爹妈在外地打工,到"戈培尔"办公室领人的是他舅舅。上次偷杂志,舅舅塞了一条红河给年级长,这次塞的是红塔山,龙笙只领了一个口头警告处分。舅舅走之前说,下回管不了你了,总不能塞条中华吧,买不起。但龙笙知道买烟的钱都是从爹妈寄回来的钱里扣的,和舅舅没半毛钱关系。燃泽并不清楚这个幕后故事,只是问:"都打出来了?"确认自己手写的文章没有被"误读"之后,燃泽这才放心地把稿子和报名表塞进信封,由龙笙写上《笔迹》杂志社的地址邮编,再注明了"M4大赛参赛文",用胶水封上。

最近的邮筒在学校门口三条马路之外。投递那天是星期五,放学早,可惜天下着大雨。燃泽把信封塞进口子,用手指戳了好几下,确定信完全进去了,还绕着邮筒走了一圈,确信邮筒没有破洞能让信封掉出来。这就要走,龙笙拦住他,说,再等等,我想亲眼看着他们把信取走。邮筒上刻着开箱时间,距离邮递员过来还要半小时,雨越下越大,有伞也没用,雨水轻易地打湿了他们膝盖以下的地方。但男孩们都没动,盯着邮筒看,路过的行人一脸纳闷地看着他们,不知道这是一场慎重的祈祷仪式。

邮递员准时到来,穿着墨绿雨衣,大盖帽塞在雨衣里宛如外星人的大脑袋。两个男孩把他每个动作都尽收眼底,燃泽几乎就要走上去用伞帮他手里的信件遮挡风雨了。直到邮递员重新骑上自行车,顶着风雨里消失在路口,他们才长舒一口气,心中祈祷邮递员一路平安。

投完稿子,两个人的精神气似乎被完全抽走了,从此进入吃什么都没滋味、看什么书都没兴趣的状态,对如火如荼的日韩世界杯决赛一点也不关心。"戈培尔"也已经收集、审查完了四百封统一命题的参赛稿件,以班级为单位装在若干大信封里,直接让邮政局的人运走。除了"戈培尔"自己,没有一个正常人觉得这次集体参赛有任何希望。他高度赞扬了刘莎莎等几个作文大赛常胜者的参赛文,刘莎莎"哦"了一声,继续埋头写作业,仿佛不被这个比赛牵动。

完成领导交代的参赛任务,"戈培尔"的理科至上主义本性又显露出来。劳动节刚过,有个省作协的老作家来此地采风,县文联的人特意安排他来本地最好的中学做个讲座。"戈培尔"觉得这纯属浪费时间,但老作家花甲之年肯赏光登台,校方觉得一定要给足面子,就让高一高二两个年级都去礼堂听一下,反正也就一节课时间。尽管老先生语速很慢,经常说着说着有点找不到主线,但大家好歹是第一次见到活的作家,打瞌睡的人不多,文学社的骨干社员被安排坐在最前面,每个人都拿了个小本子记笔记。燃泽他们只能坐在后排,他悄悄脱离自己班级,跑到龙笙边上找了个空位坐下。老人家说起年轻时去北京,去广州,去上海,去新疆、内蒙,还有北戴河、西沙群岛,结交的很多朋友,是人生第二宝贵的财富(第一是书)。这让燃泽神往不已,觉得作家就该这么自由散漫,想去哪里去哪里。当然"戈培尔"以前也说过类似的话,大意是你们以后高考考不好,找不到工作,可以去当乞丐,自由,散漫,想去哪里去哪里。

讲座完了之后,燃泽拽着龙笙想挤到前面去,别人上去都是要签名,他是想要通信地址,好把自己写的东西给作家看看,给指点指点,结果半道上就被"戈培尔"轰了回去:"滚去滚去,都给我回自己班上自习去!"好在刘莎莎代表文学社请老作家在一个大本子上留了题词,顺便也要到了通信地址。燃泽像是重新又找到了生活的希望,短短一星期里写了一大堆龙飞凤舞的新作,有杂文散文小说诗歌,把一个信封塞得鼓鼓胀胀,贴了五张邮票邮局才给他寄出去。

刘莎莎断言,老作家绝不可能回信。

燃泽说,你不懂,我小宇宙爆发起来,自己都怕。

后来一直没回信,没回信,没回信。终于有一天龙笙在外语老师办公桌上的省城晚报里瞥到一则很短的新闻,说那个老作家前天因病逝世了,享年七十一。

刘莎莎说,王小伟,你的小宇宙太可怕。

5

M4比赛的复赛名单要在每年七月公布,在此之前燃泽和龙笙过着半死不活的日子,就像等着判决书的罪犯,龙笙翻来覆去地读他那堆《笔迹》杂志,燃泽每天早上对着东海的方向大喊三声我要去上海,喊完了之后感到一身的虚无。可能高考之后等成绩也是这样,但燃泽觉得M4的复赛通知书要比高考分数还重要。高考这种东西只对"戈培尔"和刘莎莎、龙笙那样的人有威胁性,他那个常年出差做生意的老爹说过,考得不好就送你去国外念书,无所谓,但高中三年你给老子老老实实待着,不要四处惹祸,不然老子打断你的腿。

那段时间里,除了老作家来过然后死了之外,唯一的大事就只有世界杯四分之一决赛上干掉意大利人的黑哨莫雷诺、桑巴舞军团跟德国战车最有希望在世界杯决赛相遇，以及成语言将在省城的新华书店总店搞新书签售。这本新书也在学校里引起了借阅浪潮，但主要是在男生之间。燃泽买了一本，打算逃学去省城，但爹妈英明决断，平时只给他很少的零花钱，买了书，就没钱坐车。龙笙平时也不宽裕，刘莎莎更不会借钱给他，只好作罢。成语言的新书被人借走，传着传着居然就没了，也不知道是谁私吞，燃泽跟祥林嫂一样逮着嫌疑人就问书是不是在你这里！最后书没找回来，反倒惹得周围一圈男生不高兴，本来想借钱给他的人也打消了念头。

期末考试的时候，燃泽把作文写成了小说。返校点评试卷那天，巴西队夺冠，燃泽的作文则被语文老师点名批评，燃泽不服，说谁说高考作文写小说就不行，2001年江苏卷的满分作文《赤兔之死》你怎么解释？语文老师气得脸色发白，说，好，你有能耐，那你高考作文就写小说吧，我等着北大破格录取你的好消息。

正说着，教学楼的广播一反常态地响起来了，说紧急通知，紧急通知，高二2班张超同学尽快到年级长办公室，高二2班张超同学尽快到年级长办公室。

燃泽也是第六感忽然附体，冥冥中觉得这个通知跟M4大赛有关，也不管还在上课，直接往教室外面冲，惊呆了的语文老师反应过来，说王小伟你跟我回来！气死我了！

燃泽凭着这个第六感，竟然先于龙笙到达了年级长办公室,"戈培尔"颇为诧异,说我叫张超,你来干吗? 燃泽根本不理他,目光落到了办公桌上的一个白色信封,右下角鲜红的几个大字——上海《笔迹》杂志社,右上角还有一个大大的挂号信邮戳印记。燃泽小腿发软,慢慢走向这封梦寐以求的通知书,被"戈培尔"一把拦住,说你干吗干吗? 这个是给张超的,又不是给你的。燃泽争辩说那是我们一起投稿的。"戈培尔"被搞糊涂了,恰好此时龙笙也到了,说你来得正好,这通知书上的人不是你吗,王小伟非说是你们一起的?

龙笙一路小跑过来,也喘着气,说,别急,老师,让我先拆开看看。

通知书内容简明扼要,告知张超(王小伟)同学:您已经进入第四届M4写作大赛的复赛,请于8月10日中午前抵达上海北洋中学的赛场报到,带好报名表上的有效证件或身份证,以及两篇平时创作的优秀的文学作品,组委会将报销您的往返硬座火车票。

龙笙抬起头,目光无助:"没写是哪篇文章进了复赛……"

燃泽一把夺过通知书,从头到尾从尾到头看了两遍,把纸往桌子上一拍,就要抓起电话机:"不行,我打电话到编辑部去问!"

"戈培尔"一巴掌甩在燃泽的脑袋尖上,把他打了个趔趄:"问问问,问啥问,你当这里是你家?!我算是搞明白了,你们二位除了年级里头集体参赛,还投了别的文章去吧? 还共用一张报名表了,是吧?不错啊……王小伟,我看啊,不管是谁的文章进了复赛,都应该让张超去。"

"凭什么!"燃泽还没从那一巴掌里缓过来,捂着脑袋咝咝吸气。

"凭什么?就凭你这写歪字的怂样还去比赛写文章?笑歪先祖了都!"年级长转向龙笙,"张超,你放心去参赛,报名表上你的名字在最前面,你怕啥,我待会儿就去跟校长通报,到时候你要是拿了大奖,学校做条横幅给你挂在校门口,挂上一个月!你可给先祖长了大脸啦,全国比赛,我们学校还没人参加过!要是能保送去重点大学,我跟校长说,第一年学费,学校给你出!"

龙笙看看不像是开玩笑的"戈培尔",再看看脸色死灰的燃泽,咬咬嘴唇,下了决心,说,老师,还是让小伟去吧,我……我那篇文章,是在网吧里从网上抄下来的。

———
6
———

    刘莎莎从小到大参加省里各类作文比赛，还从来没空手而归过，这次 M4 她连复赛都没入围，小姑娘在床上悄悄哭了一场。第二天她又恢复常态来学校，神态自若地帮老师分发暑假作业。学校里只有燃泽一个人拿到了上海寄来的复赛通知，宣告了"戈培尔"集体进军计划的失败。其他班的作文尖子有没有另投稿件，刘莎莎不知道，半个月后完整的复赛名单在《笔迹》杂志上放出来，她们这个省一共就三个选手入围，可见折了多少其他县市的作文高手，一想到这，她心里又好受了很多。

    燃泽的待遇就不同了，一夜之间就成了全校瞩目的英雄人物，仿佛他要去的不是上海，而是外太空。那些熟的不熟的同学都来找他，托他帮自己要成语言、苏穆哲宁、杜胤尧、艾苦或者随便哪个著名80后作家的亲笔签名，还开玩笑说，你以后红了，可千万不要忘记我们！

燃泽心想，那你们谁先把私吞的成语言的书还给我。他自己并没有料想中的欣喜若狂，那天从"戈培尔"办公室出来后，燃泽一把拽住龙笙，说，为什么，为什么你要抄文章？你自己写得不是很好吗！

龙笙说我没信心，真的没信心，我自己的文章写了很久都没头绪，写到一半就卡在那里，实在来不及了……

燃泽咬咬牙，伤人的话硬是给咽了下去，问，那要是评委看上的是你的文章，怎么办？我们就成了小偷了！

龙笙倒是早就想到这点了，说等你到了上海，想办法问下编辑老师，到底是哪篇入围，要是我的，你复赛就交白卷——要是你的，就好好写。

燃泽浑身无力："要是你的文章，我交了白卷，唉，我们就浪费了一个名额，对其他人不公平啊。"

龙笙这时候还笑得出来："哪里来那么多公平呢？你跟我生在这么一个小地方，买本杂志都要比大城市的孩子晚一个月；戈培尔浪费了那么多张报名表，全军覆没，要是他没那么做，你，我，刘莎莎，还有其他人，每个人都可以有个两三张吧，都可以尽力发挥，他们的公平问谁要呢？"

燃泽无言以对，他感觉面前的男孩，似乎不再是那个熟悉的文学小青年了。

"好好写,把字写好看点。"龙笙说,"我给咱们三人组丢脸了,你不能丢。"

燃泽走的那天,没有火车站送行的场面。燃泽老爹在外面做生意发了财,一家三口加上燃泽的四叔,坐上新买不久的丰田轿车,燃泽老爹和四叔轮流开车,打算一路开到上海,就当是顺便旅游了,打算逛逛南京路,看看外滩,登登东方明珠,坐坐传说中的地铁。

龙笙想,要换成自己去参赛,肯定先要搭长途公交到市里,乘普快去省城,在候车大厅睡一晚,再在特快的硬座上熬个一天一夜,才能抵达那座魔幻的大都市,下车的时候肯定人都要散架了。可是那里有成语言,有苏穆哲宁,有刘莎莎喜欢的陆篆和艾苦,有《笔迹》编辑部,还有来自五湖四海热爱写作的同龄人,有他日日夜夜梦想过的圣殿,他想去朝圣,而不是纯粹当个好奇的游客。

几乎就在燃泽踏上前往上海的征程的同时,龙笙跟着舅舅去了一趟南方,那里有他的父母,他父母工作的小厂,他未来的第二个家。父母很早跟他说了,高中毕业就不要再念书了,赶紧出来打工,省了一笔学费,也能为家里分担一点压力。"反正你也不是读书的料。"母亲这么说。那座南方的城市,白天各个工厂的烟囱浓烟滚滚,车来车往,到了夜里各家会所的灯火辉煌,纸醉金迷。那里什么都有,唯独没有文学。

那里的网吧一样不限制未成年人进出，多花五块钱，什么都好说。白天父母去上班，龙笙就坐在网吧电脑前，看电影，学人家打 CS，路过前台的时候总能想起，在那个被围墙铁丝网挂住的夜晚，他让网管打印出燃泽的文章，然后说，再给我几张空白 A4 纸，一共多少钱？

那时候他就打定了主意，这次比赛投稿，他要交白卷。

把稿子塞进信封的时候，燃泽就光顾着最后一次检查自己的文章有没有错别字，丝毫没有注意到，龙笙先塞进去的 A4 纸，纸面白得崭新，白得可疑。

一个信封，一张报名表，一篇文章，两个名字，只有一个主角，一个不会浪费机会的主角。

你才是哈利波特，我只是罗恩。龙笙想，终于分清楚了。

7

获知来讲座过的老作家病逝的那个周末的晚上,燃泽买了一小瓶白酒,和龙笙在学校围墙外头的墙根下行了一个简短的祭奠仪式。第一杯酒洒在地上,燃泽嘴里念念有词,说老先生您走好,我的文章不管您看没看过,我都谢谢您啦……

剩下的酒,两个男孩一人一口轮着抿。那天夜里云层厚重,僻静的墙根这里有些阴森,但酒劲上来之后,浑身燥热,他们也就不怕了。龙笙说你今晚出来,你妈不说你?燃泽说我妈出去搓麻将去了,不然让她知道非揍死我不可,哎,我什么时候能像个作家那样,自由自在地活着呢?不上班,就窝在家写东西,写烦了就带着相机四处走,遇到漂亮的姑娘,就给她讲个美丽的故事,然后和她睡一觉,等到我出名了,就做自己的杂志，做出版，喜欢谁的文章，我就给谁出书，像你这样的，我一定出。龙笙点点头，说，那刘莎莎呢？燃泽"切"了一声，说她这种文章，哼，我得考虑考虑。龙笙说，报名表是人家帮我们的。燃泽这才想起来这份恩情，说，出出出，要给她出。

龙笙脑袋靠着墙，看着天，说，你知道吗，去网吧打印文章那次，我回来不是给挂在铁丝网上了吗，待了一整夜，那天晚上没有云，星星可多了，我一看，就入了迷，一点也不害怕第二天被老师发现，他们说进了大城市，晚上是看不到星空的，因为星空给人搬到了地上，可我觉得，地上是没有星星的，地上只有文字，天上的星星是数不清的，古往今来我们人类写出多少文字，也是数不清的，这时候我才忽然害怕了。

你怕什么？

我害怕我这辈子写出来的文字，都变不成天上的哪怕一颗星星，或者就算变成了星星，也不够亮，不够近，隐没在无穷的星空里，隐没在广袤无垠的宇宙里，没人会注意到它。

燃泽抿了口酒，说，你别忘了，宇宙无穷无尽，谁能看个真切呐？我看到的地方，就是宇宙，我抬头看，看得高远，就是大宇宙，我低头看，看得分明，就是小宇宙，小宇宙不在天上，不在地上，就在我这里，在我心里，在我脑子里，我的小宇宙一直在燃烧，谁也别想在它爆发前就把它灭掉，谁也别想。

龙笙接过酒瓶，叹口气，说我要是像你这样自信就好了。

燃泽:"我要是像你这样知道害怕就好了。"

一瓶酒喝完,两个少年摇摇晃晃起身往大马路上走去,要在那里分手。龙笙开了自行车锁,问,要我送你吧?

燃泽摆摆手,说,不用了,方向相反的,我打车回去。

龙笙点点头,忽然想起什么,说:"燃泽啊。"

"嗯?"

"以后,字要写得好看点。"

"你喝多了吧,我最烦人家跟我说这个,那你怂样以后胆子大点啊!"

龙笙笑笑,转身上了车。

"我的小宇宙,一直在燃烧!"

燃泽在后面对着夜空大吼:"上海上海上海!龙笙,我们早晚要去上海!"

喊叫的少年筋疲力尽,一屁股瘫坐在马路沿上,而骑车的少年没有回头,两脚蹬得轻盈飞快,似乎再多停留一秒,什么东西就要从云层里泄露出来一样。

燃泽说,天上的星星会爆炸,会湮灭,宇宙会坍塌。

但我生长多久,我的小宇宙就存在多久。

所以我的小宇宙是不灭的,它永远等着爆发,用银钩铁画发出万丈的光,照亮地上的生生不息,照亮天上的高深莫测。

你等着瞧,我也等着瞧。

〔人物〕燃泽

万物灭

那年秋天，大家都误以为杜莎在本校新交了个男朋友。每次晚上9点下课，那个男孩会来接她，两人各骑一辆车，悠悠往北门方向去。时间一久，杜莎知道了风言风语，就让对方在隔壁教学楼门口等着。她经过那里时，男孩缓缓跟上，反而弄得更像偷情了。

那段日子学校里盛传有色狼出没，某院系女生走夜路时惨遭毒手，并被保研云云。校方一如既往地不承认，也不否认，让学生玩猜谜游戏。杜莎迫不得已，只能请燃泽担任护花使者。好在她晚课不多，一个星期就两次。他们骑车离开教学楼群，穿过学校西北角那片从军事角度来看很适合野战部队打埋伏的园林区，在小保安暧昧的眼神中出了北门。这里最有名的是一家廉价旅馆,其次才是金海湾别墅区。

两人走进72号单元的屋门,老龙雷打不动地在餐桌边看着在线电影,左脚必然踩在椅子沿上,当他要解放双手打字聊天时,抽到一半的烟就夹在脚趾缝里,远看像炷香。

老龙每次见他们回来,都问外面冷不冷,尽管他很少出门。燃泽总是说还好,杜莎却会回答挺冷的。

走到二楼,女孩照例道声谢。男生客套两句,继续上楼。确定听到他走进三楼卧室,杜莎才关上自己的房门。

72号单元的四个租客,杜莎搬来得最晚,时间是2011年的9月。

她在旅游管理专业念大三,业余写点小说,笔名"粉粉",发了六七篇言情作品,名气还没大到能让同学来要签名的地步,却急缺作家最基本的安静的写作环境。学校宿舍每晚10点半熄灯,不熄灯的时候,她们那个睡二床的四川女生就和睡三床的辽宁女生吵架,前者胜在感情充沛,后者长于语言功底。自习教室虽然安静,但空气混浊,常年人满为患,写作者最烦的就是被人窥屏。图书馆休息区的环境很雅致,就是小偷比较多,还有女生在桌旁打瞌睡时被流氓青睐,一觉醒来发现头发和后背上有白浊粘液。

杜莎好不容易说服了远在东北的父母和远在上海的男朋友,在金海湾别墅找到了理想的栖息地。天高皇帝远,但欺上瞒下的表面文章还是要做足的，比如跟父母绝口不提保研的传闻，租客的性别比例也被颠倒黑白。她男朋友虽然知道真实的比例，但也是被粉饰过的真相：和她同住二楼的是本校计算机学院毕业的师兄，每天过着朝七晚九的生活，时常睡在公司（其实是一家事业单位的技术后台，很少加班，一回来就玩网游）；住三楼的燃泽也写小说，疑似是个同性恋（其实有女朋友，比杜莎漂亮得多）。

唯独老尨，无论是对父母还是对男友，她都不敢承认此人的存在。

租客们每天起床的顺序是这样的：早上6点半，师兄出门坐公交车上班；7点半，杜莎骑车到学校上课；9点半左右燃泽起床，洗漱，早餐，打开电脑看一会儿韩国女团的MV视频，就开始写小说。

"燃泽"当然是笔名，但他从未用这个笔名发表过任何作品。他每本书都是在小作坊里印刷的，打上各种著名作家的名号，只能在路边的三轮车上或者有色情漫画出租的那种小书店里买到，涉猎的题材包括青春、言情、恐怖、都市、喜剧以及逻辑关系神出鬼没的推理小说，保持着20天出一本书的最快纪录。他写过一本署名成语言的公路题材小说，在风格临摹上过于成功，销量喜人，迫使作家本人不得不在博客里澄清自己没写过这本书。

在写伪书的枪手圈子里，燃泽属于成功人士，别墅三楼这间朝南的卧室就是他的东北老板在2009年出钱帮他租的。该老板师出名门，当年跟过的师父曾一手打造了"金镛"和"古龙"这两大著名武侠品牌。圈内关于燃泽流传最广的传说就是老板租了一整栋别墅给他住，传到后来演变成他买了一栋别墅，还租给了自己的老板。

燃泽从未出面澄清过这个说法。

如果不是晚上要去护送杜莎回来，燃泽可以一星期不出门，三餐全靠外卖。

2012年的时候，手机外卖软件尚不发达，主要还靠打电话。客厅的冰箱上贴满了大学城附近的餐馆外卖单，就差贴到冰箱背面去了。72号曾经住进来过一个大专生，这哥们从不去上课，成天窝在房间打游戏。有一天别墅断网，他心血来潮去学校上课，在教学楼男厕所给手机充电时触电身亡。学校自认倒霉，赔了20万，这个新闻在大学城传了有一阵子。英年早逝的他留下了这一大摞外卖单，还有一间空房。房东原以为这个房间近期内很难租出去，结果杜莎出现了。

怕惹怒房东招来惩罚性的房租上调，三个租客都对女孩隐瞒了这个历史背景。

燃泽打电话订午饭时，老龙便会伺机而动，适时起床。

不是他耳朵尖,而是地理位置得天独厚。

别墅三楼只有一间卧室,隔壁是储物间,老尨就住在这里面。其他房客月租1400,他只要缴一个零头。储物间没有窗户,冬冷夏闷,面积四平米不到,放一张席梦思进去就没剩什么空间了。设计师当初没料到这里会住人,光顾着加强二楼的卧室和卧室之间的隔音效果,为了节约成本三楼墙壁就造得比较薄,燃泽在房间里放个响屁,老尨都能听得分明。

杜莎刚住进来时,就被老尨的居住条件震惊过,悄悄问燃泽这不是违规出租。燃泽说哪有那么多规矩,这储物间闲着也是闲着,一个月多400块进账,房东高兴还来不及。联排别墅不比普通公寓楼,没有对门邻居监督,物业的人也不会隔三差五上门暗访,只要老尨别闷死在里面,谁会管呢?杜莎感叹,那也太惨了。燃泽说比他惨的人多得是,只不过你没见过而已。

老尨起床后闲踱到燃泽房间,问订饭呢?帮我捎一份吧,老样子。

燃泽便会跟店家追加一大份米饭和一小份炒时蔬,加起来不过四五块钱。老尨当然不至于吃那么少,他总是和燃泽一起吃,燃泽自己点的两荤一素,三分之一进了老尨肚子。吃完饭老尨说你别动,我来收拾。所谓收拾也不过是把餐具饭盒纸巾装进塑料袋,扔到客厅一角的垃圾桶里,但就是给人一种勤劳善良的温暖。

晚饭也是如法炮制。

有时候杜莎下午就没课了,和他们一起吃外卖。老尨看到女孩吃米饭是一粒米一粒米吃的,不禁感叹:贵族啊。

填饱肚子之后,老尨打开电脑,大约五分钟后,餐厅里响起 windows 系统的欢迎声。这台台式机是老尨唯一值钱的财产,用的是秦朝的硬件配置,最没自尊心的小偷都不屑于将其盗走,老尨自己管它叫桌边的卡夫卡。掏出一盒四块钱的白莲香烟,打开一瓶三块钱的三得利纯生,他可以在卡夫卡面前坐一下午。

燃泽第一次得知老尨也是个写作者时,惊讶程度不亚于杜莎看到他的"卧室"。老尨当时拿出一本 2008 年的《笔迹》杂志 11 月刊,上面有篇小说《下水道拉链》,作者署名尨二。尨二者,尨也。老尨身份证上的名字就叫樊尨(máng)。燃泽说你父母很有文化啊。老尨说是我自己去公安局改的。

虽然验明真身,那篇小说燃泽却读得如坠云雾,每句句子是看懂的,连在一起就怎么也想不通前后关系。《笔迹》是本名声卓著的青年文学刊物,愿登此文,必有其过人之处,燃泽自认没感受到,是自己水平不足。

除了这部代表作,老尨似乎没有别的丰功伟绩了。他的电脑只有两个程序可以顺利打开:快播和 QQ。燃泽从没见他打开过一次 TXT,更别说 WORD 文档。老尨和人聊天时打字速度倒是很快,让燃泽这个写稿快枪手都自愧不如。他瞥过几眼QQ对话框,聊天对象女生居多,老尨聊天艺术高超,正跟人坦白自己住在别墅里,每天睡到自然醒,天天有酒喝,惹得对方无比羡慕。

有一次聊天的女生提出和老尨视频,老尨急火攻心,忘了卡夫卡有几斤几两,问燃泽借了个摄像头和耳麦,刚一点视频按钮,电脑当场蓝屏。

遇到断网的日子,老尨就跑到别墅区门口,和保安聊天,一聊两个小时,聊得保安都换班了,他才悻悻离去。偶尔他也去大学里转转,旁听某位超高人气教授的课(杜莎是该教授的迷妹之一),回来后评价说这人就是比普通的中年男子帅气了点,没啥真本事。

72号全部都是男租客的时候,只有燃泽和老尨关系不错。两人一起吃饭时除了偶尔聊聊文学,还聊日本小电影。老尨说我最近写了部黄色小说自娱自乐,可惜不能给你看,否则就犯法了,传播淫秽作品。燃泽对此半信半疑,不过夜深人静时,他偶尔会听到隔壁储物间发出一声长吟,也不知道老尨是在做噩梦还是做春梦。

二楼的计算机师兄作为一个刚毕业就拥有正式编制和稳定收入的有为青年,对三十而立还不务正业的老尨是最不屑的,见面从不打招呼,私下对燃泽说,储物室那条狗……

老尨不在意别人目光。他黑黑瘦瘦看着营养不良，头发却长得快，每个月都去别墅区门口的宠物店，花一块钱借个电推子，三下五除二给自己剃个板寸头，再找块门外空地，低头弯腰一阵狂搓，洗剪吹就算完成了。那电推子是给猫狗剃毛用的。后来宠物店老板看不下去，不收钱，还劝他，附近的老头理发店剃头也就三块钱。老尨一摸脑袋，说，嘿嘿。照去不误。

杜莎后来也困惑，老尨这么低消耗过日子，一个月也要一千多块钱。他不工作，不写稿，没存款，也从不和家里联系，哪来的钱呢？燃泽说你算命那么准，难道算不出来？杜莎说我只能测未来，过去算不出。

杜莎算星盘很有一手，以前住宿舍的时候，隔三差五有人慕名找来，懂行的还会塞点钱。这么一来性质就变了，辅导员接到小报告立刻介入，说你们小姑娘平时玩玩可以，一收钱，就是有偿封建迷信活动，得通报到学院，搞不好要挨处分。其实谁都知道辅导员是附近景区蒲灵山寺的常客，烧香求签捐钱一样不差，被去旅游的学生撞见过好几回。

杜莎胆子小，急流勇退，不再给同学看盘，但耐不住技痒，搬来72号之后给燃泽和老尨看过星盘。结果是三个月内燃泽的事业有所变化，但不知道是好是坏，感情方面有小波动。老尨近期会有金钱方面的好事，感情项一如既往。燃泽心有波澜，想给杜莎小费，女孩坚辞不受，燃泽就点了外卖请她喝奶茶。

老龙丝毫没有给钱的意思（哪怕是表演欲），但三天后果然有个朋友答应借他2000块钱救济生活。老龙对杜大师的神机妙算连连称赞，又觉得给钱太俗，遂决定帮她去要债。

杜莎发文章的刊物里，有一家编辑部位于湖南的青春言情杂志，名字模仿著名的《男生女生》，叫《女生男孩》，选稿门槛低，审稿发稿只要一星期，发稿费可以拖上恒久远。

她大一时在那上面接连发了两篇小说一篇散文，共计26000字，稿费有两千多，拖到现在一分没给。杜莎后来在苦大仇深的作者自发组建的"稿费测纸BBS"上看到了该杂志大名，位列"作者慎投黑名单"的TOP 5。

杜莎胆子小自然也就脸皮薄，问了编辑三次未果，没再继续纠缠。

老龙拿到朋友的借款，翻出自己那台二手的诺基亚1112（用惯了iPhone4的杜莎不止一次把它误当成空调遥控器），重新充值开通，每天给杜莎的责编打三个电话，自称是她堂兄，也不提稿费，只是嘘寒问暖，东拉西扯。头几次编辑还耐着性子和他敷衍，到后来推说要开会匆匆结束，接着变成直接挂断，最后拉进了通话黑名单。

老龙毫不气馁，改打编辑部座机，人家说那个编辑已经离职了，去向未知。老龙说没事儿，那我就跟你聊吧。对方直接挂了电话。老龙再打，对方接起来再挂，如此反复多次，最后那边大概拔了电话线,一直忙音。但工作座机不可能永远拔线,老龙一天七八个电话,早请示晚汇报,每次通话时间短则两秒,长则一分钟,无论对方是破口大骂还是做沉默羔羊,老龙都依然故我,编辑部不胜其扰。有一次那边说你再这样我们报警了,老龙说我的地址你记一下,别让警察跑错了。

责编半年来破天荒主动在网上找杜莎,解释编辑部的财政困难。她听从老龙指点,不予理会。第二天早上9点半,老龙的电话准时报到。

一个月后,杜莎的银行卡上收到了1500元稿费,以及责编的QQ留言:"以后请不要给我们投稿了,惹不起。"

杜莎想要回应,对方已将其拉黑。

稿费到手,老龙找杜莎报销电话费。燃泽看不过去,说你不是答谢人家帮你看盘吗,怎么又要钱了呢?老龙说这个是工本费,虽然也就两百多块,但杜姑娘肯定能理解我的难处。杜莎赶紧出钱平息麻烦,给了老龙三百整。老龙嘿嘿一笑,说下次请你喝奶茶。

杜莎一直觉得挺对不起老龙。当初她搬出宿舍,老家的父母好说歹说非要来检阅她的新居。去年十一长假,二老登门,杜莎硬着头皮请老龙那几天出去玩,不要待在家里。老龙说我哪儿有钱旅游啊,你放心,我不给你丢人。

于是那天一整天,老龙和他的卡夫卡就在储物间里窝着,上个厕所都像做贼。杜莎父母下厨房给三个房客做了丰盛的晚餐,老尨在楼上吃泡面。等二老离开,计算机师兄回房间,他才下楼,风卷残云般把冰箱里的剩饭剩菜吃个干净,叼着牙签夸奖菜品,说像我娘的手艺,哎,我有四五年没回去了。

此言一出,引起燃泽同是天涯沦落人的感怀,两个人在餐厅里喝了很久的三得利纯生,是把一瓶啤酒当白酒那样一小口一小口咪。没过几天,老尨忽然提出要请燃泽吃饭,在杜莎她们学校的食堂三楼,那个点菜的餐厅。燃泽只是惊讶老尨何时阔气了起来,对请客地点的诡异没有多想。他到餐厅时老尨已经点好了六个荤菜一个汤,四瓶啤酒。这顿饭吃了一个多小时,双方交流了违背家庭意愿、愤而走上文学道路的酸甜苦辣,啤酒很快喝完,但老尨说什么也不肯再要酒,临走时把剩菜全部打包。经过这顿宴请,他蹭起外卖来就更显得心安理得了。

后来燃泽才知道,那天老尨是在食堂里捡到一张饭卡,一查余额还有四百多块,先在小卖部买了些面包点心,然后才叫他赶紧过来。老尨平时偶尔会去学校食堂吃顿铁板烧(学校食堂比外面便宜很多),现金给学生,学生再用饭卡帮他埋单。这张饭卡在三楼消费过后只剩一百元不到,老尨不肯加酒,就是怕失主已经发现并且去挂失了。

燃泽:这事儿干得……

老尨:嘿嘿,这也是给那孩子一个教训,天下是有免费午餐的,只不过需要别人来埋单。

来 72 号别墅探班最勤的是燃泽的女朋友,频率是半个月一次。这姑娘在邻省省会的师范大学念书,身高腿长,烫着大波浪,来时均是周末。燃泽卧室的床头朝东,储物室朝西,到了晚上老龙就拿着玻璃杯贴在卧室门上聆听生命大和谐的室内乐演奏。有一回被楼梯上的杜莎逮个正着,要拉他下来,老龙嘘了一声,指指里面,压低声音说,他知道的。

杜莎:瞎说,怎么可能……

老龙神秘一笑道,你还小,不懂男人。

燃泽的女朋友比他小四岁,挺懂男人的,起码懂得如何打击男人,每次看老龙的眼神就像看动物园里的猴子。她最常见的口头禅就是问男朋友,你什么时候像苏穆哲宁那样大获成功啊?那是一个饱受争议的畅销书明星,燃泽写过两本以他之名的伪书,卖得很好。在女友看来,苏穆老师虽然官司缠身,但开公司、办刊物、搞比赛、签作者、拍电影、走秀、上时尚杂志,多点开花,风生水起。每次网上有他的八卦或者娱乐新闻,女友就指着那栋别墅或者那辆宝马问燃泽,你什么时候能买这个呀?燃泽说我写书赚钱只是为了活命,不是为了享受,我还是有文学理想的,和他不一样。

这就落入了女友的另一个陷阱。她念的是中文系,学校又是所 211,正儿八经的学院派,明年还打算申请直研,瞄准的导师是雕龙奖大评委团的成员。燃泽跟她聊文学性,无异于举着长矛刺坦克。每年他生日,女友送的都是书,《在切瑟尔海滩上》《米格尔街》《大教堂》《玫瑰的名字》,如泥牛入海,水花都没有。问他看了多少,都回答:还在看。久而久之,燃泽一讲到文学性或者文学理想,女友连话都不说,只是盈盈地看他。

但她看电影倒是不追求文学性,越是好莱坞大片越是趋之若鹜:2009年《2012》,2010年《阿凡达》《盗梦空间》,2011年《加勒比海盗4》《变形金刚3》,今年的《泰坦尼克3D》《复仇者联盟》,一场不落。尤其《阿凡达》引进国内那段时间,全中国人民知道了iMax巨幕。燃泽这边唯一有巨幕的万达影城在市中心,离金海湾别墅直线距离27公里,而且iMax场的票子还没开售就已经有一群黄牛和影迷虎视眈眈。女友吵着要看巨幕版,说你年纪轻轻,一时半会发不了财拿不了奖,一张电影票都搞不定吗?

燃泽被激得没辙,忽然想起有个进了外企的初中同学就在万达隔壁的商贸楼上班,赶紧打电话托关系,以一顿火锅相诱。那老同学倒也卖力,午休时饭都没吃,排了一小时队,帮他抢到两张周末的iMax场票,就是位置不好,在第二排最最右边,燃泽和女友仰头50度看完两个半小时的电影,散场时颈椎酸得要命。女友按着脖子说,早知道还不如买黄牛票,这钱省得不值,我回学校得跟室友再去补一遍。

那天下午燃泽在火车站送走女友(她要回学校复习考试),

回到72号,老尨的电脑里正好在放歌,布衣乐队的《罗马表》,开篇就是"我的女朋友,她的要求高……"

燃泽打开瓶矿泉水,坐在客厅沙发上听完一曲,说,再放十遍。

在学校食堂三楼吃白食那次,借着酒酣耳热,老尨问过燃泽,这种女朋友还留着干吗?燃泽摇摇头,就是喝酒。

他们当初可不是这种强弱对比。燃泽高中时代就拿了全国青少年文学写作大赛的小说组二等奖,在学校里着实风光过一阵,但除了获奖作品登在优秀参赛文集上,就没别的成果了。高考填志愿时鬼使神差,他从内陆省份考到了沿海的一所海洋科技大学,学海洋生物工程技术,成绩凑凑合合,对专业实在喜欢不起来。每年暑假实习,他们就坐着渔船出海,把渔民打上来的鱼分类、鉴别、拍照,然后买几条回去烧了吃,三天下来骨头都晒黑了。

他大学里写的那些小说老被退稿,还被冒充编辑的骗子骗走过稿子,用对方的名字发在二流刊物上。这个女朋友当时读高三,在网上找到了他,说特别喜欢他当初发在参赛文集上的文章。常来常往,就谈上了。那时候女友对他有着英雄般的崇拜感,他可以说一不二。

后来燃泽大学毕业,不想找工作,也不想回老家跟着老爹做生意,就走上了写伪书的犯罪道路,对家里号称以写作为生。女友一进大学,见识多了,底气足了,天平就朝她那边飞快地倾斜过去,拽也拽不回来。

老尨问,那你现在还写自己的小说么?

燃泽:写啊,不过别人的东西写多了,自己的东西老是难产。

他一直有个创意,是受《盗梦空间》启发,人们睡觉做梦,有时候做到一半就醒了,然后要么起床,要么接着睡,但往往是进入另一个梦。那么问题来了,原本被打断的梦境怎么办呢?会不会被封存在脑海的某个区域里?那么梦中人物何去何从,情节怎么发展?你从梦中醒来,是现实世界里的你,那未完成的梦中的你是现在清醒的你,还是有可能被剥离出来,和那个梦一起被封存了?这个梦会在何时以何种方式被重新激活?

燃泽:这个小说要是写成长篇,肯定火,我就不用再给老板写伪书了。

老尨听完想了半天,说那些半截子梦真要能都找回来,我连黄色小说都不用写了。

燃泽获奖的那个比赛,其实就是发老尨文章的《笔迹》杂志办的,但燃泽没在上面登过小说,老尨也没参加过比赛,两人算是阴差阳错。

2008年他投稿给《笔迹》那阵子,正在北京一家愿意招收中专生的小报工作，说是编辑，其实就是不停地给三无保健品写软文广告，糊弄有钱又没文化的老年人。后来他号称曾在首都从事新闻媒体工作两年，就是不肯说报纸名字。小说被刊用后，老尨脑子一热，辞了这份"以后生孩子没屁眼"的工作，跑到上海拜访杂志社责编，还去过著名的信缘里小沙龙，据说和一票著名青年作者如朱颜、杜胤尧（燃泽的偶像）、匡薇、陆璃琉（杜莎的偶像）、顾命等人把酒言欢，谈笑风生。杜莎问他有没有签名或者合影，拿出来饱饱眼福，老尨说这事儿俗了，没干。

大概是受那群名人的启发，老尨也不打算继续找工作，转而埋头写作，可是上海的物价不那么友善，银行卡很快山穷水尽。腆着脸问家里要了最后一次钱，他辗转几地，终于来到了这里。

至于他北漂之前的经历，燃泽听了好几次，都是老尨喝醉酒时哭着说出来的：儿时家境一度富裕，但父亲染上毒瘾，戒毒，复吸，戒毒，复吸，最后长期关在戒毒所。母亲改嫁，生了个女儿是脑瘫，一直郁郁寡欢，五十岁就已白发苍苍。给她打电话，从不问儿子什么时候回来，老尨主动提及，她反问，回来干吗呢？

老尨遂不再打电话回去。这对母子的默契就是，不来电话说明一切安好，来了电话，就是有麻烦。

老龙每天一瓶纯生,但酒量并不好,只要超过三瓶,必醉,喝醉必哭,然后祥林嫂附体。

最惊心动魄那次,老龙大中午去学校食堂吃铁板烧,吃到第二天傍晚也没回来,打电话也没人接。燃泽和杜莎正商量要不要报警,这人一身草叶、摇摇晃晃地出现在别墅门口。原来他路过学校教育超市,有种新品白酒才卖八块钱,却包装精美,立刻买了两瓶。他吃午饭喝了小半瓶,回来时边走边喝,醉醺醺地跑到西北角园林带小解,被土块绊了一跤,直接睡过去了。那地方人迹罕至,没学生经过。时值九月刚开学不久,天气还热着,他睡睡醒醒,醒醒睡睡,晚上没被冻死,就是浑身上下多了三十个蚊子包。

这个插曲现在被他自己骄傲地称为醉卧花丛一日半。

老龙喝醉痛哭,是不分场合和时机的,也不管边上坐的是熟人还是陌生人。杜莎男朋友第一次来金海湾看她,晚上还请他们几个租客吃饭,"答谢大家对莎莎的照顾"。其时计算机师兄恰好去外地参加培训,只有燃泽一个人的话不太妥,老龙就以来看望他的远房表哥的身份出现。

饭桌上老龙胡吃海塞,与杜莎男友频频碰杯,早把来之前说好的三规戒律抛诸脑后,杜莎一直在桌子底下碰老龙的脚,老龙索性脱了鞋,盘腿坐着。坐她对面的燃泽没办法,只好舍生取义,主动向她男友敬酒,让老龙先歇会儿。但杜莎的男友酒量很好，越喝越有兴致。

这个男朋友是杜莎的高中师兄，大她两岁，大专毕业后在上海的一家国际物流公司上班，平时非常忙。杜莎父母对他一直不太满意，在他们概念里物流不是送快递就是跑长途货车，没出息。上次来72号视察，他们倒是对二楼的计算机师兄青眼有加，觉得人家端着体制内的铁饭碗，爹妈又在银行和高中上班——杜莎刚把他们送到别墅区大门口，二老就急不可耐地问，二楼的小伙子有对象了吗？

与之相反，杜莎男友老家说是小镇，其实还是务农居多，父母是特别淳朴的那种类型，在他们的教育下，男友的性观念就是，婚前不要上床，结了婚拼命造，要小孩，一定要小孩，最好是男的。他们家二姨倒是个十三点，第一次见面把她从头到脚扫描个遍，说这女娃腰细屁股小，生不出儿子。即便如此，杜莎每次去他老家玩，都得带一火车的农副产品回来，是二老的一片心意。

后来杜莎这样回答过老尨关于"为什么女孩子都爱看这种不切实际的小言情"的问题：因为都不想面对现实世界里太切实际的鸡爪事。

酒足饭饱，老尨不出意料地喝醉了，倒在杜莎男友怀里哇哇哭，诉说悲惨家庭，倒是没有露馅自己的租客身份。两个男的一路搀着他走回别墅，杜莎一开客厅灯，灯光跳了几下，灭了，电冰箱也暗了。燃泽看看其他别墅，还万家灯火，说我们这里线路又坏了。

正要打物业电话,老尨一拍他手机,说这种事儿。然后直接往配电间走去,让燃泽用手机给他照亮。过了三五分钟,电来了,老尨歪歪扭扭走回客厅,说老子在中专学的就是电工,以前租房都是自己偷电。

说完往沙发上一横,沉沉睡去。

这顿饭下来,杜莎男友对老尨颇具好感,究其根源说不清是钦佩还是怜悯。倒是燃泽,他是充满戒备的。这也怪老尨,饭桌上说了燃泽晚上护送杜莎放晚课回来的事情。

杜莎说你别瞎想,是我主动找他帮忙的,一件小事情而已。

男友说你觉得是小事,人家未必这么以为,不然他表哥怎么会知道呢?还不是他主动说的?

杜莎:告诉了又怎么了?你们男人间难道只能聊足球和AV,不能聊点别的?

男友:算了,你……你不懂男人。

这晚两人同床共枕,但睡得很素,符合男友一贯以来的政策方针。关灯十分钟后,男友把手轻轻放在她臂膀上,说,在外面体验一段时间,还是回学校住吧,安全,放心,以后你来上海,我们租个两室一厅,有间书房,你可以安心写东西。

杜莎侧身睡的,背对男友,没回,假装已经睡着了。

回溯以前,他可不是这样。杜莎刚进大学,去参加校学生会招新面试，宣传部有个副部长特别照顾她，结果发现人家招她进来只是为了泡她，愤而退部。在电话里告诉男友，男友只是哈哈大笑，说，这证明我们莎莎有魅力。但自从他毕业工作之后，这种没心没肺的心态消失不见了，看问题想问题总能从出其不意的角度找到一些端倪，无论是杜莎的寝室琐碎还是和任课老师的人际关系，他听完都要分析一圈，口头禅是"那你就要小心了"，然后补上一句"世道艰险啊莎莎"。

那一刻，杜莎觉得像是在跟父母打电话。

老尨从2010年住进金海湾别墅，一分钱没赚，完全靠举债度日。老同学、前同事、远近亲戚、天真网友甚至包括《笔迹》责编，都成了他的债权人。最后借到山穷水尽，自绝于人民，实在是一分钱都借不出来。老尨向燃泽赊了几天的青菜钱，啤酒也断了，眼看着2012年还有一个月就要翻页，又该付房租了，他咬咬牙问，厨房里菜刀还在吗？我得出去打劫小学生了。

燃泽想着授人以鱼不如授人以渔，问他要不要帮东北老板写伪书，虽然不正当，但能赚点钱周转，最起码能把明年一季度房租给付了。老尨犹豫了半晌，答应了，不过眼下有吃饭喝酒的燃眉之急，还是向燃泽借了五百的头寸。二楼师兄知道此事，悄悄告诫燃泽，你会后悔的。燃泽说我其实也不指望他还钱。

老尨接活才一个星期，东北老板就怒气冲冲打电话给燃泽,说你朋友是不是他妈的脑子有坑啊?

这个老板不光只做类型小说,老龙第一次和他电话里聊,说酷爱纯文学,老板就给了他一个散文大家穆怀恩的活儿,15万字,如果写不过来,允许网上找文章七拼八凑,总之两个月交稿。过几天拿到头两篇一看,说这不是穆怀恩的文风啊。老龙说穆怀恩写得不好,我更喜欢王了一的散文,这是他的风格。老板搜了下王了一的信息,正版书最高销售纪录不过七万册,还是80年代的事儿,气得吐血,说谁要出他的书,你给我写穆怀恩的!老龙不卑不亢,说现在的读者水平太差了,我们有责任提高他们的审美。遂不管不顾,继续把王氏风格的文章往对方邮箱里发。

老板在电话里跟燃泽抱怨完,说你怎么给我介绍了这么个傻逼,告诉他,一分钱都别想拿到。

但在老龙这里,此事被定性为黑心老板拖欠稿费,反过来苦口婆心劝燃泽,这种老板没有眼力见,也没有追求,肯定混不下去,他应该早点跳下贼船,回头是岸。

燃泽总算明白二楼师兄的意思了,不是后悔借钱,是后悔介绍活儿。

可能是看在他的面子上,老龙没有对东北老板采取《少女男生》编辑部那样的电话轰炸攻势,再说了人家根本没有出版这本伪书。燃泽表达情绪的方式也很简单,每天订午饭和晚饭都跑到39号门口打电话。老龙好几次没有蹭到食,自己打电话要米饭和炒蔬菜,人家直接回生意,说点太少了,不送。

从此客厅里多了一大箱袋装方便面。

搞冷战这块,杜莎也没闲着。

《梦幻少年》杂志2012年10月刊发了她一篇新小说,本打算请租客们吃饭,老尨赶紧盘算去哪家馆子,燃泽问写的什么,给我看看吧。拿来一看脸色就不对了,说这不是我告诉过你的那个梦境的创意吗?杜莎说我当初听了觉得挺有意思,就借着你的背景设定,改了改主题,另外写了个言情故事,你不会介意吧?

燃泽:……你该跟我提前说一声。

杜莎:现在也不晚吧?其实就是顺着你的思路,我做了下改动,完全走爱情路线,和你的大作不冲突的。

燃泽半天没回答,把杂志往茶几上一放,问,要是别人看到了这个创意的含金量,写了个和我一样的长篇怎么办?

女孩一时语塞。《梦幻少年》是国内数得上名号的类型杂志,读者甚众,鱼龙混杂,说不准真会有人这么干。她当初光想着要在《梦幻少年》上发表,写稿时也是小心翼翼避开了燃泽的主线构架,就是没想到这一点。

燃泽:我的长篇小说才写了两万字,还在不停斟酌,要是遇到那种快手,两个月就能完成,到时候我的书就算出版,也变成抄袭的了。

老龙一见气氛不对，立刻打圆场，说小姑娘也不是故意的，这次就算了吧，这样，小杜，你晚上请我们吃顿大餐，补偿一下……燃泽说我吃不下，你们去吧。转身就往楼上走。

这顿饭自然没有吃成，杜莎问老龙怎么办。老龙说过段日子就好啦，哪天我做东，你出钱，请他喝顿酒，诚恳道个歉，就算翻篇儿了，女孩子嘛，他不可能一直记仇。

结果没过半个月，老龙就和燃泽闹僵了，大家各吃各的。

有次计算机师兄六年来头一回中福利彩票，虽然只有四百块，心情却格外好，买了夜宵带回72号，招呼大家下来吃，应者寥寥，只有储物间的狗笑嘻嘻地端起了炒花甲和烤冷面，说不用叫了，现在是三国演义，王不见王。师兄无奈地把余下的烧烤串都给了对方，庆幸自己长期以来的光荣孤立政策十分明智。

房东来下通牒那天，正好是2012年12月12日，网上还在炒"要爱日"的概念，对租客们来说却无异于一场地震。

房东那个年近三十的儿子终于要结婚了，这栋别墅将要作婚房使用，明年一过完年就开始装修。他补给每人两个月房租，还提前发了几包喜糖，限期他们最晚1月份搬出。

情绪最稳定的是计算机师兄，他本来就家在本地，只是为了上班近才租在这里。他跟家里打电话说了下，就决定搬回去和父母住，家里人答应给他买辆车代步，价格不低于20万。

师兄觉得这是因祸得福。

燃泽的东北老板办事迅速,帮他在金海湾19号又租了个二楼朝北卧室,从72号走过去不要三分钟,搬家时雇辆三轮车就行。19号另外两个租客是广告公司设计师,上班时间朝十晚无限,养了只形同虚设的宠物猫,不会有人来蹭饭,也没人来听他的伟大创意了。

老龙托中介问了一圈,别墅区没有别的房东愿意出租储物间,只有44号有个闲置的半地下停车库。老龙说地下室就免了,我在北京住够了,看来是时候换个地儿了。他正好有个朋友在丽江新开了家客栈,需要人帮忙,老龙愿意不要工资去干活(其实是变相还债),那边只包吃住。燃泽判断,那边的朋友迟早也会后悔。

只有杜莎面对着重大抉择。父母和男友始终是希望她搬回学校住的,之前她还能以一整年房租都付掉了为理由赖在72号不走。现在根据地没了,她要是另寻地方租住,就是公然跟他们对着干了。弄得不好,父母会断绝经济援助。男朋友之前的担忧也是准确的:她慢慢习惯了这种无拘无束的日子,一个人住一个房间的生活,和租客们关系好时谈笑风生,不好时龟缩门内,不用在方寸之间看谁的脸色,顾忌谁的情绪,逢场作戏,隐忍不发,大不了关起门来,偏安一隅。

学校南门外的老式新村有间一门关的一室户出租,厨卫俱全,铁门牢靠,虽然才35平米,对想要尝试独居生活的女孩来说可谓广阔天地,大有可为。杜莎跟着房屋中介去看过,心痒得很,但迟迟没有下手。

男朋友曾经开玩笑说,真怕你一个人住惯了,以后都不想跟我结婚了,那时候我非跳黄浦江不可。

搬迁令下达一个多星期后,除了杜莎,众人安顿停当。

师兄已经搬回父母家。燃泽在19号和72号之间两头跑,蚂蚁搬家一点点运,连三轮车都省了。老尨买好了圣诞节出发的火车票,30个小时的硬座,那箱方便面还有用武之地。他所有的行李不过一个麻袋,唯独电脑成了一块心病,因为没有人愿意买走。回收电器的小哥劝他再放个三十年,可以连同诺基亚1112一起当文物拍卖。但他也占了便宜,二楼师兄撤走后,他总算可以睡几天真正的床而不必打地铺。

这天晚上,老尨正在二楼房间上网,跟朋友说自己要去云南开客栈,欢迎大家来玩,食宿全免。牛皮吹太大,电脑屏幕和灯一下子灭了,空调暖气也不响了,整栋别墅陷入漆黑。

三人走出房门,隔黑喊话,说停电了?又停电了。过了会儿杜莎拿了两支胖胖的香薰蜡烛出来,分给老尨一支。老尨心领神会,举着蜡烛往配电室走,过了漫长的十分钟,他一脸懊丧地回来,说不管用了,得找房东,让他找人来修。电话打完,三个租客围着餐桌而坐,烛光温馨,但没有晚餐,没有红酒,也没有网。

片刻沉默后老龙问，打牌吗？三人斗地主。

燃泽说算了吧，聊聊天也挺好，再过几天，大家各奔天涯了。

杜莎听了，放下手机，但不知道聊什么。老龙破例拿出今天第二瓶三得利纯生，也不用杯子，让燃泽先喝一口，然后自己灌下小半瓶，说房东到时候得好好弄下电路了，婚房老停电，不吉利。哎，真是有个好爹啊，房子车子不用操心，三十岁玩够了就相亲结婚。

其实燃泽也可以过这样的生活，他家里条件不错，父亲做生意小有成就，如果弃暗投明回老家，车子房子也是现成的，老龙请吃饭那次，燃泽都跟他交代过。老龙当时评价：你是个异数。

杜莎有机会开口：相亲太可怕了，真的。

燃泽：你相过？你不是有男朋友吗？

女孩说可我爸妈不满意啊。老龙有着从未谈过恋爱的人特有的那种勇气，说你满意不就行了，又不是你爸妈跟他结婚。但杜莎满意吗？她不知道。前几天她有个从职校退学、早早嫁人的初中同学在QQ群里发喜讯，说自己在香港产了一对双胞胎，这已经是她第二次生孩子了。双胞胎在香港出生，有香港户口，不算计划生育限制内。她老公又是少数民族，根据老家那边的政策，头胎生完满八年还可以再生一个，他们打算把政策用足，以后就是一家六口。杜莎的男友得知此事大受启发，激动地说我们以后也去香港生二胎！你是满族，八年后还可以三胎！你快问问你同学，去香港生要做什么准备，大概多少钱？我努力赚钱。

老尨：你这是要当光荣妈妈。

杜莎：可我不想生小孩，我从小就不喜欢小孩。

老尨耸耸肩，又去取出瓶啤酒，遇到燃泽的眼神，说放心，不会哭的，以前是因为想哭，现在没理由了。

燃泽动动嘴唇，没有说话。一楼的电话信号很差，杜莎走到窗户边想给父母打个电话，却说，不对，附近的人家也没开灯，应该是小区都停电了。燃泽说那就要很久了，慢慢等吧。说罢也来到窗边，外面漆黑一片，路灯也哑了，谁家养的狗在狂吠，还有人在喊什么，但听不清。老尨走过来，站在两人身后，问，你们有没有觉得这个场面挺像世界末日？

如果真是末日，那么今晚的星空倒是挺漂亮。有彗星来撞地球的话，会特别耀眼，备受瞩目，是窗前三个人都达不到的成就。

燃泽看看手机，笑了：今天是12月21日，电影《2012》你们记得吧？里面说世界毁灭就在今天。

老尨说99年不是还传00年就要人类灭亡吗？那时候我还读高三呢，就盼着赶紧灭亡吧，不用高考了。

杜莎打断道，你们别聊这种话题行吗？她转身去了洗手间。燃泽扭头看看她，说小姑娘这胆子时大时小。老尨没接话，点了支烟,抽两口,道,我爹前些天死了,终于死了。

燃泽:……不回去看看?

老尨:毫无意义。

有辆轿车开过门口小路,短暂的光明过去后,又迎来黑暗。杜莎从洗手间出来,说对了我放歌给你们听吧,我最喜欢的一首歌。她点开手机公放,房间里先响起念咒声,然后才有音乐,悠扬空灵,女歌手声音别致,和熏香蜡烛的味道糅在一起,令人感觉身处别地。

老尨坐回桌旁,说这嗓子很耳熟,很久以前听过——这歌叫什么?

杜莎:《万物生》,好听吧?

对方没有回答,把椅子拉出来但让燃泽坐下。

没有人再开口,三人看着烛光,听着音乐,坐等电力恢复,或者世界末日到来。

〔人物〕鹿原

没有书的图书馆

1

老先生每天上午必定要抽的六根香烟，总是被他提前从烟盒里取出来，在桌角一根根摆好，平头齐尾，间距相同，像支训练有素的行刑队，枪口对外，瞄着一只廉价的打火机。正式享受之前，烟必须在嘴里叼一小会儿，再拿下来，捏住尾端轻轻一旋，整个过滤嘴就下来了，烟纸却丝毫无损。点烟前，他还得用拇指把断口处的烟草压压实，似才放心。老先生习惯鼻子出烟，两股浓雾在他下巴尖汇成一条白龙。接着就听轻轻一声"哼"，沾在舌尖的烟末便不知所终了。

坐在屋子另一边的鹿原总是停下手中的笔，静静观看老先生点烟前后的每一个动作，暗自期待他哪怕有一次不遵循这套流程。鹿原毫不怀疑，十年下来，屋子里的每一张纸都散发着香烟味儿，尼古丁和烟焦油是这些作品的忠实读者。作为可能是全世界唯一允许抽烟的图书馆，它只有一个小缺憾——没有书。

鹿原第一次听说这个图书馆的时候，正在北京东城的一间地下室里静待发霉。他进京是为了追一笔债，顺便感受一下首都的环境。可欠他一万块策划费和五千块稿费的那王八蛋手机一直关机，出版社说钱我们早就给他了，房东说他早就搬走了，北京几个圈内朋友说他可能南下了，具体是去深圳还是长沙不太清楚，也有可能回老家了。鹿原毫无头绪，也不知道接下来该去哪里。为了省钱，他每天用借来的电磁炉煮挂面，拌上超市买来的卤肉酱，一天吃两顿，一顿吃半斤。2003年时的北京，天气还没那么糟糕，白天里他就蹲在外面晒太阳，边上躺着断尾巴缺耳朵但神情安逸的野猫，与他的愁眉苦脸相映成趣。来京之前他踌躇满志的那部小说，如今也交给小脑去构思了，大脑就负责想接下去该怎么办，我自己还欠着别人钱。他两三天刷一次牙，很久没洗澡，但这并不可怕，那些和他住在一起的群众演员、流浪歌手、大学应届生都这德性。爱干净的是那些从全国各地陪孩子来北京上各类艺考培训班的家长，事儿多，嘈杂，还不好惹。有一天他在公用厕所里刷牙，看着镜子里憔悴又疲惫的自己，更像那帮砸锅卖铁也要帮孩子实现明星梦美院梦的玩命家长，心想，我他妈才二十一啊！

就是这个时候三酒从鹿原堂妹那里知道了他的窘境，打公用电话过来,说要不你来绍兴吧,我知道一家私人图书馆,可以让他们请你去帮忙,包住宿,环境挺安静,你也可以写写东西。三酒在他朋友当中还算靠谱,"能写东西"这四个字对文学青年鹿原来说也具有足够大的吸引力,当下就答应了。他事后也没想到去网上查查看绍兴到底有没有私人图书馆。隔天三酒又来电话说搞定了,你赶紧来吧。鹿原问房东抠回了一点押金,买好了硬座车票。临走那天他去胡同口的小理发店剪了头发刮了胡子,到公共小澡堂洗了个澡,在火车站小卖部消费了三袋方便面、一瓶红星小二和一盒点八中南海,为狼狈的首都之旅画上了一个还算体面的句号。一路晃荡了二十多个小时,他在杭州下了火车,在候车大厅趁机睡了两小时,再坐长途到绍兴,根据纸条上的指示乘坐公交车,终于找到了东小路和五脂巷,然后傻眼了。这是一条太不起眼的巷子,狭窄的路面用碎石板拼成,潮乎乎的,缝隙间能看到青苔的痕迹。两侧旧式民居最高不超过两层半,黑瓦依旧,白墙已经发黄。巷子里面弯弯曲曲,看不到幽深的尽头。仔细观察巷口,没有任何标识牌告诉路人这里面有座图书馆。越往里走两步,鹿原的疑惑更重了,此地闻不出书香,倒是从哪户人家的厨房里传来一股油炸臭豆腐的焦香。但纸条上记的地址就是这里没错,五脂巷 2 号甲 201。

鹿原正犹豫要不要上去问个明白,楼门里走出来一个中年男人,脸色黑黄,戴着一副八十年代流行过的那种大镜片金属框眼镜,亲切地问:"你是小陆吧?"鹿原赶紧点头说是是是,您是岑老师?岑老师边"哎"着边和他握了握手,但没有要帮着提行李的意思,说我在二楼窗口看到你走过来的,看样子就像,来来来,跟我来,当心,这里有道东西。鹿原跨过防止雨水倒灌的水泥门槛,跟岑老师走在木头楼梯上。岑老师说我们这楼梯比较老,你抓好扶手,抓好,这样比较稳。不出所料,台阶前后很窄,脚尖踩到底,还有半个脚后跟是完全悬空的。他老觉得屋顶要压下来,不自觉地矮着身子,怕什么东西会忽然砸到头。整栋楼的空气里有股叫人无法忽略的糖醋小排的气息。他还走在半路,岑老师已经拿出钥匙,开了楼梯尽头的一扇门,打开灯,说进来进来。

鹿原背着书包、提着行李袋,走三步要找一下重心、调整一下呼吸,觉得自己不是个求职的图书馆管理员而是白色恐怖时期在上海滩寻求庇护所的我党地下工作者。他好歹走完了这条楼梯,可以好好看看那个传说中的私人图书馆究竟是个什么样子。

老先生抽烟很快,去掉了滤嘴的烟,抽个五六口就得掐掉,不然就要烧到舌头了。他不用手指缝夹烟,而是左手的拇指食指中指三个指尖攒成个香炉底座,烟身一柱擎天,烟头直冲天花板。他左胳膊肘又喜欢支在桌面上,烟就和脑门处在了一个水平面,加上低着头看文章,远望去,像是个抽烟被抓了现行的学生，正低头认错，把作案工具上交老师。烟灰要是飘落到纸上，他绝不用手掸，大概是怕在白纸上留下灰痕，只用嘴吹，偶尔也把整张纸捏起来轻轻抖动。

这里保存的作品可以说是一文不值，老先生对它们如此爱护，鹿原想，这有什么意义呢？他瞥了眼屋子里的三排书架，即使到现在还是没弄明白，它们是天生就以这种黑铁的本质示人的，还是曾经刷上过漂亮的油漆，只不过后来被时间慢慢啃食掉了。但至少他已经把它们当成书架看待了，而不是烧焦的远古怪兽的骨架。他想起自己第一天来到这里时，被屋子的狭小和书架的稀少给吓了一跳，顿时有种被三酒骗了的感觉。三酒本人在安排完这件事之后立刻去泰国谈生意去了，不知几时回来。岑老师并未察觉他的诧异，大概以为三酒已经提前给鹿原打了预防针。他拿起桌子上的热水瓶倒水，说你把行李放那儿吧，来，喝口水。鹿原这时候又不好意思转身走人，他的体力、他的钱包和他的人际关系也让他失去了这么做的资本，只好走过去。

他估计这间"一室户"不会超过二十五平米，被三个书架一占，大概就剩下五平米了吧？屋顶低矮，日光灯气血不足，两张陈旧的书桌分明是学校里用的那种单人课桌，倒是各配了一盏小台灯。鹿原在其中一张桌子边坐下，发现桌上有个肮脏的白瓷茶杯，内壁黑得像煤矿坑道，再联系起空气中那熟悉的气息，吃惊道："这里能抽烟？"岑老师正在擦桌子上洒出来的热水,"昂"了声,手一指。鹿原转头看到最近的一个书架的侧面贴了张白纸,上面用毛笔写了六个大字:"此处允许抽烟"。鹿原不懂书法,看不出字的好坏,但这种存心和主流做法对着干的精神瞬间感染了他。到了这时他才发现一个刚才忽略了的情况——这些书架上没有一排排竖着摆放的书,全是些纸,一摞一摞堆在那上面,用红色或白色的塑料绳捆着,乍看上去像等着扔掉的旧考卷。

"那个……"鹿原不自觉地站起身,指着书架问。

"哦,小邱之前没跟你说么?这全是我父亲收罗的人家的稿子,被退稿的,不能发表的,人家送的,反正都是些没人要的东西,他就爱这个。"岑老师招呼他再次坐下,"这个是我们家老房子,我父亲搬去我那里以后,就把这里改成了他的阅览室,他说叫图书馆,反正他高兴就行,这一开也开了好几年。"岑老师摆手谢绝了鹿原递过去的烟,说不不我不抽烟,这个,我父亲快八十的人了,但身体还好,他就每天上午会到这里来,其他时候都需要有人看着,虽然也没什么值钱东西,我们家大人上班小孩上学,没办法,只好雇个人,用时髦话说叫兼职,以前找过一个文理学院的学生,但小伙子没定性,在这里太冷清,他待不住,就走了。当然,我们给不起很多钱也是个原因。岑老师说到这里抱歉地笑笑,这个伏笔埋得有点生硬。见鹿原没有接话,他又赶快转过风向:"不过你是小邱介绍来的朋友,我是放心的,他说你需要个地方安心写写东西,哈哈,我们这里没别的好,就是安静。当然,酬劳也不会亏待你,一个月八百,你看可以吧?"

鹿原一怔,他以为对方最多给个五百了不起,这个开价叫他喜出望外,就差放下矜持起身去握住岑老师的双手:"可以可以,已经很多了。"这个价格足够说服他自己,你又不是来当馆长的,你就是找个地方过渡一段时间,写完小说。岑老师说没事没事,小邱的朋友嘛。为了确保无误,他问鹿原能不能拿身份证给他看下。鹿原翻出证件递了过去,岑老师边扶着镜框一侧,边仔细审视,就差把号码一个个念出来了:"陆篆,这个名字好啊,八二年,哟真年轻,小伙子又那么帅,啊?哈哈……"鹿原羞赧地挠挠头,心想无论谁和身份证照片比起来都会显帅的。岑老师还了证件,又摸出三百块,说这是预付的钱,你收好,收好。除了问房东要押金,鹿原已经很久没从陌生人手里收到这么多钱了,拿过来正要折折好,目光落在岑老师看上去有十年历史的夹克衫和灰蒙蒙的旧皮鞋上,心里冒出一个大胆又符合逻辑的猜测。但他没有多问,把猜测和三张毛主席一起塞进了牛仔裤口袋。

三酒电话里说的包住,其实就是住在这间屋子里。行军床已经备好,就叠放在角落里,岑老师说边上的小柜子里除了枕头还有条旧被子,晚上冷的话可以加盖。喝水有电水壶,就放在桌子上。水龙头在楼下公共厨房,最靠门口、水管上缠着蓝布的那个就是他家的,但水流量有点小。公共厕所要再往巷子里走五十米,晚上没灯。"条件艰苦,还请克服一下。"岑老师说。鹿原忽然想起了什么,小心翼翼地问:"平时……来这里的人多么?"

"这个我也不清楚,应该不太多,只有我们家老先生知道啦。"中年男子环顾这间房子,还有那三排最占地方的书架,神情不是刚才的客客气气,而是一种无奈。鹿原猜想,要不是父亲弄了个诡异的图书馆,这间房子他大概是打算租出去赚点小钱的,也许就专门租给自己这样的落魄小青年。可他现在却要付钱给这个小青年,梦想与现实的落差太大。连这个收了钱的小青年也在想,搞这个图书馆,意义何在?不过在岑老师走之前,新上任的管理员还是有点不太放心,画蛇添足地问了一句:"岑老师,这里的'书'……我都能看吧?"

2

所谓的图书馆东西宽约四米,南北纵深六米左右。房门开在西墙偏南,书架靠着东墙北段。南面有扇窗,给屋子带来光明和稀薄的温暖,一张小桌子就在窗下,有烟灰缸,是贵宾席,另一张靠着东墙,充当僚机。北头有个小柜子,柜子里是枕头被子,柜子上的旅行包塞着鹿原闯荡江湖的全部家当:衣服,袜子,牙刷,毛巾,一叠稿纸,几支水笔,一本夹着钱的1997版《白鹿原》。

鹿原对着这个螺蛳壳道场考察了半天,确定了布局的最优方案,把靠墙的桌子搬到了书架西侧的过道里,腾出来的地方放行军床。然后才踏踏实实一头扎进那三排书架之间。他已经在附近的兰州拉面馆吃过了晚饭,别家厨房传来的炒菜香气无法叫他分心。可仅仅半个小时之后,他就对这些馆藏感到些许失望。它们大部分都是些自传性质的长篇小说、回忆录、质量参差不齐的散文和杂文集,以及他根本看不出好坏来的诗歌。

那些自传体小说像商量好了似的,齐刷刷这样开头:"我叫某某某,原名是什么,19××年×月×日我降生于某省某县某乡某村,按干支纪年那年应该是什么年,老家附近有个某某山或者某某河,景色如何如何,某朝某代某名人在这里干过什么靠谱或者不靠谱事迹,传说还怎么怎么的,我们这个家族打哪个朝代在此定居,有个什么祠堂,祖上出过那谁谁谁和谁谁谁(炫耀官职),我的太祖某某某干了件什么事,太奶奶立过什么牌坊,我的爷爷又怎样怎样了,我爹是他第几个儿子,爷爷一共多少子女,哪支哪系,按族谱我爹什么字辈,我是什么字辈,我出生那年家里谁谁谁也怎么了……"鹿原觉得还是看普鲁斯特更振奋人心一点。还有些纸张发脆的科幻小说,以二十一世纪高中生的水平而论可能还算不错,作者名字都很质朴。这些作品每份都是手稿,稿纸五花八门,从印着罐头厂红头名字的红线信纸,到统一的黑色和绿色方格文稿纸,应有尽有。笔迹是个更有意思的线索,有的作者明显受过良好教育,钢笔字笔笔端正有力,即便有大段的修改,也是调度从容,不失规整。有的人就差点了,字迹透着扫盲班的风格,开篇第一段里能读出半打错别字,被人用铅笔勾出来,铅笔字很稚嫩,大概是家里的小辈。小孩子没耐心，改到后面就坚持不下去了，二十几页往后铅笔字彻底绝迹，错别字如漫山花开，却无人过问。

鹿原也渐渐失去了耐心，而且这些手稿的摆放顺序是那么随意，并不考虑作品名、作者名、体裁、题材什么的，似乎被人拿来随手一放，就算找到了自己的定位。最里面的那个书架，侧面钉着的黄铜小牌锈迹斑斑，离脱落的日子不远了，上头刻着"绍兴四中"。岑老师曾说自己在中学教书，这就解释清楚了书架的来源。鉴于那狭窄逼仄的楼梯，当初为了把它们拆开来搬上来再组装好一定费了不少力气，搞不好是节俭质朴的岑老师亲力亲为。

粗略估计，这里有五六百份厚薄各异的手稿，鹿原想，说没有书的图书馆是抬举，说难听点根本是手稿的公墓。他倚在窗口抽完一支烟，还是想再碰碰运气，又在公墓里挖掘了半个钟头，终于掘出一件宝贝——那是一份文革时期民间大字报的手抄本，夹在一打激昂的爱国主义诗歌和一部九十年代出国旅行散记之间。鹿原粗粗翻了几页，瞬间有了中学生第一次在租书屋淘到小黄书的激悦，决定拿到床上去细品，这一看就忘了时间，直到今天一天的路途劳顿忽然压了过来，加之抄写者的字不敢恭维，他有时候得绞尽脑汁去猜这是什么字，更加费神。慢慢地，他失去了知觉。

当鹿原渐渐开始恢复意识的时候，首先闻到了空气里的烟味，接着阳光透过眼皮刺激着眼球。他不记得昨天抽了很多烟，难不成什么东西烧起来了？他猛地转身，看到窗口明亮刺眼，稍微适应了光线之后，才发现有个瘦小的老头就坐在窗边，左手攥着半支烟，收着下巴，嘴角朝下半努，一对小黑豆似的眼睛正藏在眼镜框架这个掩体后面，直盯着他。行军床以前不知道有过什么样的经历，当中那块区域的铁丝网下凹了很多，这导致鹿原第一次想蹦起来但没成功，第二次才从床上滚下来。他慌忙拽住掉在地上的被子，说您好您好，您是岑老先生吧……我是新来的，新来的，我叫陆……

"好。"

老头眉毛动了一下，然后低头继续看自己桌上的一份手稿。鹿原趁他不看自己的时机穿上裤子披上外套，一看枕头边的手表，竟然已经十点半了。他正要理床铺，却找不到昨晚看的那份大字报手抄本，他明明记得自己入睡前就拿在胸口。

"我收好了。"老头冷不丁说道。鹿原猛扭头，差点把自己脖子扭断了。但桌子后面的老头根本就没抬头，左手的香烟烧了挺长一段灰，也毫不在意。鹿原脸上一阵烧。他竭尽全力不发出大响动地把床铺和行军床整理好放回原位，又把自己那张小课桌搬回来，然后端正地坐在桌边，等着老头问他点什么。但对方唯一的动作就是扔掉快烧到手指的烟头，把稿子又翻了一页。鹿原不敢去刷牙洗脸，不敢买早点，甚至不敢上厕所，比第一天在学校里上课的小学生还乖，可惜"老师"压根不买账，当他是空气。

傻坐了半小时，鹿原恼了，从桌子里拿出昨晚放着的空白稿纸和笔，佯装在写东西，实则乱涂乱画，只为引起注意。笔尖在纸面上刷刷作响，老头只是拿起一个干净的白瓷杯喝了口水，继续翻页。鹿原浪费了一张纸，什么也没得到，这让他有了懊恼的勇气，明目张胆地观察这个对一切都无动于衷的老头。他的头发理得很短，好像推子就是贴着头皮行进的，在两耳上方吝啬地留下薄薄一层白雾。头顶似乎是秃的，被窗外太阳一照，倒映着巨大的光斑，加上没有胡子又下巴浑圆，使他的脑袋看上去像一粒严肃的鱼皮花生，而脑门上的皱纹只是某个顽童对这粒零食的恶作剧涂鸦。这种带着恶意的想象并不能给鹿原带来生理上的释放，起码他的膀胱水位降不下来。他只能强忍着，一边呼吸着老头的二手烟。一整个上午都没人来打搅两人的哑剧。直到十二点差几分的时候，老头起身把稿子放回书架上，走回桌边一口喝干杯子里的水，说了第三句话："我吃中饭去了。"然后背着手，慢慢踱下楼梯。

老人前脚刚拐出巷子口，鹿原就捂着裆朝巷子深处飞奔而去。

鹿原从小就不善于和老先生们打交道。爷爷走的时候，他还没到记事的年龄；外公重男轻女思想严重，从小不待见他妈，还一直延续到第三代身上，疼孙子不疼外孙。小学时隔壁住了个大爷，对鹿原倒是不错，可好景不长，老人家得了某种病,神志越来越不清,有天屙完屎裤子没穿就跑街上散步去了(小鹿原就是现场目击者之一),最后只能在疗养院了却余生。念初中时那个返聘的教他们班外语的老头外号法西斯,人人憎恶;到了高中,那个临近退休的物理特级教师好几次在课堂上把鹿原写的小说扔出窗外,指着他鼻子说他"不知羞耻"。刚从家里跑出来走江湖时,他也遇到过几个头发花白的老作家,碰巧对方都很健谈,能给你滔滔不绝地聊这聊那,鹿原只要顺着他们的思路做听众、偶尔接几句话就好。遇到岑老先生这种,他就彻底熄火了,没有主动攀谈的勇气。

之后那些日子里,鹿原每天都很早起来,收拾床铺,刷牙洗脸买早点,取下用绳子晾在书架之前的洗好的内衣内裤,给热水瓶灌满热水,倒空当作烟灰缸的杯子,然后坐在桌子后面开始写他的小说。

老先生会在八点半准时抵达,招呼一声"好",便自己倒水,取稿,戴老花镜,摆香烟,摘滤嘴,吞云吐雾,吭烟末子。无论上午喝了多少水,他从不上厕所。他也不问鹿原昨天下午有没有什么人来,不问鹿原每天埋头在写点什么。到了中午十二点差十分,他再说一句"我吃饭去了",就走了,这一整天不再出现。老先生喜欢穿布鞋,走路时来去无声,肩膀沉稳,表情高深莫测,宛如飘荡在手稿公墓的幽灵。

鹿原和这个幽灵相处了几日,慢慢倒也学会了享受这种清静。唯独马路斜对面的小音像店和他过不去,每天上午十点准时开启大喇叭，轮着放周杰伦蔡依林 S.H.E. 王心凌，一直放到家庭妇女们买菜回家了，才识相地关掉。除了周杰伦，台湾明星的每句歌词都能清晰地传到鹿原耳朵里，时不时叫他分心。岑老倒毫不介意，看稿如老僧入定。鹿原想可能因为年纪大耳朵不好使。他的味觉似乎也有问题。岑老在的时候，鹿原自己就不抽烟，那个脏杯子归老先生一人使用。至少有两次，鹿原亲眼看到老头因为用心看稿，把烟灰掸进了脏杯子边上的干净茶杯，过会儿拿起这个杯子"咕嘟咕嘟"喝了两口水，完了再习惯性地抹把嘴角，一点也没察觉出异样。

3

在"图书馆"待了一星期,鹿原已经不指望有读者上门。每天他在这栋楼里见得最多的人,除了岑老,就是楼下公共厨房里的家庭主妇。她们似乎习惯了老邻居的老房子里有个小年轻进进出出,也认定鹿原不会在这里待太久,每次都是默默目送他上楼下楼。到了中午和晚上,厨房里人间烟火的香味汇集起来,向饥肠辘辘的鹿原发起进攻,直将他轰得放下纸币,逃出房间,逃到附近的兰州拉面馆或者汤包馆。

如果不是那天上午有人登门拜访,鹿原真会觉得全世界只有炒刀削面和灌汤包才会和他讲话。这个客人看上去比岑老只年轻几岁,但那种昂扬的精神气甩开岑老八条马路。他一进门就用洪亮的嗓音和馆主打招呼,走路时木地板发出一连串呻吟。岑老起身相迎,招呼他坐下。鹿原这才反应过来,连忙将自己的座子让出来,心里想,这下总算能听到岑老说话超过三句了。站起来后鹿原才发现来客有多高大魁梧,高出他有半个头。岑老介绍说这是闻老师,新闻的闻,这个是小陆,新来帮忙的。闻老师一握住鹿原的手,鹿原就知道自己掰手腕是掰不过对方的。

"幸会幸会,我就坐一会儿,马上走。不用不用,不用倒茶!"闻老师面色红润,下巴宽阔,戴了顶深蓝格纹贝雷帽,和他的高级公文包颜色相近。他从包里拿出厚厚一本书,向岑老先生双手奉上。

那一刻,鹿原终于找到了最传神但又不太合适的比喻句来描述岑老的神态,那就是抗战影视剧里那种级别很高、资历极深的日本司令官老头,喜怒不形于色,杀人于地图之上,现在他正从某个下属将军手中接过作战计划。

"出了啊。"岑老摩擦着封面,感受好质地,瞥了眼扉页赠言,捏捏纸张,再看看封底,问,印了多少?闻老师正在包里摸索东西,伸出手来比划了一个"二",又把手探回去,终于摸出一支笔来,问了鹿原的名字写法,在另一本书上写了几个字,递给小青年,"小伙子,初次见面,送本书给你,当作纪念!"

书很沉,是之前没怎么听说过的出版社,但用的纸张不错,肯定花了闻老师不少钱。之所以敢肯定是自费出版,因为鹿原来的第一天晚上就翻到过闻老师的这部自传小说,看了三四页就放到一边了。现在他必须装作第一次看这部作品,从第一页开始,慢慢往后翻,脑子里的思绪却已经飞到了爪哇国。闻老师不知真相,还在那里跟岑老夸耀儿子这次出钱出力,自己甚为欣慰。看着他脸上的喜悦之情,鹿原想,闻老师年轻时在医院里第一次抱着自己的儿子,大概也就是这样的吧?他不禁羡慕闻老师的儿子,有这样一个喜欢写作、热爱文学的父亲,是多么幸运的事情!自己的父亲哪怕有闻老师一半的热情,他前二十年的人生能节省下更多的精力去写作,而不是抗争。

闻老师拍拍沉甸甸的公文包,说自己还有几个老朋友要去拜访。岑老会意,走到第二和第三排书架之间,很快拿着一份稿子出来了,交给闻老师。两个老人再度握手,岑老说恭喜,恭喜,脸上却没有喜悦之情。闻老师应是习惯了他这风格,笑呵呵地又和鹿原告了别,转身消失在门口。鹿原听着那噔噔噔的脚步,生怕楼梯架不住力道忽然断了,或者闻老师太高兴没看清脚下,一步摔到一楼。岑老回到位子上,从书桌夹板里拿出一个硬面小本子,翻到某页,用一支蓝色水笔在上面划着线。

"这里的规矩,稿子进来要登记,稿子出去要划掉。"岑老说话时还是不看鹿原,"闻老师怪不容易的,解放前是个学徒工,没怎么念过书,五十年代上扫盲班,学文化学得断断续续。十几年前他忽然讲,想要写本关于自己的书,被人家嘲笑,为这件事一把年纪了还跟人动手……还有很多人背地里都看不起他,觉得他写书是不可能的事,结果为了这本书,闻老师差不多翻烂了一整本的《新华字典》。"

"哦,真是不容易……"鹿原重又找到了跟随老人进行对话的熟悉感。谁料岑老话锋一转:"这书你要是嫌沉,哪天走的时候可以直接扔掉。"鹿原心中一阵惶恐,不知道自己刚才的表演哪里出了破绽。岑老把本子放回去,从桌子上拿起一支烟,叼在嘴里:"你刚来那天看过他的书了,绳子没扎好就放回去了,我后来重新扎了一下。"

接下去就没有对话了,这是鹿原多年来和老年人打交道练就的最擅长的谈话技巧——闭上自己的嘴。他寻思了一下,把书小心地塞进了自己书桌的夹板之间。屋子里只剩下从窗外飘进来的蔡依林的歌声,"那群白鸽背对着夕阳,那画面太美我不敢看"。

"他是印得有点多了,"老先生忽然冒出这么一句,眼睛却盯着天花板,指尖攥着的香烟积了很长一段烟灰,"现如今已经没有那么多老朋友了,也没那么多仇人了。"

第二天一大早,鹿原照旧在图书馆附近的早点店买大饼和豆浆,路过烟杂店时想起自己已经五天没联系堂妹了,就打了个公用电话。鹿原一直不用手机,就是生怕堂妹会把他的号码告诉家里人,那他就永无宁日了。但他保证每隔一段时间打个电话给堂妹,基本就两个目的,一来间接给家里报平安,二来打听投稿的反馈。

鹿原两年前不顾家里反对跑出来闯荡江湖，四处流窜，很少待在一个地方超过三个月，他投出去的稿子，作者地址和手机都写堂妹的。但堂妹收到的总是退稿信居多，极少是告知遥遥无期的"稿件留用"，还有更多的投稿石沉大海。每当在电话里听到这些没有消息的坏消息，鹿原总是安慰她，比如这次就说自己又在写新的作品，过段时间打算参加北京的一个比赛啦，有个朋友给了他南京和长沙几家杂志的编辑邮箱啦，他到时候会把手稿复印件寄给她，请她打成电子版发给那几个编辑。堂妹总是一口应允，然后问他最近怎么样，钱还够么之类的问题。鹿原说够，够，你别担心，我们领导对我还不错，你最近写什么新小说了吗？也是，你们专业事情太多，嗯，下次请你来我这边玩。

这对堂兄妹之间其实已经达成了默契，堂妹问钱的事情，鹿原说够，那就是真的够。鹿原若说还好，我可以找朋友想办法，那就是不够。不出几天，他的银行卡上就会收到堂妹的汇款，不多，两三百块。鹿原的堂妹在学校里不接写剧本的活儿，平时没有外快，这已经是她竭尽所能在帮他。

挂了电话，鹿原没了吃早点的胃口，也不想回到那逼仄的图书馆，就花三块钱买了包不知真假的牡丹烟，边抽边四处瞎转。之前堂妹在电话里告诉鹿原说，他妈前两天出去买菜时摔了一跤，左小腿轻度骨折，要卧床静养三个月。堂妹让他最好往家里打个电话,"让婶婶听听你声音也好啊"。鹿原的回答是长久沉默后的一个"哦",堂妹知道这就是婉拒。两年前,鹿原表示自己不想再考大学,要行走天涯,靠写作为生,他妈抢在他爸前面发言,说你敢这样我就打断你的腿。谁料现在倒反过来了,当妈的伤了腿,当儿子的呢,梦想只实现了一小半。

走着走着他到了大通学堂这里。以一个旅游景点来说,大通学堂的外观简洁得近乎残忍——很长一道鸭蛋青色的外墙,墙头铺着黑瓦,墙上却既没花窗也没宣传画,就一扇圆拱小门,门右边挂着门牌号和全国重点文物保护单位的黑牌,门上方一块大石匾刻着"大通师范学堂"六个字,仅此而已。但这地方暗藏杀机,门内售票处的简介上写,当年光复会徐锡麟他们在这里培养军事干部,是个搞暴动的据点。可惜后来起义失败,清兵包围了这里,女侠秋瑾就是在这里被捕的。如今这里也是爱国主义教育基地,门票倒是很便宜,只要五元。鹿原是需要散心,但五块钱够他吃一顿晚饭,还是算了。他就蹲坐在正对马路的石阶上,慢慢抽完他的烟。

在鹿原的老家,也有几个爱国主义基地,不是故居就是陵园,全市的中小学生们定期要来接受教育,跟着讲解员波澜不惊的声调走马观花,老师一不在就打闹嬉笑,回去之后写篇感人至深的观后感交上去,就算完了。鹿原从那时起就展露了他的天赋,每每都把观后感写成了历史小说,角色们的行事对白却没有历史依据。老师当然不愿看到爱国先烈们莫名其妙地诈尸，给的分数极低。其他作文他也犯这毛病，被语文老师无数次抨击，他却不为所动。这造就了一个语文考试总是不及格的鹿原，也造就了后来在全国青少年写作大赛上一举成名的鹿原。他投稿的初赛作品成了中学生读者心中新的经典，以至于两年后的今天，他的名字依旧和那部短篇小说的名字牢牢捆绑在一起，捆得实在太紧了，他用尽全力也挣脱不开，好像他这辈子就只写了这么一部小说似的。有时候鹿原想，要是当年自己的作品未被大赛评委垂青，他现在的生活会是另外一番景象吧。他不会有名声之累，不会有处女作的阴影悬于头顶，不会有雄心壮志打算倚靠写作为生，不会认识那么多圈子里的英雄好汉狐朋狗友。他会老实待在家里，安心参加第二次高考，进个二流大学，平时叼着烟喝着啤酒，给文学社写点东西，用诗歌勾搭小女生，在论坛上吵吵架，毕业之前烧掉全部手稿，穿着西装拿着简历在招聘会之间东奔西跑。

但他终究是写出《复读班》的陆篆，他烧掉了复读教材，背起行囊，从广大学生读者的视野里悄然消失。他拒绝了书商帮他出书的邀约，起用了向《白鹿原》致敬的新笔名，希望最多过十年，自己的成就能配得上它。目前看来，这个希望委实渺茫。名为流浪，实为逃亡，但看样子还是逃不脱当初的画地为牢。他离开家人，离开那一点点名望，漂泊两年没有饿死街头，靠的还是父亲和堂妹偶尔的汇款，以及若干朋友、忠实读者出于对《复读班》作者的久仰大名所给予的鼎力相助。他们越帮助他,他越发狂似的写作,写新的小说,一篇接一篇,投稿,失败,投稿,失败,再投,再失败……他经常写到凌晨一两点钟才去睡,却不累,人魔怔了总是有无穷的力量。但再魔怔,也抵抗不住空虚和压抑的忽然袭击,尤其是每每写到晚上九十点钟,他就会感到肺部压满了自我怀疑自我否定的空气,这时他就会跑到窗口或者户外,伸直脖子对着夜空学狼嚎,"啊呜,啊呜,啊呜啊呜"喊上几声,胸中的积郁嚎出去了,舒畅痛快了,便在邻居开窗叫骂之前撤回去,喝口水,继续拿起笔,野狼在稿纸的格子之间飞奔。

牡丹烟一直烧到了过滤嘴,鹿原才把它掐灭在地上。大门里的工作人员已经盯了他很久,直到目送着他起身离开,方才松了口气,走到台阶下,一脚把烟蒂踢到马路沿下面。

快走到五脂巷时,鹿原才开始想等会儿怎么跟岑老解释自己一大早的缺勤,转念一想,老先生估计也不在意这种事情。一进楼门,发现情况不对,公共厨房里弥漫着鱼腥味,一个邻居家的老太站在底楼楼梯口,边用围裙擦手,边聚精会神地关注着二楼传来的动静。见鹿原回来,她往楼上一指,转身继续去收拾刚买回来的那条河鲫鱼,但耳朵依旧竖着。

和岑老先生对质的女人声音很大,在拥挤的公交车上,在嘈杂的菜市场里,在邮局付水电煤费的长长队伍里,中年妇女们一有争吵,就能听到这样的音调。鹿原急急匆匆上了楼,耳朵里的内容也越来越清晰。他走进门,刚好赶上女人来了一句"龊老头",江南口音再浓重也抵挡不住杀气。

但龊老头不为言语攻击所动,安稳地坐在自己书桌后面,还是左手捏着烟,从鼻孔里往外冒白龙,脸色不咸也不淡,盯着自己桌子的一角。他的对手背对着鹿原,穿一件时髦的杂色针织外套,过膝裙下一双粗壮的小腿用肉色丝袜牢牢箍住,黑色皮鞋的跟高高的,让人为她的平衡能力感到忧心。但最具标志性的莫过于那头长发,鹿原一直不明白,为什么那么多老阿姨喜欢把自己的头发烫成浸过颜料的方便面的样子,油光闪烁到令人望而生畏。

听到脚步声,女人一回头,鹿原更加坚定了自己的想法,那就是无论自己今后多么强壮,多么得势,他永远都不想在公交车、菜市场和拳击台上面对这样一个气势汹汹的对手。女人不理会新来的小年轻,用力拍了两下桌子,拍得几支香烟四处乱滚:"反正你今天不把东西拿给我,休想走得掉!"

岑老先生掸掉一段烟灰,讲,规矩摆在这里,谁送来的书稿,谁自己拿回去,书稿是你公公给我的,要拿也是他来拿,你想拿,先跑去问他答不答应。

女人闻言差点就要把桌子掀翻了:"好你个龊老头,小娘生,咒我死是吧?好,你不给?我自己拿!"说完转身就往书架那里走,鹿原正好挡在她行进的路上,女人用鳄鱼皮手包做盾牌,狠狠将他一推。年轻人连退两步,背靠到了门框上。自从为了考大学的事和母亲推搡过一次之后,鹿原早失去了和中年妇女角力的激情和胆略。他能感到肾上腺仿佛在分泌用来蛰敌人的毒液,四肢却动弹不得。

岑老的战斗情怀还在,从桌子后面窜出来追那个女人,无奈腿脚有点慢,后者已经开始粗鲁地在书架上翻找,无辜的稿子被直接扔到地上,高跟鞋无情地踩了上去。幸而老先生赶到了,一只手抓住她的胳膊,另一只手拽住手包,要把她往外拉。

"打女人啦!"她似乎早就想好怎么对付老头的反抗,立刻喊了一嗓子,马路对面的音像店老板大概都能听到。就在她打算喊第二声的时候,岑老先生的身子忽地一颤,整个人瘫了下去,脑袋正好倒在一只高跟鞋边上。

4

　　四月一日愚人节那天，三酒从泰国回来，晚上要请鹿原吃饭，地方定在府山边上的绍兴饭店。为了表示尊重，他前一天去公共澡堂洗了个澡，放在平时，他一礼拜才洗一次。因为迷路，他多花了二十分钟才走到环山路北面。夜色已经变得浓重，但饭店门口停车场里奔驰宝马奥迪的崭新车标像被众神眷注过，纷纷有了光，指引着他没有走错自己的路。饭店里古色古香的江南园林布局和无处不在的黑瓦白墙差点让他再度迷失，幸而三酒想得周到，早就在锦鲤池这边候着他。

　　鹿原的这位忠实读者只比他大一岁，但举止神态已经有了成熟商务人士的影子。无论是握手，带路，落座，招呼服务员，点菜，要烟灰缸，举手投足间都透着同龄人少见的老练和大方。鹿原深信这种老练是从小跟着父母光顾各种高档餐厅饭店耳濡目染的，这种自信是靠着家里好几个零的存款撑腰锻炼出来的，最后被生意往来的经历给打磨得光滑温润。

他们两个人会认识是一年前在上海，一个圈内朋友组了个聚会，二十来号人，他和堂妹都去了，先吃饭，后唱歌，开了两个包，说好大家AA。三酒是跟着谁直接来KTV的，当时大部分男孩子都挤在堂妹所在的包间，为了博她欢心明争暗斗，只有三酒是从头到尾围着鹿原顶礼膜拜，说你的《复读班》写太好了，我自己在本子上抄了一遍你知道吗？我也是复读班出来的，后来没考大学，直接帮家里做生意了，你要不嫌我是暴发户，咱们交个朋友！以后有事尽管找我！鹿原本以为又遇到个喜欢吹牛皮的家伙，当时这个年轻人组成的写作圈子里多得是这种人，几乎快溢出来了。但临结束时三酒把两个包厢的单都给买了，算是表达了对偶像的诚意。再后来三酒每次到上海办事，总不忘给堂妹送点东西，请她吃饭、喝茶，弄得其他那些暗恋者和追求者牙恨恨的。但堂妹在电话里说，"他基本都是在夸你，还说你是百年一遇，倒不怎么关心我的事"。

三酒给他从泰国带回来一支蛇皮外壳的钢笔，一个铜制小酒壶。另有鳄鱼皮的小包和一点燕窝，说到时候去上海带给他堂妹。鹿原被这番盛情弄得浑身不自在，说你帮了我这么大的忙，怎么还好意思收你的东西。三酒说这有什么，都是小东西，在当地很便宜的，来来来，喝酒。三酒从家里带了十五年的太雕王,付了不菲的开瓶费。两人举杯相碰,鹿原喝了一小口,三酒灌了一大口,然后问他在岑老那边还习惯么。鹿原拿着杯子叹了一声气,说别提了,前几天有个女的杀上门来要回什么书稿,差点动了手。

"后来呢?"

后来岑老先生突然倒在了地上,脸色发乌,喉咙里发出可怕的咕嘟声。那女人一开始不信,说你个耸泡蛋不要装死,死也没用。但岑老有只手抽搐得厉害,另一只手去抓她的脚,说你,你,不要,跑,等……女人的高跟鞋往后一躲,嘴上说你不要跟我来这套,攥着稿子的手却松了,鳄鱼皮包挡在胸口。这时老头开始剧烈的咳嗽,手指甲在地板上用力乱抓。鹿原已经傻了,不知道自己是该上去扶起老人,还是看住罪魁祸首不许出去。女人大概也看出他的意图,一手扶着书架,跨过岑老的身躯,说你个短棺材活该,报应!然后再度以包为盾撞开鹿原,高跟鞋几乎要把楼梯台阶踩碎。鹿原不懂怎么急救,正慌得要揪头发,岑老停止了抽搐和呻吟,脸部肌肉也不再扭曲,冷面对鹿原道:"窗口看看。"鹿原没缓过神,岑老又重复了一遍命令,他才恍然大悟,冲到窗户边上,两下瞭望,看到女人那气鼓鼓的两爿屁股越扭越远,便说,走了走了。岑老:"扶我起来——桌上的烟没掉地上吧?"

三酒听完哈哈大笑,说老头子年轻时在大学参加过剧社,演过很多戏,对了,那女的是不是虎背熊腰,头发很卷很卷?

鹿原猛点头，说这女的很有名？三酒说我家老头子认识几个本地文化圈的人，听他说起过，好像是哪个蛮有名气的书法大家，一幅字值蛮多钱的，老人家生前就跟这催命的儿媳各种吵，人走掉之后几个子女为了那点字画、存款和房子，哦哟，闹了不晓得多久了，这个儿媳闹得最凶。老书法家显然有什么回忆录之类的文章在岑老这里，至于儿媳来要，是里面写了她不好的事情，还是单纯想拿回去出版卖钱，就不得而知了。

菜陆续上来，是按着四个人标准点的，油炸臭豆腐，白切鹅，马兰头，醉蟹，梅菜扣肉，牛柳，三鲜芋饺，雪菜黑鱼，宁波烤菜，豆苗，把桌子摆得满满当当。就着酒菜，话题终于说到了鹿原最近在写什么上面，这是鹿原最不愿谈的，仅次于聊他的成名作，因为他两年来一无所成。他只回答说自己不写青春题材了，想走严肃文学路子，以自己的家族为背景，写上几代人的故事。三酒不明白这种选择背后的技术上的艰辛，只是感慨如今青春题材很火，能赚很多钱，和他差不多时候一起出名的那谁谁谁、谁谁谁和谁谁谁，现在不得了，从小学生到大学生都在买他们的书，就连比鹿原逊色不知道多少倍的作者都在大发横财。鹿原跟这些人比跟三酒更熟，也懒得理会见仁见智的排名次，此刻只好"哦"一声，说，人各有志，人各有命。好在鱼丸汤上来了，喝了几口汤之后，话题及时被鹿原转移到了岑老先生的来历上。

三酒自己家在柯桥，但初中有几年是住在市区爷爷家，隔壁就是岑老先生。两个老头关系好,三酒也就管他叫爷爷。但岑老不像其他老头那样喜欢小孩,据说对自己的亲孙子也很一般。三酒长大以后才知道原因,六十年代岑老属于倒霉的那批知识分子,从小天资聪明的大儿子和他断绝关系,后来插队去了西南,就留在了那里,到现在也没恢复联系。现在在中学教书的是二儿子,小时候比较笨拙,岑老从不宠他。老先生以前是哪个教会大学毕业,从父命学工商科,但他本人更喜欢文学,解放后在北京哪个出版社做事。因为留洋过两年,文革时吃了很大苦头,浩劫结束后他恢复了原职,老伴却去世了。到七十年代末,科幻小说开始冒出来,每家刊物都给发,老先生当时专门弄这个,认识很多这方面的作家。本以为可以好好做点事,谁想到盛极而衰,八十年代初科幻小说不让搞了,一下子手里的稿子堆积如山,发么发不掉,退稿吧,有些作家自己留着底稿的,不需要退回来,扔掉或者销毁又太可惜。岑老就把能留的稿子都留下了,想着也许哪天气候回暖又让发了呢?结果等到退休了也没回暖,老先生只好把它们都带回了老家。

鹿原说可我在图书馆里没看到几篇科幻啊。三酒说那大概是因为后来其他手稿多了吧。九十年代文学不吃香啦,发不掉的文章越来越多。岑老回了老家也不闲着,给报纸写点豆腐干,组点聚会,再加上本身在北京那么多年,全国各地都有点老关系,有些事情能帮上忙,所以在当地文化圈里结交了不少朋友。图书馆里那些馆藏,大部分就是这帮老朋友老哥们的东西,还有老哥们的哥们、老朋友的朋友的东西。所以在上了年纪的本地文化圈里,这个作者比读者多得多的小图书馆其实名声在外,甚至远播苏、沪、皖等地。不少老人家临终前让子女把毕生所写但没发表过的稿子寄来的,三酒的爷爷就是这样——他文章太少,无法集结成册自费出版。

听他这么一说,鹿原想到了红光满面、戴着贝雷帽的闻老师,还有岑老的感慨,没有那么多老朋友,也没有那么多仇人了。他小时候也爱看《科幻天地》《幻想王国》这些杂志,相比之下,岑老先生最早的馆藏闷了二十年,如今早已跟不上时代。也许它们得永远闷在这里,即便岑老有一天故去,它们也会阴魂不散。而只有提笔写字之人,才能隐约感觉到那些空气中的幽灵。

第二天早上鹿原强忍着头疼爬起来,走下楼梯时几乎想手脚并用来维持平衡。昨晚喝了两瓶太雕王之后,他们又喝了点啤酒。三酒之所以叫三酒,就是因为每天要喝三种酒才能睡得着。鹿原喝完第一瓶啤酒就有点不行了,三酒打车把他送回了五脂巷。他的神志不清导致饭局留下两个遗憾:一是一桌剩菜没打包,二是没能问问,他现在这八百元的图书馆工资里到底有多少是三酒出的。

知道了岑老家中的变故之后,今天再看到这个经历坎坷的老头，鹿原反倒不敢长时间盯着他的一举一动了。他莫名有种负罪感，好像自己就是他那个断绝关系的大儿子，走出家门不再回来，杳无音讯，冷酷无情。哪怕老人看上去已经练就了在铁板面孔和虚弱摔倒之间自如切换，罪人终究知道自己的罪孽何在。

老先生大概是嫌鹿原昨晚睡觉呼出的酒气太重，把窗户开大了点通通风。那扇窗似乎比岑老还老，框子变了形，不能完全合上。好几次被音像店吵到，鹿原都按捺住暴力关窗的念头，生怕用力太猛，搞得整堵墙都裂开。

本以为这是个一如往常的平静日子，却在十一点钟时来了位访客，是个长着马脸的中年男人，颧骨消瘦，眼袋很深，两手空空。他客气地敲敲门板，轻声问，这里有位岑老师吗？语气中却没有慕名而来的那种崇敬，只是单纯的和善。岑老缓缓抬起头说我就是，你是哪位？男子走到岑老面前，鹿原没给他让座，对方也没要坐的意思，从内兜里掏出一个证件，递给岑老。老先生拿过来一看，眼皮像被烟头烫了下，问，你有什么事？男子拿回证件，两人一给一递动作很快，鹿原没看清到底是什么证。

"哦，也没什么，主要就是来了解一下看看您这边的情况，这里的稿子，都是没发表出版过的？"岑老点点头。"不限制谁写的？""主要是些老朋友，文化人。""能借走带回去看？"岑老摇摇头："不带出门，只能在这里看。""那，谁都能进来看?"岑老犹豫了下,点点头:"不过平时没什么人。"鹿原在旁边想,我可以作证。但中年男人真的朝他看过来时,他却畏缩了。男人的表情很随和,但总感觉那种随和是漫不经心的,缺了一点温度。岑老介绍说,这是他一个老朋友的外孙,在这里帮忙。男子笑笑,问那我可以随便看看吗?岑老没说话,男子便走到书架边上。一老一少都留在椅子上,却表情迥异。鹿原皱着眉毛,好奇地盯着。岑老面无表情,身子前倾,长时间里除了胸膛起伏和眼珠子跟着男人的手臂动作,其他部位一动不动。

中年男人翻看稿子时动作小心轻柔,仿佛身处真正的图书馆或者书店。他在第一排书架这里翻了十来份稿子,又往第二排书架走去。岑老师拿起桌角的烟,点着抽了两口觉得味道不对,拿下来一看发现滤嘴忘了摘。

男人很有耐心,在第二排书架这里看了足足大半个小时,这才去往最后一排。鹿原感到了无聊,埋头继续写自己的小说。而岑老师摸出了今天上午抽的第八支烟。直到十二点过了一刻钟,远远超过了老人的饭点,男人才从书架后面走出来,对岑老师说,您这里文章真多,挺好的,弄这么一个地方,很有特色。岑老嗯了一声,等着后话。但对方只是说今天打扰这么久,不好意思,您继续忙,我走了,再见。还朝鹿原点点头,转身出了门。

岑老的肩膀顿时松弛了下来,再度点了支烟,呆坐了会儿,自言自语道:"一定是那个女人。"

鹿原没敢问男人是何方神圣,但岑老说的女人他知道指谁。老先生将近八十岁的年龄是最好的防御武器,但不是万能的,他自己最清楚这点,所以很快行动起来,把烟头扔进脏杯子里,起身走进了手稿的丛林。鹿原跟着紧张起来,问要我帮忙么?岑老没有立刻回答,过了一会儿他抱着几摞稿子从两排书架间探出半个身子,老花眼镜滑到鼻尖,盯着年轻人,叹口气说,你先去吃饭吧,把门带上。

年轻的小说家伤了心,甚至有点懊恼,刚才通过危机感好不容易建立起来的细微的同情被揉得粉碎。他点点头,走到门口,抓着把手,望了眼楼下。告辞的马脸男人并没有像他妄想的那样站在下面候着。在关上屋门的一刻,鹿原听到了老人的喃喃自语:"说没就没,说没就没……"

接下来的几天,岑老打乱了平时所有的习惯。他时常一大早七点就来,让床上的鹿原猝不及防,重演第一天早上的悲剧。他有时一连抽五六支香烟,有时候一个上午只抽四根。回家吃午饭的时间也变得紊乱,好几次,他下午还会回到图书馆待上两个小时,害得鹿原不能自在地抽烟。岑老看稿子时也是心不在焉。图书馆少有人来,屋外的一点点动静足以让老先生紧张不已。比如楼下公共厨房里阿姨们走进走出,外面马路上救护车开过,隔壁邻居上下楼梯,甚至明明什么响动也没有,老头都会忽然抬头,盯着门口,过几秒钟再慢慢低下去。显然他的耳朵没有那么不好使。

鹿原也被这种风声鹤唳的气氛感染到了,岑老看稿时猛地一抬头,他也跟着抬头,岑老盯着门口,他盯着岑老,岑老低下头,他再看看门口,方才低头。过了一会儿岑老又猛抬头,他再跟着做一遍。若长此以往,颈椎都要坏了。这一老一少仿佛卷入了一场间谍游戏,谁都不能轻易脱身。岑老显然已经取走了一批稿子,内容是什么,作者是谁,是死是活,稿子现在在哪里,只有老先生自己知道。可鹿原每次下楼去吃饭、上厕所,也变得疑神疑鬼,想那个黑眼袋的马脸男人会不会就在路上或者巷子口等着截住他问话呢?用老话说,他属于城市户口的"盲流",是这个图书馆的另一个不安定因素。即便只过了一天,他已经无法在脑海里重构那个男人的长相了,只记得眼袋不记得眼神,只记得马脸不记得五官,对方穿什么衣,有多高,嗓音粗还是细,头发朝哪边梳,似乎都不重要了。重要的只是他来过这里,仅此而已。

有一天楼梯上响起了陌生的脚步声,在两人犹疑的目光中,一个中年男人出现在门口,问岑老师在吗?屋子里居然很久没有人说话,鹿原看看岑老,第一次因为老人脸上的那种表情而心生怜悯,抢在岑老开口之前问对方有什么事。事实证明这是虚惊一场,来者是个送书稿的退休中学教师,他的唯一一部作品被出版社拒绝了二十多次,也没钱自费出书,经人指点得知了岑老师的图书馆，特来拜访。知道了来意，屋子里每张纸都松了口气。鹿原并不怀疑这人的身份，他表露出的小心翼翼和挫败感，分别是岑老和鹿原这几天的精神常态。他的随和也是真诚的，可能在他几十年教学生涯里都没跟学生板过脸、骂过人，上课遇到顽童只能无奈一笑，然后默不作声地转身去写板书。遇到出版社的退稿，他大概也只能无奈一笑，默不作声地转身离开。岑老先生那个同样当中学老师的儿子看上去可就比他精明市侩多了。

退休老师和岑老聊完，依依不舍地给了稿子，起身告辞。鹿原坐回到自己座位上，试探着跟岑老搭话："上次那个人……不会再来了吧？"岑老在记录本上写字的手停了一拍，讲，不一定，不一定，好好的东西，会说没就没的。鹿原说都过了快一个礼拜了。岑老写完最后一个字，非要让纸张"吃"一会儿墨水，才合上本子，这是他以前用毛笔写字养成的习惯。

"这就是厉害的地方，不来，就是来，天天来。"老先生把本子放回桌子，说我身体有点不大舒服，先回去了，等下不过来了，你下午的时候就一直把门关着吧。

"岑老师，我……"鹿原不自觉地站起来，似乎这样能增加一点勇气，"长沙有个朋友开了家文化公司，叫我去帮忙，我可能过两天就要走了，先跟您打个招呼……"

老先生摘下老花眼镜放进衣服口袋，说了句"好的"，就走了。从窗口看着老人走到马路上，鹿原关上屋门，坐在老头屁股焐热的椅子上，取出自己的牡丹香烟，捏住过滤嘴，也想把它摘下来，却无法像岑老那样轻易，他只能用上力气生拉硬拽，结果弄破了烟纸，烟丝撒满了桌子一角。他骂了句娘，把桌面扫干净，点燃了尾部很不完美的无过滤卷烟，也学着岑老先生的样子，左手攥着烟，背却往后靠，以墙作枕，觉得自己和图书馆主人一样苍老疲惫。

昨天下午岑老也不在，邮递员上门来交给鹿原一张邮政汇款单，名字是他真名，金额843元，备注写着"鹿曜稿费转"。鹿曜是堂妹的笔名，是鹿原以前亲自帮她取的。他晚上出去吃饭时到小卖部打了个电话过去问。堂妹说这是她在一个杂志上发小说的钱，直接让编辑汇给了鹿原，原本是850，扣税扣掉7元钱。鹿原嘴巴微张，咽下一句话，改口道，太多了，这钱太多了……堂妹说你备在身边吧，以防万一，反正我在这边不需要花什么钱。要是堂妹的学校不是身处上海市中心，鹿原大概会信这话。他问文章是发在什么杂志上的？堂妹说了一个他没什么印象的名字，但毫无疑问跟严肃的文学不搭边，还好他没说我去买来看，只是说恭喜啊恭喜。话一出口，他被自己吓到了，那种语气像极了岑老拿着闻老师新出的书的时候。

"我的稿子有消息吗？"

"没有……"

"哦，没事，没事。"

这次通话只持续了不到两分钟，堂妹最后告诉他有个湖南的朋友在找鹿原，好像跟欠债跑路的那家伙有关，还留了电话，让鹿原务必联系他。当天晚上，鹿原一直没睡好，倒不是因为有了债务人的踪迹和湖南那边请他过去共襄盛举的要约，而是堂妹那张淡绿色的邮政汇款单。他很久以前也收到过一两次汇款单，是他自己的稿费，金额远没达到能扣税的标准。现在连自己的小妹妹也成功了，踏出了第一步，而他两年来的唯一进展是原地踏步。如果不是要靠着堂妹的汇款生存，他肯定会告诫她，不要向商业和世俗投降，不要做别人都在做的，在消极的狂热和积极的狂热之间，只有前者能永世留存。但他那条真实的舌头被汇款单锋利的边缘给割断了，虚伪的舌头用沉默表示妥协。

鹿原枕着自己的胳膊，想数一下从离家到现在已经投过多少篇失败的稿子，这和数绵羊催眠很像，不同的是绵羊越数越迷糊，稿子越数越亢奋，失落的亢奋。有了一个大概数目之后，鹿原对着天花板长叹一声，忽然起身下床，拧亮岑老桌子上的台灯，从书包里取出一摞稿子来。他寄到杂志社的都是复印件，底稿都留在自己身边。在外漂泊月复一月，这种没有杂志愿意要的文章底稿越积越多，像黏在远洋轮船身上的藤壶，书包里很大一部分空间就是被它们所占。

鹿原坐在床沿上，一篇篇翻着这些作品，每个题目都和刚才心里的数数对上号。等他翻完，心里空落落的，这就是他两年人生的全部了。他宁可自己是作家中的莫扎特，用短暂的寿命换取凡人无法企及的成就。可他是作家中的鹿原,无名小卒鹿原,这两年的结晶更适合留在他身后的三排书架上。他转身看看它们仨,黑黝黝,冷冰冰,四四方方,默不作声。它们是他朝夕相处的室友,是他晾衣服的家具,也是他淫邪内乱的目击者——有那么一两个野猫格外亢奋的夜里,鹿原被吵得心烦意乱,即便对着月亮学狼嚎也不能排遣体内积压已久的躁动,可他手上又无任何资源,只好自己埋头提笔,写上个千八百字的黄色小说片段,在书架的注视下,对着字里行间的性爱描写自慰一次,才能安然入睡。这些临时写就的作品当然在完事后立刻被撕得粉碎,和草纸一起被他第二天早上扔进了巷子深处的公共垃圾箱。

它们三个已经见识过最见不得人的鹿原了。而鹿原忙于创作,没有精力去翻遍书架,找到他觉得最差劲的文章。这样看来,他理应输给它们一些东西。

年轻小说家把自己的稿子扔到枕头上,向这三个善于沉默的铁家伙发问:

"你们……谁要这个?"

5

老先生看上去对鹿原的一切事情都漠不关心，心里却不含糊，回家之后就把他要离开绍兴的消息告诉了儿子。岑老师这天过了晚饭时间赶来老屋，跟鹿原结了一个月的"工资"，问明了他坐火车离开的日期，再客套了几句便走了。不知道接替他岗位的会是什么样的人，他甚至怀疑父子俩还能不能找到新的图书馆帮手，因为岑老师刚才一直在嗟叹这年头靠得住的人手真难找。

三酒此时已经出差去了四川，无法替他送行。动身的前一天，鹿原在岑老师问人家借来的这张行军床上睡了最后一晚，天不亮就起来了。洗漱，如厕，整理，归置，努力把一切恢复成好像他从没来过一样，只有一样和以前不同，他的几份手稿现在正绝望地躺在某个书架上，用红绳子扎好，等着坠入岁月的深渊。

火车九点钟开，现在七点半，绍兴市区不大，车站离这里没多远，他有得是时间。他正犹豫是不是要再最后一次翻看那些文章，楼梯上响起了岑老特有的那种缓慢的脚步声。老人比平时早了一个多小时过来，似乎是为他送行，但鹿原觉得更大的可能是岑老师让父亲早点过来，好从他手里拿回屋门钥匙。老头一生经历过的告别肯定林林总总数不胜数，有对人的，有对文字的，有对时代的。而鹿原不过是个在他屋檐下寄居了一段时间的无名小辈，一个只比路人好一点的过客，凭什么有优待呢？

不出所料，岑老和他打了个招呼，说你都打理好了？那把钥匙给我吧。鹿原交过去，老头收进口袋，坐回自己的桌子前，发现装了烟蒂的脏杯子和以往一样已经被鹿原倒空了，却没掏出烟，问道："闻老师送你的那本书，还在吧？"

"在的。"

岑老点点头："我们做个交换吧，你把书留下，这个你带走。"说着从桌子里拿出一整条香烟来，是他常抽的那种金壳的白沙。鹿原没反应过来，愣着没动。老头说我每天早上一来就能闻到你前一晚抽的什么烟，那烟太差了，对身体不好，抽这个——把书给我吧。

鹿原打开书包，翻出闻老师的书交给他，拿起桌上的香烟，不知道说什么，只有向老头微微鞠了一躬。

对方像厌倦了刚才的温情时刻，或者，他根本就不认为这个举动含有温情，对鹿原摆摆手，说，你走吧，走吧。

鹿原背起包，一手拿着旅行袋，一手还拿着那条烟，走下楼梯，已经熟练到不需要扶着把手来维持平衡。走到巷子口，他回头望了一眼屋子的二楼，岑老并没有站在窗后面看下来，倒是窗户本身给完全地关上了，让鹿原以为产生了幻觉，昨晚睡前他还试过最后一次想合上缝隙，结果当然又失败了。

也许只有岑老才能做到吧。鹿原摇摇头，转身往东走去。路过那家音像店时，卷帘门还拉着，没能瞥见老板最后一面。鹿原现在一点也不讨厌他了，倒是想起来有一次这个老板不知道吃错了什么药，不放蔡依林周杰伦，而是放了一整天的许美静的《城里的月光》，鹿原都快背出歌词了。大概那天老板经历了什么感情上的波动吧，也算是个有趣的人。

直到坐上开往绍兴站的公交汽车，一切都很平静，他臆想中那个不知何时会突然冒出来的黑眼袋马脸男人终究没有出现在视野里，他们俩大概永远都不会再相遇了。下了公交，八点钟的火车站已经展露出嘈杂的生机，卖早点的，卖水果的，黑车司机，大包小包下火车的，席地而坐等火车的，脚步匆匆赶火车的，和五脂巷截然两个世界，但哪个世界都不太真实。

有些事情就是自己吓自己，他心想，然后感到肚子饿了。过了安检口，走进候车大厅，谁也不会注意到他，谁也不在乎他。没有岑老,没有马脸男人,没有弥漫在空气里的烟味,没有故纸堆发霉的气息,倒是有股浓烈的方便面的香味。鹿原仿佛从一个持续了好多天的迷梦里醒来,梦里有光,也有飓风。

两个月后,鹿原奔赴西安谈事情,长沙的合伙人借给他一部很旧的摩托罗拉手机。晚上在招待所休息时,堂妹打电话过来,问他是不是上次那张843元的汇款单后来没去邮局领钱?杂志社编辑找过她,说单子过了取款期被退回来了。鹿原摸摸下巴,讲,是没去领,我想这钱还是你留着用吧,我这不是挺过来了吗?堂妹知道他的脾气,没再坚持,说还有件事,我前几天收到你一个退稿信,《炉边》杂志的。

他有些迷惑,说我好像没投过这家杂志啊,什么文章?堂妹说是《孑孓》,而且投的是手写稿,编辑说你要是想拿回底稿,可以帮你寄个收信人付费的挂号信——我记得这篇文章你很早以前投过好几次了,不是说不准备再投稿了吗?反正我请他们寄回来了,稿子作者是写着你的笔名,但上面有很多蓝笔修改的痕迹,我问了编辑,他们说是寄来时就有的,不是他们修改的。

鹿原忽然明白了,讲,我知道了,先放你这里,我先挂了,有事回头说。

他跳下床,从包里翻出通讯本,找到三酒的手机号码,打了过去。自从离开绍兴,他还没跟对方联络过,也不知道是不是在国内。幸而,电话通了,三酒"喂"了一声,得知是偶像作家打来的,分外激动:"哟你买手机啦!我以前说送你一台你不要……嗯?岑老先生?唉,一直没机会告诉你,他前段时间人走掉啦!"

"啊?!"

三酒说你是不知道,你走后之后,那个书法家的儿媳妇又去找过岑老两次,有一次直接冲到他家里闹,被岑家父子轰了出去,谁能想到隔了几天她带着一伙人去冲图书馆,又是砸又是摔,弄得来一塌糊涂,什么书架推倒咯,桌子掀翻掉,柜子砸坏掉,那个稿子啊漫天飞舞啊,这帮人连玻璃窗都给砸碎了,穷凶极恶啊!吓得邻居赶快报警……老先生?哦老先生当时倒是没伤着,就是受了惊吓,病倒了。你说也挺奇怪吧,本来身子骨这么硬朗一人,看上去能活到九十的样子,被这么一吓,身体居然越来越差,一直就没下床,半个月前忽然就那么走了。打官司?当然打!公安局已经立案了,肯定不能放过那帮王八蛋,最好判他个几十年,妈的,不过最新的消息我还不太清楚,我现在人在北京,太忙了,岑老的追悼会都没去成。

鹿原在电话这头缓了很久。三酒说喂喂你在听吗?鹿原说在,在,那那些稿子怎么办?三酒说都叫小岑老师装在箱子里啦,书架也拆掉卖废铁了,现在那个屋子一直空关着,据说处理完这个案子就要租出去,唉,可惜了岑老那么多稿子,也不知道他儿子是打算扔掉,还是还给作者,但好多作者都不在了，怎么还？看来只好扔掉了，可惜可惜。

鹿原觉得口干舌燥，换了只手拿电话，一个想法同时闪过脑海："你什么时候回绍兴？能不能跟岑老师说一下，找不到作者的那些旧稿子，我出钱收了。"

"你？你收这个干什么用？"

"没用，就是，嗯，留个纪念吧。"

"你有地方放吗？"三酒话一出口就觉得冒犯了，趁对方没接话，赶紧补充说，"钱我估计小岑老师是不会问你要的，你这在是帮他减轻负担，但肯定会让你出邮递费，这样，我帮你打个电话问问他吧，过会儿给你消息。"

"好的，麻烦你了，下次请你喝酒。"

"哈哈，没问题！"

鹿原挂了电话，人往后一仰，头靠墙壁，从床头柜上拿起一盒烟，抽出一支。岑老当初给他的那条烟，很快就分掉、抽掉了，他又抽回了三块钱的牡丹。他把烟放在嘴里，过了会儿取下，捏住滤嘴一拧，烟纸完好无损，达到了岑老生前的水准。两个月来，他终于慢慢摸索出了里面的窍门——烟叼在嘴里时，让唾沫慢慢浸湿过滤嘴，这样就很好分离了。

"您看，我学会了。"他心里嘀咕，"可您呢，也说对了，说没就没。"

鹿原其实根本没想好，岑老的馆藏寄过来该放在哪里，还有那笔邮递费会是多少钱？朋友合伙做的公司刚起步，投钱的老板又特别抠门，工资很低，只能让鹿原勉强糊口，不至于再问家里和堂妹要钱，每个月快结束时他就要数着钢镚过日子，更怕房东哪天宣布下个月涨房租。

　　但他总能想到办法的，他相信，尝试比恐惧更重要。岑老在那堆稿子里找到了鹿原的作品，帮他修改，帮他投递，也是在用尝试挑战恐惧。他仿佛能看到小老头一手攥着烟，一手拿着蓝色水笔，在自己的稿子上一个字一个字的修改，然后把烟灰误掸进水杯里，咕嘟咕嘟几口喝下去，抹下嘴角。最终，老先生被另一种形式的恐惧击中了，他的书架倒了、拆了，玻璃窗敲破了，干净的杯子和肮脏的杯子摔碎了，稿纸被践踏，但这座没有书的图书馆没有被摧毁，也没有消失，它只是换了个地方，就和鹿原一样。鹿原换了那么多地方，他并没有被摧毁。

图书在版编目（CIP）数据

夏娃看言情的时候亚当在干什么/王若虚著.-上海：上海文艺出版社.2018.8
ISBN 978-7-5321-6776-0
Ⅰ.①夏… Ⅱ.①王… Ⅲ.①中篇小说－小说集－中国－当代
②短篇小说－小说集－中国－当代 Ⅳ.①I247.7
中国版本图书馆CIP数据核字(2018)第147604号

发 行 人：陈　征
责任编辑：望　越
装帧设计：钱　祯
封面设计：上官砒霜

书　　名：夏娃看言情的时候亚当在干什么
作　　者：王若虚
出　　版：上海世纪出版集团　上海文艺出版社
地　　址：上海绍兴路7号　200020
发　　行：上海文艺出版社发行中心发行
　　　　　上海市绍兴路50号　200020　www.ewen.co
印　　刷：常熟市华顺印刷有限公司
开　　本：787×1092　1/32
印　　张：11
插　　页：2
字　　数：174,000
印　　次：2018年8月第1版　2018年8月第1次印刷
ＩＳＢＮ：978-7-5321-6776-0/I・5409
定　　价：37.00元
告 读 者：如发现本书有质量问题请与印刷厂质量科联系　T:0512-52605406